정도전 4

일러두기

1. 이 책의 편집은 정현민 작가의 집필 방식을 따랐습니다.

2. 드라마 대사는 글말이 아닌 입말임을 고려하여, 한글맞춤법과 다른 부분이라 해도 그 표현을 살렸습니다. 의성어, 의태어, 방언 또한 발음대로 표기했습니다. 지문의 경우 한글맞춤법을 최대한 따랐으나 작가의 집필 의도에 따라 고치지 않고 그대로 둔 경우도 있습니다.

3. 대사와 지문에 등장하는 말줄임표나 쉼표, 느낌표와 마침표 등의 문장부호 역시 작가의 집필 의도를 살리기 위해 최대한 그대로 실었습니다.

4. 이 책은 작가의 최종 대본으로 방송된 부분과 다를 수 있습니다.

KBS 대하드라마

정도전

鄭道傳

정현민 대본집

제4권

포레스트북스

차례

기획의도

난세를 종식하고 새 시대를 열어젖힌 '대(人)정치가' 삼봉 정도전!

14세기 후반, 고려.
권력은 수탈의 도구로 전락한 지 오래,
뜻있는 자들이 떠난 묘당廟堂에는 간신들의 권주가만 드높았다.
외적들은 기진맥진한 고려의 산천을 집요하게 파헤쳤고,
삶의 터전을 떠나 유망하는 백성의 행렬이 팔도를 이었다.

난세亂世, 신이 버린 시공간.
희망이 발붙일 단 한 뼘의 공간도 없을 것 같던 그때.
선비로 산다는 것의 의미를 태산처럼 무겁게 아는 젊은이들이 있었다.
수신제가修身齊家하였으니 난세를 다스려
평천하平天下의 도를 세우는 것이 소임이라 믿었던 고려의 젊은 피.
바로, 후세에 신진사대부라 불리는 성균관의 학사들이었다.
그들은 고려의 마지막 희망이었다.

삼봉 정도전도 그들 중 한 사람이었다.
성리학을 바탕으로 땅에 떨어진 대의를 바로 세우고자 노력했지만
공민왕이 죽은 이후 실권을 장악한 이인임에 의해
머나먼 남도의 끝으로 귀양을 가게 된다.

무려 십 년에 걸친 유배와 유랑생활.

그는 절망의 끝에서 자신의 역사적 소명을 찾아낸다. 바로 역성易姓혁명.

그는 백성의 존경을 한 몸에 받던 무장 이성계를 찾아간다.

이 역사적인 만남이 조선의 건국으로 이어졌다.

정도전은 단순한 혁명가가 아니라 치밀한 기획과 비전을 갖고

새로운 문명을 건설한 설계자이자 창조자였다.

조선 건국 이후『조선경국전』과『경제문감』등 숱한 노작을 통해

재상 정치를 근간으로 하는 중앙집권적 관료 체계의 기반을 확립하는 한편,

한양 천도, 사병 혁파와 같은 개혁을 추진하여 새 왕조의 기틀을 다져나갔다.

그러나 왕권 강화를 주장하던 정적, 이방원의 칼에 비운의 죽음을 맞는다.

조선의 건국자이면서도 역적이라는 오명을 쓰고 죽어가야 했던 정도전……

그러나 그의 철학과 사상은 면면히 살아남아

조선왕조 오백 년을 지탱하는 힘이 되어주었다.

이 나라의 주인은 백성이다!

국민의 눈물을 닦아줄 진짜 정치가가 온다

갈수록 정치에 대한 불신이 깊어지고 있다.

국민의 눈물을 닦아줘야 할 정치가 오히려 한숨과 냉소의 대상이 되어가는 지금.

그럼에도 정치는 계속될 것이고, 우리는 정치에서 희망을 찾아야 한다.

그리하여 우리는 육백여 년 전 백성의 눈물을 닦아주고자 했던

한 위대한 정치가의 삶을 영상으로 복원하고자 한다.

이 드라마는 한낱 야인에서 조선 건국의 주역이 된 정치가,

정도전의 화려한 상에만 초점을 맞추지 않는다.

전장보다 살벌한 정치의 현장에서 언제 닥칠지 모를 죽음의 공포를 벗 삼아
혁명의 길을 뚜벅뚜벅 걸어간 한 인간의 고뇌와 갈등,
그리고 눈물과 고통을 놓치지 않을 것이다.
시청자들은 자신에게 주어진 운명을 거부하고 한계를 뛰어넘고자 노력한
거인巨人의 생애를 통해 큰 감동과 카타르시스를 느끼게 될 것이다.

여말선초라는 미증유의 난세를 살면서도
가슴 속에 대동大同의 이상사회를 품고 역성혁명을 기획하여
역사의 핏빛 칼날 위를 거침없이 질주해 갔던 삼봉 정도전.
그의 파란만장한 생애가 이제 드라마로 펼쳐진다.

드라마 구성

드라마 〈정도전〉은 공민왕이 시해되기 직전인 1374년 가을부터 정도전이 죽음
을 맞는 1398년까지 24년간의 이야기를 그린다. 드라마의 내용은 크게 3부로
나뉘며, 제1부의 내용이 1권과 2권에 수록되며, 제2부의 내용이 3권과 4권에, 제
3부의 내용이 5권에 수록되어 있다.

·제1부· **천명**(天命) 1374~1385년	공민왕 사후, 이인임의 블랙리스트에 올라 유배와 유랑살이를 전전하던 정도전이 혁명을 결심, 이성계와 의기투합하는 시점까지.
·제2부· **역류**(逆流) 1387~1392년	정도전이 이성계와 급진파를 규합하여 숱한 역경을 헤치고 조선을 건국하는 시점까지.
·제3부· **순교**(殉教) 1393~1398년	조선왕조 개창 이후 권력의 정점에서 건국 사업을 주도하던 정도전이 요동 정벌을 목전에 두고 이방원에 의해 죽음을 맞는 시점까지.

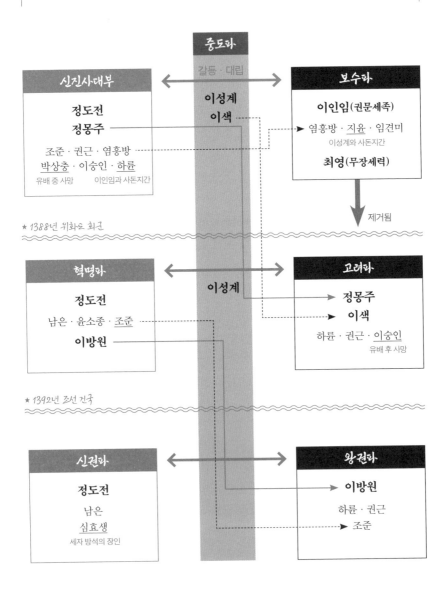

인물관계도: 주요 갈등구도와 변천

중도파

갈등 · 대립

신진사대부

정도전
정몽주

조준 · 권근 · 염흥방
박상충 · 이숭인 · 하륜
유배 중 사망　이인임과 사돈지간

이성계
이색

보수파

이인임(권문세족)

▶ 염흥방 · 지윤 · 임견미
이성계와 사돈지간

최영(무장세력)

제거됨

★ 1388년 위화도 회군

혁명파

정도전

남은 · 윤소종 · 조준

이방원

이성계

고려파

▶ 정몽주

▶ 이색

하륜 · 권근 · 이숭인
유배 후 사망

★ 1392년 조선 건국

신권파

정도전

남은
심효생
세자 방석의 장인

왕권파

▶ 이방원

하륜 · 권근
▶ 조준

정도전

본관: 봉화(奉化) | 자: 종지(宗之) | 호: 삼봉(三峰)° | 시호: 문헌(文憲)

—

"이성계와 함께 난세를 끝장내고, 새로운 나라를 만들 것이다."
세상 가장 낮은 곳에서 혁명가로 다시 태어난 사나이

공민왕의 시해 후 역사의 시계를 거꾸로 돌리려는 이인임의 권문세족 세력과
맞섰으나 참담한 패배를 당한다. 그후 머나먼 남쪽 나주의 거평 부곡으로 유배
를 떠나 무려 십 년에 걸친 유배와 유랑의 생활로 정치적 생명이 끊긴 채 잊혀
진다. 하지만 그는 서생의 무력함을 자조하는 대신 자신의 역사적 소명을 찾아
내어 그에 투신하기 시작한다. 천명이 역성혁명에 있음을 깨달은 그는 백성의
존경을 한 몸에 받던 무장 이성계를 찾아가 고려를 무너뜨릴 제안을 한다.
이성계의 숨겨진 킹메이커가 되어 화려하게 복귀한 고려의 아웃사이더 정도전
은 수구 권신은 물론 스승 이색, 평생의 벗 정몽주까지 정적으로 돌려세우며 비
타협적인 투쟁을 전개해 나가는데……

°   삼봉이라는 호는 단양의 도담삼봉에서 차용한 것이라는 설과 그의 옛집인 개경 부근의 삼
     각산에서 차명한 것이라는 설이 있는데 본 드라마에서는 그가 꿈꾸는 이상향의 모습을 형
     상화한 단어로 본다.

정몽주

본관: 영일(迎日) ㅣ 자: 달가(達可) ㅣ 호: 포은(圃隱) ㅣ 시호: 문충(文忠)

—

"괴물과 싸우기 위해, 소생도 괴물이 될 것입니다."
혁명의 태풍에 맞서다 지조와 절개의 화신으로 죽은 마지막 고려인

애국, 대의, 정의, 충성은 정몽주가 추구하는 정치의 가치다. 이런 순수한 정치관으로 살얼음 같은 정치판을 헤쳐나가려는 우직한 사람이다. 공자의 가르침 어디에 권모술수가 있고, 협잡이 있는가? 군자의 정치는 군자다워야 한다고 생각한 그는 죽는 순간까지도 고려에 대한 일편단심을 노래했던 단심의 충신이다.

평생을 함께해온 지기, 정도전이 대의명분을 부정하고 고려의 대척점에 서 있다는 사실을 알게 된 이후 그는 대의와 우정 사이에서 대의를 선택한다. 그리고 이전과는 전혀 다른 사람으로 변모한다. 비록 수하에 변변한 무장 하나 거느리지 못한 그였지만, 정치적 영향력과 폭넓은 대중적 지지를 바탕으로 혁명파를 집요하게 압박해 나간다. 명분에서 밀린 혁명파는 순식간에 지리멸렬 상태에 빠지게 된다. 그는 정도전과 목숨을 건 벼랑 끝 승부를 펼쳐나간다.

본관: 전주(全州) | 자: 중결(仲潔) | 호: 송헌(松軒)

"내 대업은 삼봉과 포은, 두 사람을 좌우에 두고 용상에 앉는거우다."
정도전과 정몽주와 함께하는 새 왕조를 꿈꿨던 야심가

위화도 회군으로 단숨에 고려의 정치군사적 실권을 장악한 변방 출신의 무장.
오랜 방황과 고뇌를 접고 마침내 역성의 대업을 향한 대장정을 시작한다. 한번
결심하면 끝장을 보는 그의 우직함이 정도전의 책략과 어우러져 빛을 발한다.
최영을 제거한 그는 우왕을 폐위하고 창왕을 옹립한다. 이듬해에는 창왕마저 끌
어내리고 공양왕을 세운다. 신진사대부를 중용하고 전제개혁을 단행하여 구세
력의 경제적 기반을 박탈하는 등 개혁이라는 이름을 빌려 사실상 새 왕조 창업
의 기틀을 다져나간다.
그러나 속절없이 무너질 것만 같았던 고려는 좀처럼 급소를 드러내지 않았다.
구세력의 결사적인 저항에 대업은 위기를 맞이하고 있었다. 그리고 그 저항의
중심에는 그가 결코 포기할 수 없는 사내, 정몽주가 있었다.

이방원

본관: 전주(全州) | 자: 유덕(遺德)

"공론을 통한 평화적 왕조교체? 삼봉, 그건 몽상입니다."
공맹의 도(道)보다 칼의 힘을 더 숭상했던 유학자

이성계와 향처 한 씨 슬하의 5남. 훗날 조선의 태종. 한 씨 소생의 막내로 이성계의 남다른 사랑을 받으며 자랐다. 당대 최고 무장의 아들답게 무예는 물론 격구와 말타기 실력이 출중하다. 여우의 간교함과 사자의 포악함을 동시에 가진 인물이다. 과감한 실천력과 카리스마는 부친의 자질을 능가한다. 하지만 부친에게서 딱 한 가지, 덕만은 물려받지 못했다.

호전적이고 잔인한 구석이 있다. 그에겐 혁명 그 자체가 최선이자 최종의 목표였다. 그에게 정도전의 혁명 방식은 너무나도 학자적이고 번잡할 따름이었다. 이 때문에 그는 수단과 방법을 가리지 않고 고려왕조를 뒤엎으려 했다. 기회를 엿보던 그에게 때가 왔다. 정몽주의 예상치 못한 반격에 혁명파가 지리멸렬해진 것이다. 그는 주저 없이 칼을 빼 든다.

우왕

자: 모니노(牟尼奴)

———

왕씨의 아들로 태어나 신씨의 아들로 죽은 사나이
고려 최고의 출생 미스터리, '폐가입진'이 삼켜버린 비운의 왕

고려의 32대 왕. 신돈의 시비인 반야의 소생이다. 신돈의 집에 미행을 갔던 공민왕이 신돈의 첩 반야와 관계하여 낳은 아들. 신돈의 집에서 태어나 여덟 살 때 신돈이 죽자, 유모와 함께 궁으로 들어와 명덕태후의 슬하에서 자랐다. 생모 반야와는 궁에 들어온 이후 다시는 보지 못했고, 왕이 되어서도 행방을 알지 못했다. 대외적으로는 공민왕 말기에 죽은 궁녀 한 씨의 소생으로 되어 있다. 하지만 그가 신돈의 비첩이 낳은 아들이라는 것은 고려 사람이라면 모두 다 아는 사실이다.

고려사 최고의 출생의 비밀을 안고 태어난 그이지만, 임금이 되어서는 성군이 되고자 노력했다. 사람들은 그가 지닌 예상 밖의 영민함에 놀라곤 했다. 수차례에 걸쳐 이인임 일파를 제거하려 했으나 번번이 좌절되었고 그때마다 사람들이 죽어 나갔다. 유모 장 씨의 죽음은 결정타였다. 그는 결국 현실에 무릎을 꿇는다. 이인임과 싸우는 대신 그의 품에서 안락하게 사는 쪽을 택했다. 그렇게 명군의 자질을 타고난 그는 고려 최악의 임금이 되어갔다.

본관: 동주(東州) | 시호: 무민(武愍)

—

"나는 죽어 고려를 지키는 귀신이 될 것일세."
흰 수염을 휘날리며 전장을 누비는 역발산기개세°의 무인

고려 최고의 용장이자 훈구파의 충신. 뼛속까지 군인이다. 평생 왕명에 복종하는 것 이외의 다른 가치를 허용하지 않았다. 시절이 하 수상하여°° 정치라는 것에 몸을 담기는 했으나, 그와는 맞지 않은 옷임을 안다. 정치는 서생이나 이인임 같은 시정잡배가 하는 것이라 여긴다. 조정에 있을 때나 전장에 있을 때나 그의 관심은 오직 고려 사직의 보위뿐이다.

지나치게 우직한 데다 정치적 감각 또한 부족하여 결정적인 순간마다 이인임의 손을 들어줌으로써 역사의 수레바퀴를 뒤로 돌리는 실책을 범하기도 한다. 하지만 끝내는 이인임 일파를 쳐내고 이성계와 연합하지만 역사는 최영이 더는 필요하지 않았다. 무장으로서 평생의 숙원이던 요동 정벌을 도모하다가 위화도 회군으로 인해 형장의 이슬로 사라지게 된다. 가장 믿고 아꼈던 후배 무장, 이성계에 의하여……

° 힘은 산을 뽑을 만큼 매우 세고 기개는 세상을 덮을 만큼 웅대함을 이르는 말.
°° 평소보다 몹시 달라 어수선함을 이르는 말.

본관: 한산(韓山) | 자: 영숙(潁叔) | 호: 목은(牧隱)

제자들과 정적이 되어 싸워야 했고,
제자들에 의해 몰락하는 고려를 지켜봐야 했던 불운한 지성

한산군. 신진사대부의 정신적 지주이다. 원나라에서도 손꼽히는 유학자였다. 귀국 후 고려에서 최고의 권위를 누렸고, 정파를 초월한 존경을 받았다. 그래서인지 조금은 권위적이고 보수적인 면이 있다. 타고난 천성이 온건하여 정치적으로도 중도 노선을 표방한다. 학문으로는 최고가 분명하지만 정치적 단수가 높지 않았기에, 공민왕 중반 이후로는 정치 현장에서 벗어나 집에서 은거하며 학문과 시작에 정진한다.

그러나 위화도 회군 이후 급변하는 정세를 예의주시하던 그는 더 이상 침묵할 수 없다고 판단하고 조정으로 돌아온다. 그의 등장은 창왕 옹립을 주장하는 보수 세력에게 천군만마의 힘이 되어준다. 이후 그는 전제개혁 등에서 온건보수파의 입장을 대변하며 급진파, 특히 정도전과는 돌아올 수 없는 다리를 건넌다. 그는 정몽주 등과 더불어 무너져가는 고려를 지키기 위해 사력을 다하지만, 정치에서는 자신이 키워낸 제자들을 당해내지 못했다. 그리고 자신의 제자들에 의해 고문과 유배로 혹독한 시련을 겪는다.

고려왕실 사람들

공양왕

고려의 마지막 왕. 이름은 요. 왕족으로 태어나 팔자 좋은 한량으로 살았다. 우왕 말년부터 자신을 왕으로 옹립하려는 움직임이 보이자 휘말리지 않으려 애쓰지만 결국 '본의 아니게' 왕좌에 오른다. 겉으론 이성계에게 머리를 조아리며, 속으로는 반격의 시기를 저울질한다.

정비 안 씨

공민왕의 제4비이다. 왕대비로서 우, 창, 공양 세 명의 왕을 폐위시키는 교서에 서명해야 했으며, 끝내는 고려의 옥새를 이성계 일파에게 넘겨주어야 했던 비운의 여인이다.

창왕

우왕의 아들. 고려의 제33대 왕. 위화도 회군 후, 우왕이 강화로 추방되자 조민수와 이색의 추대로 9살에 왕위에 오른다.

근비 이 씨

우왕의 제1비이다. 시중 이림의 딸이자 창왕의 어머니. 이림과 인척 관계인 이인임의 적극적인 후원을 받으며 우왕의 제1비인 근비로 책봉된다.

고려파 사람들

—

하륜

권문세족이 되고 싶었던 사대부. 이인임의 정치적 수제자. 이인임이 병으로 죽은 후, 재기를 위해 절치부심하던 중에 정도전과 이성계의 관계가 심상치 않음을 간파한다. 정도전과의 제휴를 도모해 보지만 실패한 뒤, 정도전에 대한 사무치는 분노를 안고 정몽주 편에 서게 된다. 그리고 혁명파에 맞서 싸우면서 고려 왕조에 그의 운명을 건다.

권근

이색의 문하에서 당대 석학들과 교유한 유학자. 위화도 회군 이후 혁명파와 고려파의 대립 속에서 스승인 이색과 뜻을 같이하다가 옥고를 치르는 등 험난한 정치 인생을 겪는다.

이숭인

호는 도은陶隱으로 이색, 정몽주와 함께 고려삼은으로 분류된다. 이색의 문하에서 정몽주, 정도전 등과 함께 수학하였다. 위화도 회군 이후, 이색과 같은 정치 노선을 걸으면서 정치적 격랑에 휩싸였다.

이첨

공민왕이 성균관에 직접 행차하여 시험을 치르게 한 후 예문 검열°에 임명한 인물이다. 우왕 초 이인임과 지윤의 처형을 건의했다가 하동으로 유배되었다. 이후 유배에서 풀려나 관직 생활을 이어가다가 공양왕 3년, 이성계의 세력을 제거하려던 김진양 사건에 연루돼 홍성에 다시 유배된다.

° 예문관과 춘추관에 두었던 정9품 관직

조민수

위화도 회군 이후 훈구파의 대두로 급부상하는 무신. 이성계와 함께 회군하여 우왕을 폐하고 창왕을 세우는 데 큰 역할을 한다. 이성계 일파에 대항하려고 이 인임의 복권을 추진하다가 이인임이 죽으며 뜻을 이루지 못한다.

변안열

이성계 휘하에 종군해 황산대첩에 참전한다. 도당에 들어간 후 최영을 주축으로 하는 무장 세력의 일파로 활동한다.

혁명파 사람들
___

조준

혁명파의 저격수, 토지와 경제 전문가. 정도전의 분신과 같은 최고의 혁명 동지. 부패한 정치에 염증을 느껴 돌연 조정을 떠났으나, 문란한 토지제도와 권문세족 의 수탈로 고통받는 백성들을 위해 미친 사람처럼 토지제도 연구에 몰두한다. 그러던 중 정도전에게 토지제도를 함께 개혁해 나가자는 제안을 받고, 혁명의 대장정에 참여한다.

남은

정도전의 돌격대장. 정도전과 혁명의 시작과 끝을 함께한 진정한 동지. 스무 살 의 나이에 문과에 급제하여 문신의 길을 가지만, 선비보다는 장수의 풍모를 지 닌 사람이다. 권문세족에게서 백성들을 구할 진짜 큰 싸움을 하자는 정도전의 제안을 받아들인 후 정도전의 경호실장 역할을 자처한다.

윤소종

열여섯에 성균시에 합격하고 공민왕 14년에 장원급제했다. 빈틈없이 논하고 거침없이 비판하는 상소를 올리곤 했으며, 한번 물고 늘어진 상대는 절대 포기하지 않는 성격이다. 정도전이 협력을 요청하자 혁명에 찬동하기로 결심하고 적극적으로 뛰어든다.

이성계의 사람들
———

경처 강 씨

이성계의 둘째 부인. 고려의 권문세족인 황해도 곡산부 상산부원군 강윤성의 딸로 결단력과 명석함을 겸비한 여인이다. 집안 배경을 등에 업고 이성계의 정치적 보호막이 되어준다. 혁명이란 대업 앞에서 망설이는 남편을 뒤에서 독려한다.

이지란

이성계의 의형제. 호위대장을 자처하는 여진족 귀화인이다. 어눌한 함경도 사투리와 여진족 말이 모국어다. 1371년, 천호로서 부하들을 이끌고 고려에 귀화해 이씨 성과 청해를 본관으로 하사받았다. 이성계와는 숱한 전장에서 동고동락한다.

배극렴

황산대첩 때 왜구를 토벌하기 위해 파견된 9원수 중 하나. 황산대첩 이후 변안열과 함께 도당에 들어간 후 최영, 이성계를 주축으로 하는 무장 출신 계파를 형성한다.

그 외

최 씨
정도전의 처. 재물과는 담을 쌓은 남편을 대신해 기계를 책임지는 생활력 강하고 당찬 여인이다.

득보
정도전의 가내 노비. 정도전을 업어 키운 장본인. 현명하고 꾀가 많다.

용어 정리

DIS(Dissolve)   앞의 장면이 사라지고 있는 동안 새 장면이 페이드 인 되는 것.

E(Effect)   주로 화면 밖에서의 음향이나 대사에 의한 효과를 말함.

F.B(Flashback)   과거의 회상을 나타내는 장면 또는 그 기법.

F.I(Fade In)   화면이 점차 밝아지는 것.

F.O(Fade out)   화면이 점차 어두워지는 것.

INS(Insert)   화면의 특정 동작이나 상황을 강조하기 위해서 삽입한 화면.

Na(Narration)   장면에 나타나지 않으면서 장면의 진행에 따라 그 내용이나 줄거리를 장외에서 해설하는 일. 또는 그런 해설.

O.L(Overlap)   한 화면이 없어지기 전에 다음 화면이 천천히 나타나는 이중화면 접속법.

31회

1 ＿＿＿＿＿ 이인임의 초가 마당 안 (낮)

돌아서 있던 사내, 몸을 돌려 이인임을 본다. 이성계다.

이인임   !!

이성계   (여유) 오랜만이우다.

이인임   (당혹스러움을 애써 참으며) 그대가 어찌... 전하의 어명을 전하러 온 것인가?

이성계   당신의 저승사자로 내만 한 사람이 있겠습꾸마?

이인임   !

이성계   당신의 마지막을 보러 왔소이다.

이인임   뭐라?

이성계   당신과의 질긴 악연을 내 손으로 끊어버리고 싶어서 말이우다. (관졸들에게) 저자들을 포박하라.

관졸들, 박가 일행을 포위한다. 흠칫하던 박가, 분한 표정으로 칼을 내려놓는다. 관졸들이 박가 일행을 끌고 나간다.

이인임   (노기를 누르며) 지금 뭐 하는 짓이냐?

이성계   (관리에게) 어명을 읽으시오.

관리   (이인임에게) 죄인은 예를 표하시오. (하면서 교지를 펴는데)

이인임   (낚아채서 확 펼쳐 보는, 내심 헉! 교지 팽개치며) 이 무슨 허튼수작이란 말인가!

이성계   광평군 당신에게 조민수를 사주하여 종사를 우롱한 죄가 더해졌소. 이제 외딴섬으로 옮겨져 위리안치°될 것이오.

°   유배지에 가시로 울타리를 치고 그 안에 가둠.

이인임	(버티듯) 조민수를 데려와라. 그 전엔 아니 믿을 것이다. 조민수를 데려오란 말이다!
이성계	조민수는 올 수 없습꾸마. 토지를 부당하게 가로챈 죄로 국문을 받고 있소.
이인임	국문? (이를 악무는, 휘청 비틀대며 가옥의 벽을 짚고 서는... 서서히 체념의 빛이 떠오르는)
이성계	(보는)
이인임	(장탄식을 쏟아내고) 이제 이 고려가... 이 고귀한 귀족의 나라가... 변방의 천한 무지랭이의 발밑으로 들어가는구나...
이성계	당신네 귀족들이 활개 치던 고려보다는 몇 곱절로 좋아질 것이오... 얼마 남지 않은 생이나마 부처님 앞에 눈물로 속죄하시오... 잘 가시오. (가는데)
이인임	다음 목표는 임금이겠구만.
이성계	(멈춰 보는)
이인임	군사를 돌려 도성을 칠 정도의 인간이니 집정대신 정도로는 성에 차지 않을 터... 이제 삼봉과 더불어 나라를 훔치려 들겠구나.
이성계	궁금하면 무인도서 어떻게든 살아남아 보시오.
이인임	이보게 이성계... 불행해지고 싶지 않거든... 용상을 쳐다보지 말게.
이성계	(보는)
이인임	분수에 맞는 자리까지만 탐하시게... 자네에게 용상은... 지옥이 될 것이니 말일세. (기괴하게 노려보며 킬킬 웃는)
이성계	(피식 웃으며 툭 던지듯) 간나새끼... (나가는)
이인임	(으하하!! 파안대소하며) 이제 고려가 망하는구나!! 오백 년 고려가 이리 허망하게 무너지는구나!! 이 고려가! (욱! 하면서 피를 주르륵 토하며 주저앉는, 핏물을 잔뜩 머금은 채 숨 몰아쉬는) 고려가... 이렇게 무너지는구나... 고려가...

문밖에서 냉담하게 바라보던 이성계, 자리를 뜬다.

2 _____ 성균관 정록청 안 (낮)

정도전, 창밖을 바라보며 생각에 잠겨 있다.

이인임 (E) 힘없는 자의 용기만큼 공허한 것도 없지요?

F.B》1회 34씬의

이인임 세상을 바꾸려거든 힘부터 기르세요. 고작 당신 정도가 떼를 쓴다
고 바뀔 세상이었으면... 난세라 부르지도 않았습니다.

현재》

정도전, 만감이 교차하는데 윤소종, 들어온다.

윤소종 영감.
정도전 (보면)
윤소종 조민수에 대한 국문이 끝났다 합니다.
정도전 ...

3 _____ 순군옥 마당 안 (낮)

피투성이로 포박을 당한 채 무릎 꿇려진 조민수 앞에 조준이 관원
들과 서 있다. 정도전, 곁에서 지켜보고 있다.

조준	우리 사헌부에선 참형을 주청드렸으나 전하께서 온정을 베푸시어 유배형에 처하기로 하였습니다. 성은에 감사하시오.
조민수	이런 찢어 죽여도 시원치 않을 놈 같으니... 조준, 니놈이 이러고도 고려의 권문세가의 후손이라 할 수 있는 것이냐?
조준	유배 중에는 절대 권문세가임을 자랑하지 마십시오. 필경 분노한 백성들이 당신을 찢어 죽일 것입니다.
조민수	(이를 가는) 네 이놈...
조준	끌고 가라.
관원들	예! (조민수를 끌고 가는)
조민수	(끌려가는) 조준 네 이놈~! 내 너를 용서치 않을 것이야~!
조준	(피식, 끌려가는 조민수를 바라보는)
정도전	고생이 많았네, 우재. 정말 기가 막히게 처리해 주었으이.
조준	이제 시작일 뿐입니다. 칭찬은 대업을 이루고 난 연후에 하시지요.
정도전	저녁에 이성계 장군께 정식으로 인사를 드리게 될 것이네만, 당분간 대업 얘기는 꺼내지 마시게.
조준	(의아한 듯 보는)
정도전	장군께선 대업보다 고려의 개혁을 원하고 계시네.
조준	개혁이 혁명보다 어렵다는 것을 깨닫게 되면 달라지실 테지요.
정도전	(언뜻 수심이 비치는)
조준	끝까지... 거부하실 수도 있는 것입니까?
정도전	그리되지 않기를 주야로 빌고 있네. 벌써 수년째...
조준	...

4 ____ 이성계의 집 외경 (밤)

5 _____ 동 안방 안 (밤)

생각에 잠긴 이성계, (23회의) 忠충과 史사, 종이를 보고 있다.

F.B》 23회 26씬의

정도전　소생이 대감께 바라는 것입니다. 새로운... 역사를 만들어 주십시오.

현재》

이성계의 시선이 史 자로 옮겨진다.

F.B》 23회 동씬의

정몽주　나라에 대한 충성... 이것이 소생의 바람입니다.

현재》

이성계, 고민하는 데 강 씨, 들어오다가 본다.

강 씨　대감, 무엇을 그리 보십니까?

이성계　아, 아무것도 아임메. (종이 치우는)

강 씨　사랑채로 가보시어요. 삼봉 영감이 대사헌과 함께 와 있습니다.

이성계　...

조준　(E) 우재 조준이라 합니다.

6 _____ 동 사랑채 안 (밤)

조준, 이성계에게 예를 갖추고 앉는다. 정도전, 중간에 앉아 있다.

이성계	내 이번에 대사헌께 큰 신세를 졌습니다. 고맙수다.
조준	응당 할 일을 했을 뿐입니다. 신세라시니 몸 둘 바를 모르겠습니다.
정도전	앞으로 우재가 도당에서 장군의 개혁을 적극 도울 것입니다. 대사헌 직책만으론 힘이 부칠 것이니 지문하부사를 겸직토록 하게 하시지요.
이성계	(생각하고는 흔쾌히) 그리하십시다.
조준	송구합니다만 소생, 지문하부사를 수락하기에 앞서 장군께 한 가지 다짐을 받아두고 싶은 것이 있습니다.
정도전	(보는)
이성계	말씀하시오.
조준	(품에서 종이 한 장을 꺼내 펼치면 '計民授田계민수전°'이라 적힌)
이성계	(보는)
정도전	(조금 난처한 듯) 이보시게, 우재...
조준	소생이 금번에 장군을 도운 이유는 삼봉 영감이 주장하는 바로 이것, 계민수전에 동의하였기 때문입니다.
이성계	(정도전에게) 계민수전?
정도전	(당혹스러움을 감추고 차분하게) 일전에 설명드렸던 정전제와 비슷한 맥락입니다. 지주들이 독점한 땅을 몰수하여 국유화한 뒤 백성의 숫자를 계산하여 골고루 땅을 나누어주는 것이지요.
조준	그러나 고려의 현실은 바로 이것입니다. (다른 종이를 펼치면 民민 대신 力력이 적힌... 계력수전의 力 자 가리키며) 힘을 가진 자가 땅을 독식합니다. 장군께선... 어느 것을 선택하시겠습니까?
이성계	...
정도전	이보게, 우재. 첫 대면에서 이건 너무 성급한 것 같네만...
조준	장군께서도 동북면의 광활한 토지를 소유한 대지주십니다. 부인께

° 백성의 수를 헤아려 토지를 나눠줌.

서 소유한 강씨 문중의 땅도 엄청난 규모... 장군의 의지를 확인한
연후에 소생의 거취를 결정할 것입니다.

정도전, 보면 이성계, 생각한다. 조준도 이성계를 본다. 이성계, 결
심한 듯 계민수전의 종이를 집어 들어 두 번 찢어버린다. 정도전, !

조준	(조소를 머금는) 역시 이리되는 것입니까? 아쉽지만 어쩔 수 없지요. 허면, (하는데)
이성계	땅을 몰수하는 것도... 나눠주는 것도 다 힘이 있어야 할 수 있소. 나는 힘을 선택할 것이니 두 분은 그 힘을 이용해서...

이성계, 손에 쥐고 있던 자투리 종이를 力 자 위에 올려놓으면 民
자다. 조준과 정도전, !

이성계	백성들에게 나눠주시우다.
조준	(보는)
정도전	장군...
이성계	나는 이만 일어나겠소. (정도전에게) 삼봉 선생은 나 좀 잠깐 보고 가시우다. (일어나 나가는)
정도전	(조금 놀란 듯 바깥을 보면)
조준	대업의 구심이 될 왕재임에 틀림없군요. 이거 벌써부터 피가 끓어 오르는군요.
정도전	(일어나 나가는)

7 _____ 후원 일각 (밤)

이성계, 밤하늘을 보고 서 있다. 정도전, 다가선다.

정도전 시간을 갖고 설득할 문제다 싶었는데 이리 흔쾌히 결단해주실 줄은 몰랐습니다. 감사합니다, 장군.

이성계 백성의 마음을 얻을라문 그 정도 손해는 감수해야 되지 않겠슴메?

정도전 옳은 말씀이십니다. 모름지기 민심이 따르지 않는 개혁은 실패할 수밖에 없는 일이니까요.

이성계 개혁 말고 말이우다.

정도전 (보는)

이성계 (짐짓 농담조로) 똑똑한 양반이 어찌 이러십메까? 내 동북면 가다 말고 돌아와서리 선생한테 그랬잖슴. 함께 싸우자고...

정도전 허면... 대업이었습니까?

이성계 이 이성계가 시시하게 개혁 정도 개지구 기케 낯짝에 심을 줬겠수까?

정도전 ...장군.

이성계 옛날에 내한테 모든 백성이 군자가 되는 나라를 맹글겠다 했었지비? 내를 그 멋들어진 나라의 임금으로 맹글어 주시우다.

정도전 (울컥) 그리할 것입니다. 소생 반드시 그리 만들 것입니다.

이성계 (후~) 이인임이가 기캅디다. 용상은 내한테 지옥이 될 거이라구... (짐짓 밝게) 까짓거 평생을 전쟁터서 살았는데 지옥이문 어떻고, 불구덩이문 어떻겠슴메... 내 한번 해보갔소.

정도전 (눈물 주르륵 흐르는)

이성계 (겸연쩍은) 사램 무안하게시리 어캐 이카십메까? (큼... 시선 돌리고) 암튼 내는 선생만 믿겠수다. (개운하게 숨 훅~ 내쉬는데)

정도전 (E) 주군.

이성계	(놀라 보면)
정도전	소신 정도전... 그토록 고대하던 새 나라의 주군께 숙배를 올리겠사옵니다.
이성계	삼봉 선생...
정도전	(경건히 절하는)
이성계	(먹먹하게 보는)
정도전	(부복한 채 눈물을 흘리며) 주군! 오늘 시작은 이토록 미미하고 부족하오나! 언젠가 대업의 문이 활짝 열리는 그날엔! 이 나라 억조창생이 모두 뛰쳐나와 새 나라의 개창과 주군의 즉위를 경하드릴 것이옵니다! 소신이 그리 만들 것이옵니다! 소신, 신명을 바쳐 대업을 완수하겠나이다!

정도전, 격정의 눈물을 흘린다. 먹먹하게 굽어보는 이성계.

8 _____ 빈청 정몽주의 집무실 안 (밤)

정몽주, 두루마리 등을 펼치며 업무를 보고 있다. 정도전, 들어와 그 모습을 물끄러미 본다. 언뜻 정도전을 보는 정몽주.

정몽주	(미소) 사람... 들어왔으면 기척을 할 것이지 어찌 그리 보고 섰는가?
정도전	(보는)
정몽주	(의아한 듯 보다가 일어나는) 마침 잘 왔네. 스승님께 가려던 참인데 나와 같이 가서 사죄를 하시게.
정도전	스승님은 다음에 뵙기로 하고... 오랜만에 술이나 한잔하세.
정몽주	(보는)

9 _____ (2회 44씬의) 정자 안 (밤)

정몽주와 정도전, 조촐한 술상을 놓고 앉아 있다. 정도전, 착잡하다.

정몽주	성균관에서 무슨 안 좋은 일이 있었던 모양이구만.
정도전	아닐세. 오늘은 아주 기쁜 날이라네.
정몽주	헌데 어찌 표정이 그리 어두운 것인가?
정도전	...그땐 어찌하여 나를 도왔는가?
정몽주	그때라니?
정도전	이인임의 복귀를 반대하며 궐 앞에 멍석을 깔고 앉았을 때 말일세. 나는 조준이라는 노림수를 갖고 있었지만 아무것도 모르는 자네는 아무 대책 없이 덤벼들었어.
정몽주	승산은 없어도 대의와 명분이 있는 싸움이었네. 더욱이 그 싸움터에... 다른 누구도 아닌 삼봉 자네가 있었구.
정도전	(안타까운 시선으로 보는)
정몽주	(옅은 미소) 자네가 내 입장이었어두 분명... 똑같이 행동하였을 것이네.
정도전	...내게... 꿈이 하나 있네.
정몽주	꿈?
정도전	언젠가 좋은 세상이 오면... 그 세상에서 자네가 문하시중이 되어 화합의 정치를 펴는 꿈일세.
정몽주	(어이없는 듯 픽 웃고) 이런 뜬금없는 사람 같으니라구... 자네 꿈인데 자네가 시중이 되어야지 어찌 나를 끌어들여 염치없는 사람을 만드시는가?
정도전	나는 시중의 자리에 어울리는 사람이 아닐세. 자네가 해야 하네.
정몽주	(정도전의 손을 잡으며) 이보게, 삼봉.
정도전	(보는)

정몽주	문하시중이야 누가 된들 어떤가? 지금보다 나은 세상을 만드는 것이 중요한 것이지... 이성계 장군과 자네, 그리고 내가 있으니 고려의 미래는 결코 어둡지 않네... 천지신명이 굽어살펴 주실 것이야.
정도전	(아프게 바라보는 모습 위로)
정도전	(E) 천지신명은 들으시오!

INS》2회 44씬의

정도전	고려에 서광이 비치고 있소이다! 전하와 우리 사대부들의 앞날을 굽어살피시오! 그리하지 아니하면! (미소) 대고려국 성균관 종칠품 학관 정도전이 그대들을 용서하지 않을 것이오! 아시겠소이까!!

정도전, 파안대소한다. 정몽주, 따뜻한 미소로 보는...

현재》

정도전, 회한이 어린다. 정몽주의 따뜻한 미소. 정도전, 먹먹해지는...

10 _____ 정도전의 집 마당 안 (밤)

조영규, 긴장된 표정으로 사랑채 앞을 지키고 있다. 최 씨, 걱정스레 지켜보는데 득보가 열어주는 대문으로 남은, 급히 들어온다.

남은	아이구 이거 내가 좀 늦었구만, (하는데)
최 씨	(다가서며) 남은 영감.
남은	(인사) 아, 형수님.
최 씨	오늘은 무슨 회합인데 분위기가 이리 심각한 것입니까?

남은	(조영규 흘끔 보고) 소생도 들어가 봐야 알 것 같습니다. (들어가는)
최 씨	(걱정스러운데)
득보	(다가서는) 마님... 망까지 보게 하구 꼭 무슨 역적모의하는 분들 같지 않습니까요?
최 씨	(우쒸 하며) 제발 할아범은 말씀 좀 가려 하시우. 역적모의라니요?

득보, 큼... 최 씨, 조영규 너머 불 켜진 사랑채를 응시한다.

11 _____ 동 사랑채 안 (밤)

정도전, 조준, 윤소종, 남은, 이방원, 앉아 있다. 비장한 분위기가 감도는 가운데 빈 종이가 펼쳐져 있다. 상석의 정도전, 눈빛이 형형하다.

정도전	이제 우린 오백 년 낡은 고려를 무너뜨리고 새로운 나라를 만들 것이오.
이방원	새로운 나라는 어떤 모습의 나라여야 합니까?
조준	군주의 하늘은 백성이고 백성의 하늘은 먹을 것이라 하였으니 백성을 배불리 먹일 수 있는 나라여야 합니다!
남은	귀족의 사병을 혁파하고 강력한 상비군을 갖춘 나라여야 합니다!
윤소종	백성들의 현실도피를 부추기면서 부정부패의 온상이 되어버린 불교를 몰아내고 성리학을 숭상하는 나라를 만들어야 합니다!
정도전	모두 옳습니다. 이것을 한마디로 줄인다면 그것은... 민본일 것이오.
이방원	백성이... 나라의 근본이다?
정도전	민본의 정신이 면면이 살아 숨 쉬는 동방의 이상국가를 만들어야 하오.
남은	(결연히) 소생 남은... 여러 동지들과 함께 대업에 목숨을 바칠 것을

맹세하겠소.

윤소종　소생 윤소종의 목숨도 내놓겠습니다.

조준　소생 조준 또한 살고 죽는 것에 연연하지 않을 것입니다.

이방원　소생 이방원, 이 자리에 계신 선배님들과 생사를 같이하겠습니다.

정도전　...목숨만으로 부족합니다.

일동　(보는)

정도전　고려로부터 받은 모든 것을 내던질 각오를 해야 할 것입니다. 심지어는 사대부의 영혼까지도...

정도전, 붓을 들어 글씨를 써나간다. 일필휘지로 거침없이 쓰이는 글씨. '民本大業민본대업'...

정도전　민본대업... 이제부터 이것이 우리의 목숨이고... 영혼이고... 대업입니다.

숙연하고 비장한 모습으로 종이를 바라보는 사람들.

12 ＿＿＿＿ **산길 (낮)**

소달구지 정도에 실려 이배를 가는 이인임. 관원들이 호송하고 있다. 퀭한 눈의 이인임, 온몸의 기가 빠져나간 듯 병색이 완연하다.

이인임　(주절대듯) 이놈들... 이 길이 아니라 하지 않았느냐... 도성은 반대쪽이라 하였거늘 어찌 자꾸 이리 가는 것이야!... 네 이놈들~!! (울컥 피 토하고)

관원　제발 고정 좀 하십쇼! 어찌 그리 빨리 못 죽어 안달이시오?

이인임　(피 닦으며 킬킬대는) 모르는 소리 좀 하지 말거라... 나는 도성으로

가야 사는 몸이니라. 빈청 그 넓은 도당의 상석에 떡허니 앉기만
하면 이까짓 노채쯤은 씻은 듯이 낫는단 말이다... 어허! 어서 길을
바로잡지 못할까!

관원, 대꾸 없고 행렬, 나아간다. 이인임, 수레에서 기듯이 내린다.

관원　　　아! 대감!

이인임　　(비틀대며 걸어가는)

관졸들　　(뛰어와 이인임을 잡는) 멈추시오!

이인임　　(젖 먹던 힘을 다해 관졸을 밀치는) 이거 놓지 못할까!! (반동에 덩
달아 엎어진다. 기침을 하면서 앞으로 기어가는) 도성으로 갈 것이
다. 도성으로, (하는데)

관원, 다가와 칼자루 정도로 이인임의 뒷덜미를 내려친다. 이인임,
컥! 엎어진다. 속절없이 관졸들에게 끌려가는 이인임. 어느 순간,
관졸들이 멈추고 이인임, 고개 들어 보면 정도전이 서 있다.

정도전　　모두 물러나 있으시게.

관졸들　　(멀찌감치 물러나는)

이인임　　(간신히 웃으며) 이게 누구신가... 내 절친한 벗... 삼봉이 아니시오?

정도전　　(한쪽 무릎을 꿇어앉아 빤히 보며) 아주 천천히 죽여드리려고 절도
에 위리안치를 택하였거늘... 이래서야 섬에 닿기나 하겠습니까?

이인임　　(킥킥대는) 헌데 예까지 어찌 걸음을 하시었소?

정도전　　알려드릴 것이 있어서 왔습니다. 저승길조차 마음 편히 가시면 아
니 되지 않습니까?

이인임　　(보는)

정도전　　(이인임의 귓가에 소곤대듯) 당신의 시신이 한 줌의 흙이 되기 전

	에... 새로운 왕조가 들어설 것입니다.
이인임	!
정도전	저승에서나마 당신의 고려가 몰락해가는 모습을 지켜보시오. (다시 이인임의 얼굴을 보면)
이인임	(노려보다가 울컥 피를 주르륵 토하는, 헉! 고개를 떨구고)
정도전	당신 때문에 유자의 몸으로 역성의 혁명을 꿈꾸는 괴물이 되었소이다. 그것만은... 진심으로 감사드립니다.
이인임	(겨우 손을 뻗어 정도전의 멱살을 잡아 면전에 당기는)
정도전	(순순히 응해주는)
이인임	그대는 아직 괴물이 아니오. 이상향을 꿈꾸는 순진한 선비일 뿐... 허나 이제 진짜 괴물이 되겠지... (바짝 들이대며) 정치에서 괴물은... 과도한 이상과 권력이 합쳐질 때 탄생하는 것이니까... (애써 미소) 무척... 고통스러울 것이외다... 내... 저승에서나마... 지켜보겠소이다, 삼봉...

정도전, 싸한 미소를 지어 보인다. 이인임, 숨이 막히는 듯 인상을 찡그리더니 윽! 신음을 토한다. 정도전을 악착같이 노려보는 이인임. 멱살을 쥔 손이 스르르 풀리더니 툭 떨어진다. 이인임의 눈동자가 멍해진다 싶더니 고개가 떨궈지고 눈을 뜬 채로 옆으로 쓰러진다. 관졸들, 당황해서 달려와 선다. 묵묵히 바라보던 정도전, 이인임의 눈을 천천히 감겨준다. 정도전, 이인임을 바라보는 모습 위로.

해설(Na)	광평부원군 이인임... 명문 귀족의 자제로 태어나 음서로 정계에 진출, 홍건적을 격퇴하고 원나라 동녕부를 정벌하는 등의 공을 세웠다. 공민왕이 시해된 뒤 우왕을 옹립하면서 실권을 장악한 그는 최영과 함께 십사 년간 고려의 집정대신으로 군림하였다. 남다른 친화력과 정치 감각의 소유자였으나 친원노선을 표방하면서 신진사

대부들을 탄압하고 명나라와의 외교갈등을 일으켰다. 매관매직 등 전횡을 일삼다가 마침내 경산부로 귀양을 가 죽으니... 그의 죽음은 권문세가가 지배하던 고려의 종말을 알리는 서막이었다.

13 _____ 해설 몽타주 (낮)

1) 이색의 집 마당 안 - 정몽주, 이숭인, 권근, 하륜, 이첨을 비롯한 사대부들, 도열해 있다. 이색, 의관을 갖추고 나온다. 정몽주, '영전을 감축드립니다!' 외치면 모두 '감축드립니다' 외치며 절하고 이색, 바라본다.
2) 빈청 이성계의 집무실 안 - 이성계, 위엄 있게 앉아 있다. 갑옷을 입은 이지란, 배극렴, 이방과 등 장수들, 연석해 있고 부장들, 빼곡히 서 있다.
3) 대궐 뜰 안 - 나인들을 대동한 채 어디론가 걸어가는 창왕, 대비(근비), 왕대비(정비). 일각에서 숙위병과 함께 바라보는 정도전에서.

해설(Na) 도당이 개편되었다. 목은 이색이 문하시중에 올랐지만 실권자는 군권을 장악한 수문하시중 이성계였다. 정도전은 왕을 보좌하는 밀직부사를 겸직하며 고려의 심장부로 한 발 더 다가서게 된다. 정도전의 급진파 사대부들은 마침내 행동에 나서는데 그 시발점은 조준의 제1차 전제개혁 상소였다.

14 _____ 도당 안 (낮)

이색, 이성계, 변안열, 배극렴, 이지란, 정몽주, 조준, 이숭인, 하륜 등 앉아 있다.

변안열　(탁자를 쾅 치며) 사전을 혁파하자니! 지금 정신이 있는 것이오이까!

조준　(미소) 다행스럽게도 세정신입니다. 사전은 물론 현재 고려의 공전까지 모두 폐지하고 새롭게 토지를 구획하여 분배하여야 합니다.

변안열　말 같은 소릴 하시오! 이 나라의 지주들을 죄다 알거지로 만들자는 것이오이까!

배극렴　대체 대사헌은 그것이 가능하다고 생각하시오?

조준　가능합니다. 당장 양전°을 실시하여 전국의 토지 현황과 소유관계 조사에 나선다면 삼 년 안에 전제개혁을 마무리할 수 있습니다.

변안열　지주들이 이를 좌시할 것 같소이까!

조준　백성들은 쌍수를 들어 환영할 것입니다.

이숭인　전제를 개혁하는 것에는 전적으로 찬동합니다. 허나 사전을 없애자는 대사헌의 발상은 위험천만하고 무모한 것입니다.

하륜　개혁의 대상은 사전이 아니라 사전의 폐단입니다. 사전의 폐지가 아니라 개선이 맞습니다.

조준　그간 사전을 개선하려는 시도는 모두 실패하였습니다. 폐지만이 근본적인 대책이고 제대로 된 개혁입니다.

이색　이 사람은 전혀 그렇게 생각하지 않소이다.

이성계　(보는)

이색　고려는 오랫동안 사전을 기반으로 유지되어 온 나라요. 사전을 부정하는 것은 고려의 근본을 부정하는 행위... 결코 수용할 수 없소이다.

이성계　시중께서 너무 심각하게만 생각하시는 것 같습니다.

°　토지의 실제 경작 상황을 파악하기 위해 실시한 토지측량 제도.

이색	(보는)
이성계	명색이 개혁을 하자는 것인데 미봉책 가지고 되겠습니까? 확실한 처방이 있다는데 변죽만 울리지 말고 한번 밀어붙여 봅시다.
이색	(답답한 듯) 수시중!
이지란	(이성계에게) 대감...
이성계	...
정몽주	(말리듯) 지금 찬반이 엇갈리고 있으니 일단은 다음 회의에서 재론키로 하는 것이 어떻겠습니까?
조준	동의는 하겠습니다만 이제 곧 추수가 시작됩니다. 자칫하다간 해를 넘길 수도 있음을 유념해 주시기 바랍니다.
이색	(끙... 탐탁잖은 듯 이성계를 보는)
이성계	...

15 _____ 이성계의 집 사랑채 안 (밤)

이성계, 강 씨, 이지란, 이방우, 이방과, 이방원, 앉아 있다.

강 씨	어쩌자고 조준의 황당한 주장에 동조를 하신 것입니까?
이성계	구구절절이 옳은 말입니다. 황당할 거 하나도 없습꾸마.
이지란	아이 성니메! 조준이 말대로 하문 어캐 되는지 몰라서 그러심메? 동북면에 성니메 땅을 죄다 내놔야 한단 말이우다.
이방과	지란 숙부님의 말씀이 옳습니다. 조준의 상소를 반려하십시오.
이성계	객쩍은 소리 지껄이지들 말아라.
이방원	작금의 고려는 개혁이 화둡니다. 개혁을 선도하셔야 할 아버님께서 모범을 보이시는 것은 당연한 처사가 아니겠습니까?
이방우	모르는 소리! 조준의 주장은 개혁을 하자는 것이 아니라 나라를 뒤

집어엎자는 발상이니라.

이성계　…

이방우　아버님… 조준은 과격한 잡니다. 가까이하셔서는 아니 됩니다.

이성계　나랏일은 내가 알아서 한다. 다들 왈가왈부하지 말아라. (일어나 나가는)

강 씨　대감… (허! 하고 보는)

이지란　(쳇! 하고) 성니메 속은 참말로 알다가도 모르겠수다.

강 씨　삼봉 영감은 어쩌자고 조준 같은 사람을 소개해 주었을꼬… (옅은 한숨)

이방원　…

권근　(E) 전제개혁에 관한 논의는 중단되어야 합니다!

16 ____ 성균관 정록청 안 (밤)

정도전, 상석에 앉아 사대부들의 회의를 주관하고 있다. 남은, 윤소종, 권근, 이첨 등 열띤 토론을 벌이고 있다.

남은　논의를 중단하자니! 대사헌 조준이 목숨을 걸고 고려의 금기를 건드렸거늘, 공론을 일으켜 돕진 못할망정 논의를 중단하자니요!

권근　도당과 조정에서 사전 혁파를 논의하고 있다는 사실이 세간에 알려지면 나라 꼴이 어찌 되겠소이까!

이첨　지주들은 불안에 떨고 백성들은 헛된 기대에 부풀어 갈등이 빚어질 것이 자명합니다!

윤소종　언제부터 우리 사대부들이 지주의 불안까지 걱정해 주었습니까?

권근　뭐요?

윤소종　아 참, 그리고 보니 소생이 잠시 잊고 있었습니다. 사대부들 중에도 엄청난 사전을 소유한 지주들이 많다는 사실을 말입니다.

이첨   이보시오, 동정!

윤소종   (말 끊듯) 허나 조정에 나온 이상 백성의 편에 서서 백성의 뜻을 따라야 하는 사대부임을 잊어서는 아니 될 것입니다. 지주놀음은 퇴청 이후에나 하십시오. 소작인들이 일하는 농장을 지나 으리으리한 기와집으로 들어가 노비들이 올려주는 식사를 드시면서 말입니다.

권근   (일어나는) 예! 그러지요! 우린 사전을 없애자는 의견에는 동의할 수 없으니 퇴청하여 지주놀음이나 하겠소이다!

이첨   가세!

권근, 이첨 등 사대부들 몇 명 나간다.

남은   저런 박쥐 같은 놈들! (박차고 일어나) 허면 우리도 이리 있을 것이 아니라 대궐로 가 목청껏 떠들어 봅시다!

윤소종   가시지요!

남은과 윤소종을 비롯한 몇 명의 사대부들, 나간다. 이방원, 보면 생각에 잠겨 있는 정도전.

17 _____ 성균관 (소) 정록청 안 (밤)

정도전과 이방원, 앉아 있다.

이방원   이색 대감은 물론 그를 따르는 사대부들의 반발이 생각보다 강력한 것 같습니다.

정도전   반발이 아니라 분열을 하고 있는 것이다.

이방원	분열이라니요?
정도전	사대부들이 유학을 한다는 공통점만 있을 뿐, 출신은 원래 다양하지 않았더냐? 이색 대감은 물론 조준, 권근, 이숭인 같은 권문세가 출신도 있고, 나나 하륜 같은 향리 집안 출신도 있고, 너 같은 대지주 군벌의 아들까지 잡다하게 뒤섞여 있는 것이 사대부이니라.
이방원	허면 사대부들이 이제 출신에 따라 파벌로 나뉘게 된다는 것입니까?
정도전	파벌이 아니라 정적이 되는 것이다.
이방원	...정적?
정도전	조준의 전제개혁에 찬동하느냐, 마느냐... 이것이 적과 아군을 가르는 잣대가 될 것이다.
이방원	전제개혁이 목적이 아니라 대업의 반대 세력을 끌어내 전선을 구축하려는 의중이셨군요.
정도전	어차피 고려의 체제로는 사전을 완전히 혁파하는 것은 불가능한 일이다. 전제개혁에 실패하더라도 백성들은 우리를 지지하게 될 터... 적들이 민심으로부터 고립되는 순간, 제거할 것이다... 고려와 함께.
이방원	(내심 놀란 듯 보는데)

정몽주, '삼봉' 하며 들어온다.

이방원	(일어서는) 포은 숙부님.
정몽주	오랜만이구나, 방원아.
정도전	앉으시게. 포은.
정몽주	나와 같이 좀 가세.
정도전	어딜 말인가?
정몽주	스승님이 자넬 찾으시네.
정도전	...

18 _____ 이색의 집 마당 안 (밤)

권근, 이숭인, 이첨, 하륜 등 사대부들, 불이 켜진 안채를 주시하고 있다.

19 _____ 동 안방 안 (밤)

이색, 정몽주, 정도전, 앉아 있다. 이색, 노기가 가시지 않은...

정도전 (의례적인) 일전에 성균관에서의 일은 입이 열 개라도 뭐라 드릴 말씀이 없습니다. 소생의 무례를 용서해 주십시오.

이색 (흔쾌하지만은 않은) 모든 것이 나의 부덕의 소치이거늘 누구를 탓 하겠느냐? 내 너를 보자 한 이유는 조준이 낸 전제개혁 상소 때문 이니라.

정도전 허면 조준을 부르셔야지 어찌 소생을, (하는데)

이색 도전이 니가 배후에 있는 것 안다.

정몽주 !

정도전 ...

이색 무슨 의도에서 이 같은 참담한 짓을 벌이는지 모르겠다만, 지금이 라도 그만두거라.

정도전 사전을 혁파하자는 것이 어찌하여 참담한 짓입니까?

이색 가능하지도 않은 일을 주장하면서 겨우 안정을 찾은 나라를 다시 혼돈으로 몰아가는 것이 참담한 짓이 아니면 무엇이냐?

정도전 소생은 불가능하다 여기시는 이유를 알지 못하겠습니다. 요순시대 까지 거슬러 올라가지 않더라도 사전을 부정하고 정전제의 이상을 실현한 나라들은 많습니다.

이색	개혁은 이상만 가지고 추진해서는 아니 되는 것이다. 고려의 현실을 명확히 짚어본 연후에, (하는데)
정도전	고려의 현실을 명확히 짚으셨다면 사전을 옹호하실 순 없는 것입니다.
이색	(보는)
정몽주	(분위기 풀려는 듯 부드럽게) 스승님... 조준의 상소가 과격한 것은 사실이오나 논의해볼 만한 가치는 있다고 사료됩니다. 의논을 거치다 보면 현실 가능한 대책이 만들어질 수도 있지 않겠습니까?
이색	의논다운 의논이 되리라 보느냐? 지금 우리의 정치력으론 사전 문제를 감당할 수 없느니라. (정도전에게) 조준을 설득하여 상소를 철회토록 하거라.
정도전	송구하오나 소생... 그렇게는 할 수 없습니다.
이색	(보는)
정도전	...이만 일어나겠습니다. (일어나면)
이색	알량한 권세를 쥐더니 세상이 다 니 것 같으냐?
정도전	(보는)
정몽주	스승님...
이색	이성계에게 빌붙어 정창군을 왕위에 세우려 할 때도 내 너를 이해하려 하였다. 오랜 세월 야인을 전전하며 못다 피운 뜻이 많아서 그러는 것이라 여겼다. 헌데 이제 사전까지 없애려 들다니... 뜻은 내팽개치고 한풀이를 하려는 것이 아니냐?
정도전	정확히 보셨습니다. 소생 지금, 백성의 고혈을 빨아먹은 지주들에게 한풀이를 하는 중입니다.
이색	네 이놈!
정몽주	(안 되겠다는 듯 일어나 정도전을 잡으며) 아니 되겠네. 일단 나가세. (하는데)
이색	몽주는 가만있거라!

정몽주	(당혹스러운)
이색	똑똑히 들어두거라. 정치는 부수는 것이 아니라 지키는 것이다.
정도전	스승님은 지키십시오... 소생은 부술 것입니다. 권문세가로서 스승님께서 소유해오신 전국의 수많은 농장들까지 함께 말입니다.
이색	!
정몽주	삼봉!!
정도전	(피식 웃는데)
이색	가거라... 너와 나의 사제의 연은 이것으로 끝이다.
정몽주	!
정도전	...바라던 밥니다.
정몽주	(헉!) 삼봉...
정도전	(획 나가는)
이색	(이를 악물더니 서안을 쾅! 내려치는)

20 _____ 동 마당 안 (밤)

정도전, 걸어 나오다 멈춘다. 기다리고 있던 사대부들, 적대감을 품은 표정으로 다가선다.

권근	지금 무슨 짓을 하신 것입니까?
정도전	...
이숭인	(노기 어린) 사형께서 어찌 이런 패륜을 저지를 수 있단 말입니까!!
정도전	(보는) 들으셨다시피 이제 소생은 파문을 당한 몸이오... 사형이라 부르지 마시오.
이숭인	!

정도전	(사라지는)
이숭인·권근	(탄식)
이첨	사전에 대한 적개심이 아무리 강하다 해두 선비라는 사람이 어찌 저럴 수가 있단 말인가?
하륜	(곰곰이 뭔가 생각하는)

21 _____ 이성계의 집 앞 (밤)

정몽주, 굳은 표정으로 걸어 들어간다.

정몽주	(E) 조준의 상소를 반려해 주십시오.

22 _____ 동 안방 안 (밤)

이성계, 의외라는 표정으로 정몽주를 본다.

이성계	아이, 포은 선생께서도 전제개혁에 반대하는 거우까?
정몽주	전제개혁에 반대하는 것이 아니라 속도를 조절하자는 것입니다.
이성계	(보는)
정몽주	사전은 수백 년을 거쳐 고착된 제돕니다. 사전을 혁파하는 방향은 맞지만, 지금처럼 일방적으로 밀어붙이다간 거센 역풍을 맞을 것입니다.
이성계	강한 적과 싸워 이길라문 기습을 해서리 몰아쳐야 하지 않겠슴메?
정몽주	부작용이 벌써 속출하고 있으니 드리는 말씀입니다. 저희 스승님께서 삼봉과 의절을 하였습니다.

이성계	...
정몽주	대감...
이성계	(정몽주를 물끄러미 바라보는)

23 ＿＿＿ 정도전의 집 안방 안 (밤)

정도전, 서안 앞에 앉아 있다. 최 씨, 정도전의 안색을 살피고 있는다.

F.B》 4회 44씬의

이색	(근엄하게) 도전아.
정도전	!... (긴장) 예, 스승님.
이색	그간 교만해질까 싶어 공치사에 인색했었는데... (따뜻한 어조로) 참으로 잘 싸워주었다.
정도전	(놀라운) ...스승님.
이색	(미소, 끄덕이는) 잘해주었어...
정도전	...

현재》

정도전	...
최 씨	무슨... 고민 있으십니까?
정도전	...
최 씨	(의아한데)
득보	(E) (호들갑) 영감마님!! 영감마님!!
정도전	(최 씨에게) 오늘은 아무도 만나고 싶지 않으니 돌려보내 주시오.
최 씨	예...

최 씨, 나간다. 정도전, 옅은 한숨 쉬는데 최 씨, 놀란 얼굴로 들어온다.

최 씨   서방님! 어서 나가보십시오!

정도전   (보는)

24 _____ 동 마당 안 (밤)

정도전, 최 씨와 나오면 바짝 얼은 득보 옆에 이성계, 뒷짐진 채 서있다.

정도전   대감...

이성계   슬픈 일을 당했다 해서리 내 위로주를 사러 왔습메. (뒤춤에 쥐고 있던 술병을 들어 보이며 미소 짓는)

정도전   (보는, 고마움의 미소)

25 _____ 다시 안방 안 (밤)

조촐한 주안상을 마주하고 앉은 이성계와 정도전, 술을 마신다.

정도전   주군께서 소생이 의절한 사연을 어찌 아셨습니까?

이성계   포은 선생이 전해줬습디다. 전제개혁의 속도를 조절하자면서 말이우다.

정도전   포은의 말을 따르실 것입니까?

이성계   (미소) 내 삼봉 선생에게 모든 걸 맡기지 않았습메... 하고 싶은 대로 하시우다.

정도전	(안도의 빛이 떠오르는데)
이성계	다만... 꼭 한 가지만 부탁할 테이 들어줘야 합메.
정도전	무엇입니까?
이성계	대업을 하다 보문 적이 많이 생기고 기카다 보문 원치 않는 싸움도 마이 하게 되겠지비. 허나 어떤 일이 있어도... 포은 선생만은 적으로 만들어선 아이 됩메.
정도전	(보는)
이성계	내한테 포은 선생은 대업만큼이나 중요한 분이우다. 꼭... 대업에 동참하게 맹글어 주시우다.
정도전	당장은 어렵겠지만 언젠가 반드시... 그리 만들 것입니다. 소생에게도 포은은 목숨 같은 사람이니까요.
이성계	(미소) 고맙소. 기카구... 힘 내시우다.
정도전	위로해 주셔서 감사합니다... 주군.

이성계와 정도전의 미소에서...

26 _____ 우왕의 행궁 외경 (낮)

〈자막〉 강화도
궁녀의 비명이 들린다.

27 _____ 행궁 안 (낮)

만취한 우왕, 대노하여 한 손에 칼을 든 채 다른 손으로 궁녀의 머리채를 잡고 질질 끌고 나온다. 우왕, 궁녀를 바닥에 패대기친다.

궁녀　(싹싹 빌며) 폐하~ 살려주시옵소서! 살려주시옵소서!

우왕　(흥!) 말끝마다 전하, 전하 떠들더니 니년이 이제야 폐하 소리가 나
　　　오는 것이냐?

궁녀　죽을죄를 지었나이다. 제발 목숨만 살려주십시오.

우왕　짐의 신세가 아무리 참담해졌기로 천한 궁녀에게까지 능욕을 당할
　　　수는 없다. 네 이년 오늘 죽어봐라. (칼을 뽑는데)

강 내관, '폐하!' 하며 다가선다.

우왕　무슨 일이냐?

강 내관　광평군께서... 세상을 떠났다 하옵니다!

우왕　!... (칼 툭 떨어뜨리는, 멍해지는데)

강 내관　하옵구 군권을 장악한 수시중 이성계가 사전을 혁파하자고 하여
　　　조정이 발칵 뒤집혔다 하옵니다.

우왕　뭐라? 사전을 혁파해? 이성계 이놈이 이젠 별짓거릴 다 하는구나.

28 ＿＿＿＿ **빈청 앞 (낮)**

노기 어린 표정의 이색과 변안열, 들어간다.

29 ＿＿＿＿ **동 이성계의 집무실 안 (낮)**

이성계, 앉아 있는데 이색과 변안열, 노기 어린 얼굴로 들어온다.

이성계	(일어나는) 시중 대감.
이색	경기지역에서 양전이 실시되고 있다는 것이 사실이오?
이성계	...시범적으로 몇 군데만, (하는데)
변안열	어찌 도당의 의결도 거치지 않고 수시중 마음대로 이러시는 것이오이까!
이성계	도당에서 결론을 안 내니 이러는 것 아닙니까! 몇 군데 조사를 해보고 그 결과를 갖고 다시 논의하려는 것인데 뭐가 잘못됐수까!
변안열	!
이색	수시중은 시범 삼아 한 일인지 모르나 지주들과 백성들은 전제개혁을 기정사실로 받아들이게 될 것이오. 당장 중단하시오.
이성계	못 합니다.
이색	중단하시오!
이성계	못 한다고... 말했수다.
이색	(노려보다가 훅! 숨 내쉬고 나가는)
이성계	...

30 _____ 빈청 앞 (낮)

이색과 변안열, 걸어와 선다.

변안열	이거 정말 해도 해도 너무 하지 않소이까... 아무리 수시중의 세상이라 해도 시중 대감과 한 마디 상의도 없이 일을 벌이다니요.
이색	이리 놔둬서는 아니 됩니다. 이대로 가다간 나라가 결딴이 날 것이에요.
변안열	허나 방도가 없지 않소이까? 군권과 요직이 모두 이성계의 수중에 있으니 대항할 수단이 없어요.

이색	(고심하는데)
권근	(E) 시중 대감!

이색과 변안열, 보면 권근, 다가선다.

이색	무슨 일인가?
권근	(긴한 표정으로) 명나라에 금상의 왕위 계승을 고하러 갔던 우인열과 설장수가 명 황제의 칙서를 받아 돌아왔습니다.
변안열	어찌 되었소이까? 왕위 계승을 인정하겠답니까?
권근	역시 이번에도 가타부타 아무 입장이 적혀 있지 않았습니다. 헌데...
이색	헌데?
권근	이성계가 상왕을 폐위시킨 것을 문제 삼고 나왔습니다.
이색	!

31 _____ 대궐 편전 복도 안 (낮)

이성계를 필두로 배극렴, 이지란, 조준, 걸어가는 모습 위로.

정도전	(E) 그대들의 신하가 짐에게 와서 고려 국왕 우의 아들 창이 왕위를 계승하였다고 하는데 이는 짐이 아는 것과 다르다.

32 _____ 대궐 편전 안 (낮)

창왕, 이색, 이성계, 변안열, 배극렴, 정몽주, 이숭인, 하륜, 조준 등 중신들이 긴장한 표정으로 앉아 있다. 정도전, 칙서를 읽고 있다.

정도전 짐이 전해 들은 바로는 고려왕 우가 별궁에 갇혀 있다 하니 이는 필시 너희 나라에... (심각한) 모반이 있었던 것이리라.

일동의 시선이 이성계를 향한다. 이성계, 묵묵히 앉아 있다.

정도전 짐은 너희 나라의 형세가 어찌 되어가는지 지켜볼 것이다. (내리는)

창왕 대체 이게 어찌 된 일입니까? 황제가 어찌 모반이라 하는 것입니까?

이성계 (심각한)

이색 (생각하는)

조준 전하의 왕위 계승을 거부할 명분으로 억지를 부리는 것이옵니다!

이숭인 그리 가벼이 여길 문제가 아니옵니다! 황제의 오해가 더 깊어지기 전에 전하께옵서 적법한 절차에 따라 즉위한 고려의 군왕임을 알려야 하옵니다!

정몽주 더불어 고려에 모반이 없었다는 점도 분명히 밝혀야 할 것이옵니다.

창왕 ...문하시중...

이색 예, 전하.

창왕 사신으로 누구를 보내면 좋겠습니까?

이색 소신이... 가겠사옵니다.

일동 !

창왕 시중께서요?

정몽주 아니 되옵니다! 요동 정벌 등으로 인하여 양국의 관계가 혼돈을 거듭하고 있사옵니다. 억류와 살해의 가능성을 배제할 수 없사오니 집정대신을 보내서는 아니 되옵니다!

이색	그토록 위중한 상황이니 집정대신이 가서 명나라의 불신을 불식시켜야 하지 않겠소이까? 전하... 소신이 수문하시중과 함께 명나라로 가겠사옵니다.
이성계	!
일동	!
창왕	수문하시중도 말입니까?
정도전	불가하옵니다! 수시중은 고려의 내정을 책임지는 자리이옵니다! 잠시라도 고려를 비워서는 아니 되옵니다!
이색	명나라 황제가 전하께서 즉위하신 것을 모반의 결과로 오해하고 있지 않소이까! 오해를 풀 수 있는 길은 당시의 상황을 가장 잘 알고 특히 이 나라의 군권을 관장하고 있는 수시중이 직접 해명하는 것뿐이란 말이외다!
정도전	(말문이 막히는)
이색	(이성계에게) 수시중.
이성계	(천천히 보는)
이색	함께... 명나라로 가십시다.

이색과 이성계, 당혹스러운 정도전의 모습에서 엔딩.

32회

1 _____ 대궐 편전 안 (낮)

이색　　전하... 소신이 수문하시중과 함께 명나라로 가겠사옵니다.

이성계　!

일동　　!

창왕　　수문하시중도 말입니까?

정도전　불가하옵니다! 수시중은 고려의 내정을 책임지는 자리이옵니다! 잠시라도 고려를 비워서는 아니 되옵니다!

이색　　명나라 황제가 전하께서 즉위하신 것을 모반의 결과로 오해하고 있지 않소이까! 오해를 풀 수 있는 길은 당시의 상황을 가장 잘 알고 특히 이 나라의 군권을 관장하고 있는 수시중이 직접 해명하는 것뿐이란 말이외다!

정도전　(말문이 막히는)

이색　　(이성계에게) 수시중.

이성계　(천천히 보는)

이색　　함께... 명나라로 가십시다.

이성계　...

조준　　(다급히) 시중께선 어찌 그리 무리한 요구를 하시는 것입니까! 시중과 수시중 두 분이 동시에 고려를 비우면 국사가 어찌 되겠습니까!

하륜　　무리한 요구라니 말씀을 참 이상하게 하시는군요.

조준　　(보는)

하륜　　황제를 납득시키자면 수시중은 당연히 가야 하는 것이고, 위험한 사행이니만큼 시중께서 그 짐을 나눠 지시겠다는 것입니다. 요구가 아니라 호의입니다.

변안열　지당하신 말씀이외다! 시중께서 어려운 결심을 하였으니 수시중은 응당 화답을 하여야 할 것입니다!

이지란　화답은 무시기 화답! 수시중 대감! 명나라로 가셔선 아이 됩메다!

배극렴	수시중 대감! 국정의 공백을 생각해야 합니다!
이색	어허! 여긴 어전이외다! 중신들은 잠자코 계세요! (재촉하듯) 수시중, 어찌 이리 주저하시는 것이오?
이성계	...
이색	위기에 처한 고려를 외면할 분이 아니라고 믿소이다. 이 사람과 함께 가십시다.
이성계	(자심한 듯) 신 수문하시중 이성계, 삼가 아뢰겠나이다.
일동	(보는)
이성계	소신, 국록을 먹는 신하로서 어찌 지옥의 불구덩인들 피할 수가 있겠사옵니까?
정도전	...! 대감...
이성계	하오나 소신의 입조를 반대하는 중신들의 의견이 적지 않으니 바라옵건대 소신에게 생각할 시간을 주시옵소서.
일동	!
이색	수시중! 구차하게 어찌 이러는 게요!
이성계	(꾹 참고) ...오래 걸리진 않을 것이옵니다, 전하.
창왕	수시중은 명나라에 가기가... 싫은 것입니까?
이성계	(보는)
창왕	(움찔) 그, 그리하세요.
이성계	성은이 망극하옵니다, 전하.
이색	(노려보는)
정도전	(안도하는)

2 _____ 빈청 이성계의 집무실 안 (낮)

이성계와 정도전, 조준, 배극렴, 이지란, 앉아 있다. 이성계, 굳은 표정.

배극렴	참으로 대처를 잘하셨습니다, 대감.
이지란	내는 성님께서 욱해가지구서리 맹나라 간다 기칼까봐 십년감수하는 줄 알았슴메.
정도전	급한 불을 껐을 뿐입니다. 아직은 기뻐할 때가 아닙니다. (하는데)

권근, 이첨, 하륜, 이숭인 등이 들어온다.

이지란	당신들 뭐이네!
이숭인	수시중 대감, 속히 용단을 내려주십시오.
이성계	...
권근	시중 대감께서 몸소 위험을 자청하는 판국에 군권을 쥐고 계신 수문하시중이란 분께서 일신의 안위를 위하여 몸을 사리시는 것입니까!
조준	몸을 사리다니요! 말씀을 삼가세요!
이첨	구구한 억측을 사고 싶지 않다면 속히 결단을 내리십쇼!
배극렴	한 나라의 집정대신이 하나도 아니고 둘씩이나 사신으로 가는 일이외다! 심사숙고해야 마땅한 일이거늘 어찌 이리 독촉을 하시는 게요!
하륜	시중 대감은 몰라도 수시중 대감께선 심사숙고할 이유가 없다고 사료됩니다만.
이성계	(보는)
배극렴	뭐요?
하륜	지난 계해년에 명나라와의 관계가 악화되었을 때 집정대신이던 광평군 이인임이 입조하여 사태를 해결해야 한다고 주장하신 분이 바로 이성계 대감이 아니십니까?
배극렴	!... (그랬다 싶은)
하륜	모름지기 남에게 들이대는 잣대와 자신에게 들이대는 잣대가 달라

서는 아니 되는 것입니다.

이성계　...얘기 잘 들었으니 그만 물러들 가시오.

이숭인　대감의 조속한 결단을 촉구합니다... 가십시다.

일동, 우르르 나간다.

이지란　저런 주둥이만 살은 쌍간나새끼들 같으니...

정도전　이건 시작에 불과합니다. 이색을 따르는 사대부들의 상소가 내일
　　　　이면 도당과 편전에 수북이 쌓일 것입니다.

이성계　...

이색　(E) 이번 일만큼은 이성계의 역성을 들어서는 아니 될 것이다.

3 ＿＿＿＿＿ 동 정몽주의 집무실 안 (낮)

이색과 정몽주, 앉아 있다.

정몽주　(안타까운) 스승님마저 어찌 이러시는 것입니까?

이색　(보는)

정몽주　음모와 술수를 배격하고 공명정대한 정치를 펼치라 가르치셨던 스
　　　　승님이 아니셨습니까? 송구하오나 오늘의 처사는... 음모이고, 술수
　　　　입니다.

이색　창랑의 물이 맑으면 갓끈을 씻고, 더러우면 발을 씻는다 하였다. 몽
　　　　주 너는 지금의 난국을 공명정대함만으로 헤쳐나갈 수 있다고 보
　　　　느냐?

정몽주　(보는)

이색　군왕의 권위는 나락으로 떨어지고 나라의 실권이 무장 한 명의 수

중에 들어가 있느니라. 더욱이 정도전과 조준 같은 얼치기 유자들이 전제개혁이라는 미명하에 나라의 근간을 망가뜨리려 하고 있지 않느냐?

정몽주 허나 이성계 대감은 이인임의 족당들을 몰아내고 위화도 회군으로 망국을 막았습니다. 사전을 혁파하는 것 또한 성급하고 과도한 측면이 없지 않으나 도탄에 빠진 민생을 구제하기 위한 충심에서 비롯된 것임을 부정해서도 아니 되는 것입니다.

이색 충심이 결과를 정당화해 줄 수는 없느니라. 분명한 사실은... 이 나라가 바로 서기 위해서는 이성계와 그의 당여들이 사라져야 한다는 것이다.

정몽주 스승님...

이색 몽주 너도 이제 그만 이성계와 도전이에 대한 미망에서 벗어나야 할 것이다. (일어나는)

이색, 나가다 멈칫한다. 들어오던 정도전과 마주친다. 정도전, 인사하면 이색, 냉랭하게 빠져나간다. 정도전, 쓸쓸한 듯 피식 웃는다.

정몽주 (역시 냉랭한) 자네가 여긴 어쩐 일인가?

정도전 (앉는) 아마도 이색 대감과 반대되는 말을 하러 온 듯하네.

정몽주 (쏘아보는) 이제 내 앞에서마저... 이색 대감이라 부르는 것인가?

정도전 ...포은... 사대부들을 자제시켜주게. 이성계 대감은 결코 명나라에 가지 않네. 정국의 파탄을 막기 위해서라도 자네가 애를 써주시게.

정몽주 이성계 대감과 자네는 전제개혁의 속도를 조절해 달라는 내 요청을 무시하였어. 그 결과 오늘의 사태가 빚어진 것이구... 내게 더 이상의 협조를 바라지 말게. (나가는)

정도전 ...

4 _____ 대궐 뜰 안 (밤)

남은, 윤소종, 이방원, 뛰어 들어온다. 어딘가 보고 멈추면 권근, 이
숭인, 이첨, 하륜 등 사대부들과 변안열 등 몇몇 무장들이 연좌하고
있다.

남은	이런 젠장할... 숨 쉴 틈을 주지 않는구만.
윤소종	변안열의 무장 세력까지 가세했습니다.
이방원	이대로라면 공론에 떠밀려서라도 명나라로 가게 될 것입니다. 방도를 찾아야 합니다. (하는데)
남은	저기!

일동, 보면 이성계가 들어온다. 좌중의 시선을 한 몸에 받으며 묵묵
히 전각으로 걸어 들어가는 이성계. 이방원, 안타깝다.

5 _____ 동 자혜전 안 (밤)

왕대비(정비), 대비(근비), 이성계와 앉아 있다.

정비	내 조정의 일에는 간여하지 않고 부처님만 바라보며 사는 사람입니다만, 이번 일만큼은 한마디 해야겠습니다.
이성계	말씀하시옵소서, 왕대비마마.
정비	시중과 함께 명나라로 가주세요.
이성계	...
정비	내키지 않으시는 것 압니다. 위험할 수도 있다는 것 압니다. 허나 지금은 그 방도뿐인 듯합니다.

이성계	소신... 심사숙고하여 고해 올리겠나이다.
근비	(냉랭한) 한 해에도 수십 명의 신하들이 목숨을 걸고 명나라를 왕래합니다. 용맹스러운 분께서 어찌 이리 좌고우면°하시는 겁니까?
이성계	(꾹 참고) ...심사숙고하겠사옵니다. 허면... (일어나 나가는)
근비	(흥!, 정비에게) 빠져나갈 방도를 찾는 모양인데 이번엔 쉽지 않을 것입니다.
정비	나무 관세음보살...

6 _____ 성균관 정록청 안 (밤)

정도전, 한시가 적힌 종이를 바라보고 있다. 이방원, 들어온다.

이방원	(앉으며) 찾으셨습니까?
정도전	오냐. 아버님은 어찌하고 계시느냐?
이방원	안채에서 칩거 중이십니다.
정도전	방원이 니 생각엔 작금의 사태를 어찌 풀면 좋겠느냐?
이방원	이색을 도모해야 합니다.
정도전	(피식) 이색 대감이 비록 실권은 없으나 유림의 추앙을 받는 유종이다. 지금 이색을 제거하면 민심이 아버님을 따를 것 같으냐? 더욱이 아버님에 대한 명나라 황제의 의심이 확신으로 바뀌게 될 것이야.
이방원	허면... 이대로 아버님을 보내자는 말씀이십니까?
정도전	(대답 대신 한지를 이방원 앞에 내미는)
이방원	(보는)

° 왼쪽을 돌아보고 오른쪽을 곁눈질함. 결정을 내리지 못하고 망설임.

정도전	(시를 읊는) 대리성은 어디인가... 삼한의 땅은 점점 멀어지네... 강산에 사람의 얼굴 여위고... 풍월에 나그네의 혼이 스러지네...
이방원	이게 무엇입니까?
정도전	내 사형이었던 김구용 영감이 지은 절명시다. 갑자년에 명나라에 사신으로 갔다가 황제의 심술로 인해 귀양을 가서 죽었지...
이방원	...
정도전	(쓸쓸한) 약한 나라 사신들의 운명이 이런 것이다. 황제의 심기를 조금만 건드려도 예사로 귀양을 보내고 옥에 가둔다. 심지어 참수까지... (이방원을 보며) 내가... 이것을 너에게 주는 뜻을 알겠느냐?
이방원	(보다가 이내 미소) 알다뿐이겠습니까?
정도전	(보는)
이방원	(E) 소자가 명나라로 가겠습니다.

7 _____ 이성계의 집 안방 안 (밤)

이성계, 놀란 표정으로 이방원을 본다. 병한 표정의 강 씨.

강 씨	방원아, 니 지금 뭐라 하였느냐?
이방원	소자, 아버님 대신 이색 대감을 따라 명나라로 가겠습니다.
이성계	객쩍은 소리 그만하고 날래 나가라우.
이방원	허락해 주시면 소자가 이색 대감과 담판을 짓겠습니다.
이성계	날래 나가라 하지 않니! 거가 어떤 덴 줄 알고 니가 간다고 그러니!
이방원	압니다. 가면 죽을 수도 있는 곳입니다.
이성계	알문서 기딴 소리를 지껄이는 거이니! 세상에 지 살라고 지 아들내밀 사지로 처넣는 부모도 있다든!
이방원	부모가 죽는 것을 수수방관하는 자식은 세상에 있는 것입니까!

이성계	!
이방원	주원장은 후환을 제거하기 위해서라도 결코 아버님을 살려두지 않을 것입니다. 허나 소자가 가면 얘기가 다릅니다. 소자를 죽여 아버님과 원수가 될 것인지, 소자를 환대하여 아버님을 친명파로 만들 것인지 따져보게 될 것이니... 살아 돌아올 공산이 두 배로 늘어나는 것입니다.
이성계	(노려보다가 일어나는) 아이 되갔소. 부인, 가마를 대령하시오.
강 씨	(잡으며) 대감! 어디를 가시려는 것입니까?
이성계	내 꽁무니를 빼고 앉아 있으이 야가 이딴 소릴 하는 거우다. 전하를 알현해야갔소. (나가는)
이방원	아버님!
이성계	(노려보고 휙 나가는)
이방원	(탄식)

8 _____ 이성계의 안방 앞 (밤)

이성계, 나오고 이방원과 강 씨, 따라 나온다.

강 씨	대감, 제발 고정하시고 방원이 얘기를 더 들어보시어요.
이성계	말 같잖은 소리 더 들을 것도 없수다.
이방원	아버님!

이성계, 신발을 신고 나서다 멈칫한다. 일동, 보면 정도전이 서 있다.

정도전	방원이를 보내셔야 합니다.
이성계	삼봉 선생!!

정도전	그래야 하십니다.
이성계	이건 내 싸움입메다! 싸우다 죽어도 내가 죽슴메다! 비겁하게 아들 내밀 화살받이로 내세우문서까지 살고 싶은 생각 없습꾸마!
정도전	대감께서 변을 당하시면 어차피 모두 죽습니다.
이성계	무시기라?
정도전	전쟁터에선 적장을 베면 그걸로 승패가 갈립니다. 허나 조정에선 적장을 죽인 연후에 당여와 가족들까지 죽여야 비로소 끝이 납니다. 정치는 때로 전쟁보다 잔혹한 것입니다. 냉정해지십시오.
이성계	(기막힌 듯 허! 하는)
이방원	아버님... 소자 꼭 살아서 돌아올 것입니다. (무릎을 꿇는) 허락해 주십시오.
강 씨	(눈물 그렁한) 방원아...
이성계	(탄식하는)
정도전	...

9 _____ 이색의 집 안방 안 (밤)

이색, 이숭인, 권근, 이첨, 하륜 등 앉아 있다.

이색	숭인이가 명나라에 지인이 많으니 나와 더불어 명나라로 갈 것이다. 너희는 나와 수시중이 없는 동안 정도전 일파의 준동을 막아야 할 것이다. 변안열 대감이 너희를 도울 것이다.
이첨	예, 스승님.
이색	(문소리에 고개 들면)

문이 열리고 정도전이 들어온다. 일동, ! 정도전, 인사한다.

이색	그대가 여긴 어쩐 일이시오?
정도전	이성계 대감의 입조 건으로 드릴 말씀이 있어 왔습니다. 사람들을 물려주셨으면 합니다.
이숭인	할 얘기가 있으면 이성계 대감더러 직접 오라 하시오! 썩 물러가시오!
권근	감히 여기가 어디라고 수시중의 일개 당여 따위가 발을 들인단 말이오!
정도전	(태연한)
하륜	보아하니 협상을 하러 온 듯합니다. 얘기나 들어보시지요, 스승님.
이색	...너희는 잠시 나가 있거라.
일동	!
정도전	(미소)

시간 경과》

이색과 정도전, 독대하고 있다.

정도전	이성계 대감 대신 다섯째 이방원이 명나라로 갈 것입니다.
이색	허튼소리... 받아들일 수 없소이다.
정도전	거부하시면 이성계 대감께선 내일부터 병석에 눕게 되실 것입니다.
이색	(보는)
정도전	평소 가벼운 소갈°기가 있었는데 근자에 무리를 하여 악화가 되신 듯합니다. 지병이 있으니 명나라 사행은 당연히 불가할 터... 그럼에도 불구하고 입조의 주장을 꺾지 않는다면... 둘 중 어느 한쪽은 죽어야 끝나는 싸움이 벌어질 것입니다.
이색	지금... 이 사람을 겁박하는 것이오?

° 당뇨병.

정도전	현명한 판단을 돕기 위해 가감 없이 말씀드리는 것뿐입니다. 동의만 해주시면 군권과 조정 내 요직의 삼 할을 대감이 천거하는 자에게 넘겨드리겠습니다.
이색	...전제개혁을 철회한다면 내 고려해 보겠소이다.
정도전	그것은 항복을 하라는 말씀이시니... 받아들일 수 없습니다.
이색	얘기는 끝난 것 같구려. 그만 물러가시오.
정도전	다만... 휴전을 할 용의는 있습니다.
이색	(보는)
정도전	돌아오실 때까지 경기지역의 양전을 비롯하여 일체의 전제개혁 사업을 중단하겠습니다. 더불어 어떠한 정치적 보복행위도 없을 것이구요.
이색	감언이설은 그쯤 해두시오. 이 사람이 명나라에 가 있는 사이 수시중을 앞세워 종사를 농단하려는 저의를 모를 것 같소이까?
정도전	기우십니다. 이성계 대감께서 가장 총애하는 아들이 시중 대감의 볼모로 잡혀 있는데 우리가 고려에서 무엇을 할 수 있겠습니까?
이색	(보는)
정도전	시중 대감... 더 이상의 양보는 없습니다.

이색과 정도전의 시선이 팽팽하게 부딪친다.

10 _____ 이성계의 집 마당 안 (낮)

짐 따위 실려진 말의 고삐를 잡고 선 조영규. 사월, 이방우, 이방과, 이지란, 착잡한 표정으로 서 있다.

11 _____ 동 안방 안 (낮)

관복을 입은 이성계와 나란히 앉은 강 씨, 눈물이 그렁하다. 관복 차림의 이방원의 절을 받는다.

이방원 (절하고) 허면 소자, 남경에 다녀오겠습니다.

이성계 ...잘 다녀오라우.

강 씨 (안타까운 듯 한숨 내쉬면)

이방원 (미소) 어찌 또 이러십니까? 심려 마십시오. 소자, 무사히 돌아올 것입니다.

강 씨 (후~ 곁의 놓인 수필낭을 건네는) 받거라.

이방원 수필낭이 아닙니까?

강 씨 서장관°의 중책을 맡았으니 늘 붓을 지니고 있어야 할 것이 아니냐?

이성계 방워이 니 줄 거라고 수틀 잡고 메칠 밤을 새더구마...

이방원 (고마운 듯 보는) 어머님...

강 씨 잘 다녀오너라. 몸 성히 돌아올 때까지 부처님께 빌고 또 빌 것이다.

이방원 예... 심려 마십시오.

강 씨 (눈물 그렁해서 보는)

이성계 (일어나는) 그만 가자우.

12 _____ 대궐 앞 (낮)

이색, 이숭인, 이방원, 사신단을 이끌고 서 있다. 그 앞에 이성계와 정몽주, 변안열, 서 있다.

° 사신 중에서 기록과 외교문서에 관한 직무를 담당하는 관리.

이성계	이 사람이 가야 하는데 사정이 여의치 못해 송구합니다.
이색	이 사람의 생각이 짧았습니다. 수시중이 남아계시니 이 사람도 맘편히 다녀올 수 있을 듯합니다. (의미심장한) 아드님은... 제가 잘 보살피겠습니다.
이성계	... (이내 억지 미소) 감사합니다. 잘 데리고 있어 주십시오.
변안열	자, 이제 출발들 하시지요.
이색	가세.

이색, 사신단을 이끌고 나간다. 바라보는 이성계.

변안열	일이 잘돼서 무사히들 돌아와야 할 터인데...
정몽주	그와 관련하여 한 가지 처결할 일이 있습니다.
이성계	그게 무엇입니까?
정몽주	(그늘이 드리워지는) 빈청으로 드시지요. 간관들의 상소가 수북이 쌓여 있습니다.
이성계	?

13 _____ 빈청 이성계의 집무실 안 (낮)

족자들이 수북이 쌓인 함 앞에서 상소 하나를 읽고 있던 이성계, 족자를 탁 내려놓는다. 감정이 격앙되어 있다. 그 앞에 정몽주, 변안열, 하륜, 조준, 앉아 있다.

| 이성계 | 이렇게까지... 해야 하는 겁니까? |
| 하륜 | 사신들의 무사 귀환을 위해서는 불가피한 조칩니다. 명나라 황제에게 요동 정벌이 고려의 진심이 아니었음을 재차 밝혀야 합니다. |

변안열	그렇소이다. 최영을 살려두면 황제가 계속 딴지를 걸게 될 것이외다.
조준	이 문제에 관한 한 조정 안에 이견이 없습니다. 결정을 하시지요.
이성계	최영 장군은 이미 벌을 받은 사람 아이오! 국문을 당하고 귀양을 갔다가 이제는 땅끝까지 쫓겨가 있는 사람입니다!
정몽주	그레도... 그리하셔야 합니다.
이성계	포은 대감께서도 같은 생각인 거우까?
정몽주	...그렇습니다... 사신들의 안전과 두 나라의 안정적인 관계를 위해서는 이럴 수밖에 없습니다. 최영 장군께서도... 이해하실 것입니다.
이성계	...

14 _____ 최영의 초가 외경 (낮)

가시덤불로 울타리가 쳐져 있다. 푸성귀를 손에 쥔 최영, 거동이 불편한 듯 비척비척 걸어와 들어간다.

15 _____ 동 초가 마당 안 (낮)

평상 위 푸성귀가 올려진 소반. 최영, 부엌에서 걸어 나와 꽁보리밥 정도 담긴 그릇을 올려놓는다. 소반을 들고 방으로 향하는데 사람들의 발소리에 멈칫 보면 관리와 관원들이 들어온다.

최영	(소반을 내려놓고) 무슨 일들이신가?
관리	죄인 최영을 도성으로 압송하라는 명이 떨어졌소이다!
최영	(올 것이 왔다 싶은, 만감이 교차하는 심정으로 먼 산을 보는)

16 _____ 이성계의 집 외경 (밤)

17 _____ 동 사랑채 안 (밤)

이성계, 술 마시며 괴로움을 가누지 못하는. 이지란, 들어오고.

이지란	성니메.
이성계	장군께선 올라오셨니?
이지란	좀 전에 순군옥 옥방에 갇히셨수다.
이성계	(술 마시고 후~ 눈망울이 떨리는) 내 혼자 있어야 갔다. 그만 나가 보라우.
이지란	기란데 성니메... 최영 장군이 성님을 불러달라 하오.
이성계	...

18 _ __ 순군옥 옥방 안 + 앞 (밤)

최영, 벽에 기대앉아 있다. 처연한 표정으로 허공을 응시한다.
다가서는 누군가... 최영, 천천히 보면 먹먹한 표정의 이성계다.

최영	오셨는가?
이성계	...아무... 변명도 하지 않갔습메... 소장을 이해해 달라고도... 용서해 달라고도 아이 하갔습메...
최영	내 자네를 비난하려고 부른 것이 아닐세... 이것도 다 하늘의 뜻일 진대 사내대장부가 구차하게 지난 일에 얽매여서 무엇하겠는가?
이성계	(울컥) 장군...

최영	다만 내 자네에게 부탁을 할 것이 있어 불렀네...
이성계	말씀하시우다.
최영	나는 죽어 고려를 지키는 귀신이 될 것일세... 자넨... 이승에서 고려를 지키는 파수꾼이 되어주시게.
이성계	(안타까움으로 보는)
최영	그리해줄 수 있겠는가?
이성계	(눈망울이 떨리는)
최영	내 평생 아들처럼 여겼던 자네에게 마지막으로 남기는 말일세. 유언이라 생각하고 지켜주시게.
이성계	(마침내 울음이 터지며, 한쪽 무릎을 꿇는) 장군!

이성계, 흐느낀다. 최영, 바라본다. 가까스로 진정한 이성계.

이성계	소장... 장군께 이거 하난 약속드리겠수다...
최영	(보는)
이성계	좋은 세상을 맹글 거우다.
최영	좋은 세상?
이성계	...나중에 저승서 장군을 뵐 때 아이 부끄러울 그런 세상... 꼭 맹글 거우다.
최영	(보는)
이성계	(눈물 그렁해서 보는)

19 _____ 처형장 (낮)

북을 치는 고수. 형리들, 도열해 있다. 변안열, 배극렴, 이지란, 침통한 표정으로 서 있다. 정도전, 정몽주, 조준, 하륜의 모습이 보인다.

교지를 든 윤소종 앞에 최영, 포박당한 채 무릎 꿇려 있다. 백성들 사이에서 탄식이 스친다. 김저와 정득후, 비분강개한 표정으로 최영을 본다.

20 _____ 빈청 이성계의 집무실 안 (낮)

홀로 있는 이성계, 고뇌한다. 눈가에 눈물이 그렁하고, 그 모습 위로 형장의 북소리가 들려온다.

21 _____ 다시 처형장 안 (낮)

윤소종, 교지를 펼친다.

윤소종　죄인 최영은 들으라. 외적을 무찌른 그대의 공은 하늘을 덮었으나 그대의 죄는 천하를 덮었느니라. 제신들의 의견을 무시하고 요동 정벌을 주도하여 나라를 전복의 위기로 몰아갔을 뿐 아니라 군왕의 말을 우습게 여기고 권세를 탐하였으니 그 죄를 물어 참형에 처하노라! (교지를 내리고 착잡한 표정으로 물러나 서는)

최영　내가 권세를 탐하였다구...? (껄껄 웃더니) 나 최영! 이 자리에서 다짐하겠소이다! 내 평생에 단 한 순간이라도 사사로운 욕심을 품은 적이 있었다면! 내 무덤에서 풀이 자랄 것이로되, 하늘을 우러러 한 점의 부끄러움도 없었다면...! 풀이 나지 않을 것이외다! 다들 똑똑히 지켜보시오!

변안열　(착잡한 듯 옅은 한숨 쉬고) 형을 집행하라!

최영, 고개를 빳빳이 세우고 눈을 감는다. 형리, 다가서서 칼을 치켜드는.

최영   (나직이 힘주어) 대고려국... 만세.

휙! 내리쳐지는 칼. 일순 정적. 정도전, 정몽주, 김저 등의 표정이 스친다.

22 _____ 다시 이성계의 집무실 안 (낮)

이성계, 고개를 떨군다.

23 _____ 다시 처형장 안 (낮)

힘없이 쓰러지는 최영. 최영의 시신과 사람들의 표정 위로, 해설. 그리고 F.O

해설(Na)   최영... 고려 개국 공신의 가문에서 태어난 그는 기골이 장대하고 용력이 출중하여 일찍부터 무인의 길을 걸었다. 개경을 점령한 홍건적을 격퇴하고, 원나라 영토이던 압록강 서쪽 팔참을 수복하는 가 하면 탐라 정벌과 홍산대첩 등 무수히 많은 전공을 세웠다. 특히, 왜구들에게 하얀 머리의 최만호라 불릴 정도로 공포의 대상이었던 그는 백성들의 존경을 한 몸에 받았다. 무인으로선 최고의 업적을 남긴 그였지만 정치가로서는 크고 작은 과오를 남긴 것도 사실이다. 그러나 황금 보기를 돌같이 하라는 부친의 유언을 지키며 평생을 청백리로 살다 간 그의 생애는 오늘을 사는 우리에게 잔잔한 감동과 교훈을 던져주고 있다. 본관은 동주, 시호는 무민이다.

24 _____ F.I - 정도전의 집 외경 (낮)

25 _____ 동 안방 안 (낮)

의관을 정제하는 정도전, 표정이 차갑다. 마님 티가 제법 나는 최 씨, 밝지 않은 표정으로 서안 위에 보퉁이를 올려놓는다.

정도전   (보고) 이게 뭡니까?

최 씨   인삼 좀 샀습니다.

정도전   ...방원이가 좋아하겠구려.

최 씨   방원 서방님 드릴 거 아닙니다.

정도전   (보는)

최 씨   이색 대감께 드리세요. 시간이 제법 시났으니 대감께서 잘못했다구 빌면 용서해 주시지 않겠습니까?

정도전   글쎄 부인께서 신경 쓰실 일이 아니라는데 이러십니다.

최 씨   영감... 자식들이 지금 유자들 사이에서 어떤 취급을 받는지 알기나 하십니까? 대체 언제까지 동문들과 척을 지고 사실 작정이십니까?

정도전   ... (인삼 들고 나가는)

최 씨   (옅은 한숨으로 보는)

26 _____ 빈청 이성계의 집무실 안 (낮)

이성계 앞에 인삼 보퉁이를 내려놓는 정도전.

이성계   이게 뭡메까?

정도전   근자에 약주를 많이 하신다 들었습니다. 주독에는 인삼만 한 것이
없으니 챙겨 드십시오.

이성계   기라문 술안주로 한번 묵어봐야갔구만... (옆으로 밀어놓는)

정도전   이색 대감이 돌아오면 진짜 싸움이 시작될 것입니다. 부디 몸과 마
음을 강건히 하셔야 합니다, 주군.

이성계   (미소) 걱정하지 맙세. 내는 아무렇지도 않습꾸마.

이지란, 들어온다.

이지란   성니메... 사신들이 도성에 들어왔다 하오.

이성계   ... (일어나는)

27 _____ 대궐 편전 안 (낮)

나란히 선 이숭인, 이색, 이방원이 창왕에게 절한다. 지켜보는 이성
계, 정몽주, 변안열, 배극렴, 이지란, 정도전, 조준, 윤소종, 남은, 하
륜, 권근 등의 모습이 보인다.

해설(Na)   서기 1389년 이색의 사신단이 명나라에서 돌아왔다. 이색은 명나
라에 위화도 회군과 우왕의 폐위 등의 진상에 관해 해명하였으나
명나라의 전향적인 태도를 이끌어내는 데는 실패하였다.

28 _____ 성균관 정록청 안 (밤)

이숭인, 권근, 하륜, 이첨과 조준, 윤소종, 남은이 마주 보고 앉아 있다.

해설(Na)   이들이 귀환한 직후 급진파와 온건파 사대부들의 대립이 재현되는
데 쟁점은 역시 전제개혁이었다.

조준   사전을 혁파하고 나라의 모든 땅을 공전으로 만들어 재분배한다는
대의에만 동의해 주신다면 각론에서 여러분들의 의견을 최대한 수
용하겠습니다. 이제 그만 대승적인 결단을 내려주십시오.

이숭인   누차 밝혔듯이 사전 그 자체를 죄악시하는 주장에는 동조할 수 없
습니다. 사전의 혁파가 아니라 겸병°의 폐해를 막는 쪽으로 방향을
바꿔야 합니다.

남은   거참 답답들 하십니다... 아, 사전을 버젓이 놔두고 겸병을 어찌 막
는단 말입니까!

권근   밭 하나에 주인도 하나... 일전일주제를 하면 됩니다.

남은   일전... 일주?

권근   무분별한 겸병을 방치하다 보니 밭 하나에 땅 주인이 적게는 두세
명 많게는 예닐곱 명에 이르지 않습니까? 토지의 이력을 추적하여
진짜 주인 한 명을 찾아내 왜곡된 소유 관계를 바로잡는다면 백성
들이 부당한 착취를 당하는 일도 없어질 것입니다.

이첨   이것이 이색 대감께서 제시하시는 마지막 양보안입니다.

윤소종   (비꼬듯) 명색이 한 나라의 유종이라 추앙받는 분께서 그토록 안목
이 부족해서야...

이숭인   (책상 꽉 치며) 동정은 말씀을 삼가시오!

윤소종   자고로 한 나라의 성패는 민생에서 나오고 민생은 토지의 형평에

°   병합한다는 뜻으로 남의 토지 따위를 합쳐 가지는 것을 말함.

서 나오는 것입니다. 주나라는 정전제로 백성을 양육하여 팔백 년을 갔으나 정전제를 무너뜨린 진나라는... 불과 십오 년을 갔습니다. 사전은 나라를 망하게 하는 원흉이란 말입니다!

이숭인 당신의 안목이야말로 저열하기 그지없지 않소이까! 고려는 사전제를 근간으로 이미 수백 년을 유지해 왔소이디!

윤소종 해서... 그간의 고려가 나라였습니까?

이숭인 뭐요!

조준 (말리듯) 동정...

윤소종 (참는)

하륜 지금 동정의 말씀은... 사전이 혁파되지 않으면 나라라도 뒤집어엎겠다는 얘기로 들리는군요?

윤소종 (굳어지는)

남은 이보시오, 호정 대감! 말씀을 삼가시오!

하륜 (옅은 미소로) 평소 궁금하던 것을 농반진반 여쭤본 것뿐입니다. 알만한 분들이 너무나 이상적인 주장을 들고나오시니... 이 사람이 자꾸 괜한 생각이 들어서 말입니다. 실언을 사과드리겠습니다.

남은 (훅! 숨 내쉬는)

하륜 (예의 주시하는)

이숭인 더 이상은 이 문제로 나라를 혼란에 빠뜨릴 수 없소이다. 사전을 혁파할 것인지, 일전일주제를 실시할 것인지 도당에서 표결로 처리할 것입니다. 가시지요!

이숭인 등 일제히 일어나 나가면, 조준 등 표정이 어두워진다.

29 _____ 정도전의 사랑채 안 (밤)

정도전과 조준, 남은, 윤소종, 이방원이 앉아 있다.

이방원   하급 관리들 사이에선 이미 이색의 일전일주론°이 현실적인 대안이
라는 의견이 고개를 들고 있습니다.

조준   이색의 당여들이 여세를 몰아 도당에서 표결로 처리하자고 압박하
고 있습니다.

윤소종   막아야 합니다. 도당에서 표결을 하였다간 승리를 장담할 수 없습
니다.

남은   지금 그게 문제가 아닙니다. 저들이 내심 우리가 사전 혁파를 밀어
붙이는 저의를 의심하는 눈칩니다.

정도전   ...뭐라?

남은   어찌하면 좋겠수, 영감?

정도전   (심각한)

30 _____ 이성계의 사랑채 안 (밤)

이성계와 정몽주가 앉아 있다.

정몽주   표결로 가면 이긴 쪽도 진 쪽도 모두 큰 부담을 지게 될 것입니다.
이색 대감의 일전일주론도 개혁적인 방안인 것은 분명하니 대감께
서 한발 양보하시는 게 어떻겠습니까?

이성계   내는 당최 이색 대감을 이해할 수가 없수다. 백성을 위하는 거이

°   토지에 대해 세금을 거둘 수 있는 권리를 인정하되, 그 권리를 1인으로 규정하는 이론.

성리학이라고 들었는데... 다른 사람도 아이고 이색 대감 같은 부이

어째 사전 같은 개뼉다구를 지키지 못해 안달이란 말이우까?

정몽주   대감... 이제는 화합을 하셔야 할 때입니다.

이성계   (내키지 않는)

정도전   (E) 자네의 화합은 누구를 위한 것인가?

정도전, 와서 앉는다.

정도전   자기 땅을 갖는 꿈에 부풀어 있는 백성들의 실망을 어찌 감당하라

구 대감께 양보를 권하는 것인가?

정몽주   (노기 어리는)

정도전   말이 좋아 화합이지 수시중 대감더러 지주들의 기득권에 연연하는

세력에게 고개를 숙이라는 얘기 아니신가?

정몽주   자네가 이리 나오니까 이성계 대감이 쓸데없는 오해를 사는 것이야!

정도전   ...쓸데없는 오해라니?

정몽주   자네와 자네의 당여들이 이성계 대감을 왕으로 앉힐 속셈으로 무

리한 전제개혁을 밀어붙이고 있다는 오해 말일세!

정도전   !

이성계   ...포은 선생...

정몽주   (정도전에게) 제발 과거의 현명했던 자네로 돌아와 주게... 부탁이

네. (일어나 나가는)

정도전   (쓸쓸한 듯 피식 웃는)

이성계   이거이 다들 머리가 좋은 사람들이다 보이 속마음 꿰뚫어 보는 거

이 점쟁이 뺨치는구만기래... 내 어카문 좋겠수까?

정도전   의심이 확산되는 것을 막는 것이 우선일 듯합니다. 일단은... 표결

에 응하십시오.

이성계   ...일단은?

정도전 ...

31 _____ 도당 외경 (낮)

이색 (E) 대사헌 조준의 전제개혁안에 대한 표결을 실시하겠소이다.

32 _____ 동 도당 안 (낮)

상석의 이색 좌우로 좌석을 가득 메운 중신들. 긴장이 흐른다.

정몽주 시중 대감.

이색 (보는)

정몽주 국가의 중대사를 표결로 정하는 것은 바람직한 일이 아니라고 사료
됩니다. 자칫 이것이 관행이 되면 도당의 중신들은 진지한 토론을
외면하고 편당을 지어 다수를 확보하는 데만 혈안이 될 것입니다.

이색 ...수시중의 견해는 어떠시오?

이성계 ...오래 끈다고 좋은 일도 아니지 않습니까? 오늘 결정하십시다.

정몽주 수시중 대감.

변안열 토론도 좋지만 나라의 혼란을 더는 방치할 수 없소이다. 수시중도
찬동을 하셨으니 표결을 하십시다.

정몽주 허면... 이 사람은 기권하겠습니다. (일어나 나가는)

일동 (조금 뜨악한)

이색 (후~) 사전 혁파에 찬동하시는 분 기립해 주십시오.

이성계, 정도전, 조준, 배극렴, 이지란, 윤소종 등 일어선다.

이색	앉으시오... 이 사람이 대안으로 제시한 일전일주제에 찬동하시는 분들은 기립해 주십시오.

변안열, 하륜, 이숭인, 권근 등을 비롯한 모든 재상이 일어선다. 이성계 등 혁명파의 얼굴에 수심이 스친다.

이색	(여전히 앉은 채로) 앉으시오. (일동 앉으면) 이제 도당의 중론은 일전일주제를 추진하는 것으로 정해졌소이다. 더 이상 이 문제로 왈가왈부하는 일이 없어야 할 것이외다.

희비가 교차하는 실내. 두 눈을 질끈 감는 이성계.
이색, 정도전을 보면 정도전, 묵묵히 앉아 있다. 뭔가 결심하는 듯하다.

33 _____ 성균관 (소) 정록청 안 (낮)

정도전, 이방원과 앉아 있다.

이방원	이제는 선택의 여지가 없습니다. 이색의 무리들이 대업의 적임이 분명해진 이상 이제는 저들을 쳐야 합니다.
정도전	...
이방원	(재촉하듯) 삼봉 숙부.
정도전	(생각하는 얼굴 위로)
정몽주	(E) 제발 과거의 현명했던 자네로 돌아와 주게... 부탁이네.

정도전, 생각이 깊은데 조준, 들어온다.

조준	찾으셨습니까? (앉으면)
정도전	우재...
조준	(보는)
정도전	이색 일파를 도려내야겠네.
이방원·조준	!
정도전	사헌부를 움직여 지금 즉시 내사에 착수하시게.
조준	그리하지요.

이방원, 정도전을 보면. 정도전, 결연하다.

34 ＿＿＿ 우왕의 행궁 앞 (밤)

김저, 정득후, 주변을 살피며 들어간다. 그 위로 우왕의 웃음소리.

35 ＿＿＿ 행궁 일실 안 (밤)

우왕, 강 내관과 앉아 있다.

우왕	(웃으며) 이성계 이놈이 주제도 모르고 설쳐대더니 이색에게 코가 아주 납작해졌구나!
강 내관	하늘이 폐하를 돕는 것입니다. 머잖아 용상으로 돌아가실 기회를 내려주실 것이옵니다.
우왕	명색이 황제라는 자가 앉아서 하늘만 쳐다보고 있어서야 되겠느냐?
강 내관	(보는)
우왕	김저에겐 분명히 기별을 넣었으렸다?

강 내관	그렇사옵니다. 곧 당도할 것이옵니다. (하는데)
김저	(E) 폐하! 소신 전 대호군 김저이옵니다!
우왕	!... 어서 들라!

김저와 정득후, 비분강개한 표정으로 들어온다.

우왕	오~ 전부령 정득후도 오셨구려!
정득후	폐하... 그간 얼마나 고초가 많으셨나이까?
김저	폐하~ 신들의 불충을 죽음으로 다스려 주시옵소서!!

김저와 정득후, 무릎을 꿇으며 오열한다. 우왕, 흐뭇하게 바라본다.

36 _____ 이성계의 집 안방 안 (밤)

술상을 마주하고 앉은 이성계, 착잡한 표정으로 술을 마신다.
강 씨, 걱정스레 바라본다.

강 씨	대감... 이러다 병나시겠습니다. 그만 드시어요.
이성계	부인은 무슨 말씀을 그리 섭하게 하오. 내가 고작 이 술 하나를 못 이기겠소?
강 씨	술 이기는 장사가 있다 하더이까?
이성계	(농담처럼) 여기 있지 않수까? 내... 이성계우다.
강 씨	(옅은 한숨) 마음속에 번뇌가 많으심을 소첩이 어찌 모르겠나이까? 약주에 의지하지 마시고 소첩과 함께 명산대찰로 나들이를 하시어요.
이성계	(쓸쓸해지는) 아니오. 지은 죄가 많아서리 부처님 뵐 면목이 없습

꾸마... (마시는)

강 씨   대감...

이성계   (후~ 숨 내쉬고) 부인... 그래도 말이우다... 내는... 반드시 좋은 세
상 맹글거우다... 반드시...

강 씨   (먹먹하게 보는)

37 _____ 다시 우왕의 행궁 일실 안 (밤)

김저와 정득후, 울먹이며 우왕 앞에 앉아 있다. 강 내관은 없다.

김저   간적 이성계에게 억울하게 돌아가신 소신의 외숙께서는 지금도 지
하에서 눈을 감지 못하고 계실 것이옵니다! 폐하~ 골수에 사무친
이 원한을 어찌 풀어야 하오리이까!

우왕   짐이 들으니 근자에 이성계의 기세가 한풀 꺾였다던데 그런 것이
오?

정득후   그렇사옵니다. 도당에선 변안열 장군이 버티고 있사옵구 왕실의
외척들도 그 명맥을 유지하고 있사옵니다. 사전을 폐지하려 한 이
성계에 대한 권문세가들의 반감도 하늘을 찌르고 있사옵니다.

김저   다들 이성계가 두려워 말을 못 할 뿐 폐하께서 복위하셔서 간적을
단죄하길 바라는 사람들이 늘고 있사옵니다.

우왕   바로 그게 문제란 말입니다.

김저·정득후 (보는)

우왕   놈이 궁지에 몰리고 짐을 복위시키자는 공론이 일어나면 놈이 어
찌하겠소이까? 무슨 수를 써서든 짐을 죽이려 하지 않겠습니까?

김저   심려치 마시옵소서! 소신들이 결코 그를 좌시하지 않을 것이옵니
다!

우왕	(믿음직스럽게 보다가 곁에 놓인 칼을 건네는) 받으시오.
김저	(얼결에 받는)
우왕	짐을 위해 거사를 도모해 주시오.
김저	...거사라 하시면...
우왕	...

38 _____ 다시 이성계의 사랑채 안 (밤)

술상 앞에 착잡한 표정으로 앉아 있는 이성계. 깊은 한숨.

39 _____ 다시 일실 안 (밤)

| 우왕 | 이성계를... 암살하시오. |
| 김저·정득후 | ! |

우왕과 이성계의 얼굴에서 엔딩.

33회

1 _____ 우왕의 행궁 일실 안 (밤)

우왕　이성계를... 암살하시오.

김저·정득후　!

우왕　거사에 성공하면 왕실의 여인을 부인으로 맞게 하고 복위 공신의 명예와 부귀영화를 누리도록 해주겠소.

김저　하오나 폐하, 저희 둘만으로 일이 가능하겠사옵니까?

우왕　짐이 그대들을 도울 자를 물색해 주겠소. 어떻소, 하시겠소?

김저　(작심한 듯) 소신, 폐하의 명을 받들겠나이다!

정득후　기필코 간적 이성계의 숨통을 끊어놓겠사옵니다!

우왕　(긴장 어린 표정으로 바라보는)

2 _____ 이성계의 집 사랑채 안 (밤)

취기 어린 표정의 이성계, 물을 벌컥벌컥 마시고 탁 내려놓는다. 정도전, 앉아 있다.

정도전　약주를 좀 줄이시는 게 좋겠습니다, 주군.

이성계　(마뜩잖은 표정으로) ...탄핵을 한다?

정도전　대사헌 조준이 이색의 당여들 중 일부의 비리를 찾아냈습니다.

이성계　그 비리라는 거이 탄핵을 당할 정도로 죄질이 나쁜 거이우까?

정도전　...주군께선 그저 모른 척해주십시오.

이성계　(쓸쓸한 듯 피식) 손바닥으로 하늘이 가려지겠수까? 세 살 먹은 아~들도 척 보면 알지 않겠슴메? (설득하듯) 선생, 이건... 보복이우다.

정도전　민의를 저버린 자들에 대한 심판입니다.

이성계　(결심이 서지 않는)

정도전	소생도... 아주 가끔은 확신이 서지 않을 때가 있습니다.
이성계	(보는)
정도전	그럴 때는 저자로 나갑니다... 비단옷을 입고 활보하는 귀족 앞에 엎드려 있는 걸인들을 봅니다. 시전에 널린 물건들과 먹거리들 옆에서 쓰레기를 뒤지는 아이들의 땟국물 흐르는 얼굴을 봅니다... 소생 오늘도... 거기에 한참을 서 있었습니다.
이성계	(보다가) ...선생의 뜻대로 하시우다.
정도전	...이만 물러가겠습니다. (일어나는데)
이성계	삼봉 선생...
정도전	(멈춰 보면)
이성계	기래두 우리 너무... 이인임이처럼은 되지 맙세다.
정도전	...편히 쉬십시오. (인사하고 나가는)
이성계	...

3 _____ 이숭인의 집 앞 (밤)

퇴청하는 이숭인, 하인과 함께 걸어온다. 대문에 다다를 즈음 일각에서 나타난 관원1, 관졸들과 다가선다.

관원1	대감.
이숭인	(멈칫) 무슨 일이신가?
관원1	대사헌 조준 대감의 영을 받고 왔습니다.
이숭인	?

4 _____ 이색의 집 안방 안 (밤)

놀란 이색, 고개 들어 앞에 앉은 하륜과 권근을 본다.

이색   숭인이가 순군옥으로 압송되다니!
권근   사헌부에서 도은 사형을 탄핵하는 상소를 올렸다 합니다.
이색   대체 무슨 죄를 지었다구 탄핵을 했더란 말이냐!
하륜   이것저것 여러 가질 갖다 붙이기는 하였사온데 가장 큰 죄는 불효
       를 저질렀다는 것입니다.
이색   (기막힌) 뭐라? ...불효?
하륜   도은이 모친상 중이던 임술년에 과거시험의 시관을 맡은 것을 문
       제 삼았습니다. 관직에 눈이 어두워 삼년상을 지키지 않았다는 것
       입니다.
이색   뭐라?
권근   어거집니다. 부모의 삼년상을 온전히 치르는 사람이 만 명에 한 명
       있을까 말까 한 일이지 않습니까?
하륜   사전 혁파가 무산될 위기에 처하자 이성계 쪽에서 칼을 뽑아 든 것
       같습니다.
이색   (심각해지는)

5 _____ 이색의 집 앞 (밤)

권근과 하륜, 나와 급히 걸어간다.

하륜   양촌은 동문들에게 기별을 넣어주시게. 나는 변안열 대감을 만나
       도움을 요청해야겠네. (하는데)

관원1과 관졸들이 나타나 앞을 막아선다. 하륜, 권근, 멈춘다.

권근	무슨 일이냐?
관원1	(관졸들에게) 두 분 대감을 뫼셔라.

관졸들, '예!' 하고 달려들어 권근과 하륜의 양팔을 제압한다.

하륜	이게 뭣들 하는 짓이냐!
권근	이거 놓지 못하겠느냐!

하륜과 권근, '놔라!', '네 이놈들!' 정도 외치며 끌려가는 모습에서.

6 _____ 빈청 외경 (낮)

7 _____ 동 도당 안 (낮)

이성계의 자리 비어 있고 이색, 변안열, 정몽주, 배극렴, 이지란, 조준, 정도전, 윤소종 등 앉아 있다.

조준	사헌부의 감찰 결과, 후덕부윤 권근은 대국의 사신으로 다녀오던 도중 호기심을 참지 못한 나머지 불순하게도 황제의 칙서를 미리 열어본 사실이 밝혀졌습니다. 용서받을 수 없는 대죄입니다.
이지란	아이, 기라문 하륜 대감의 죄는 무시기임메?
조준	왕족인 영흥군 왕환의 처가 무고죄로 발고를 하였습니다.
배극렴	무고라니요?

조준	영흥군께선 올 초에 왜나라에 끌려갔다 구사일생으로 살아 돌아오시지 않았습니까? 심한 고초를 겪은 탓에 자기 자신도 못 알아보는 상태라는데 하륜 대감이 사석에서 진짜 영흥군이 아니라는 참언을 퍼뜨렸다 합니다.
정몽주	(노기 어린) 그렇다고 사건의 진위를 파악하기도 전에 도당의 재상들을 압송부터 했단 말이오?
윤소종	증거를 인멸할 시간을 주어서는 아니 되지 않겠습니까? 진위 어부야 국청에서 가리면 될 것이구요.
정몽주	(발끈) 국청이라니!!
윤소종	(여유) 어찌 이리 흥분을 하십니까?
변안열	(피식) 추잡해서 이거 눈 뜨고 봐줄 수가 없구만.
조준	지금 사헌부의 감찰 결과에 대해 추잡하다 하셨습니까?
변안열	사전 혁파에 반대한 중신들의 뒷조사를 한 모양인데... 털어서 먼지 안 나는 사람 없다 하였으니 어디 한번 들어봅시다. 시중 대감과 이 사람은 뭐가 있습디까?
윤소종	지금 그 말씀은 죄인들을 비호하고 사헌부와 그 수장인 대사헌 대감을 무고하는 것으로 들리는군요. 재상에 대한 무고는 준죄임을 모르십니까?
변안열	(발끈) 뭐라!!
윤소종	오비이락... 우연의 일치일 뿐입니다. 땅바닥에 배가 떨어졌다 해서 까마귀를 탓할 순 없는 노릇이니 구구한 억측은 자제해 주시기 바랍니다.
이색	대사헌은 압송한 재상들을 방면하시오. 그 정도 죄질이라면 직무를 수행케 하면서 조사를 진행해도 무방할 것이외다.
조준	그럴 순 없습니다.
이색	대사헌!
정도전	아무리 시중 대감이시라 해두 사헌부의 일에 간여하실 순 없는 것

입니다. 부당한 압력을 행사하는 것으로 오해받을 소지가 있으니 자중해 주십시오.

이색   (노려보는)

'쾅!' 책상 내려치는 소리. 정도전 등 일동 보면 정몽주, 노기 어린 눈으로 정도전을 노려보다 자리를 박차고 나간다. 정도전, …

8 _____ 빈청 정몽주의 집무실 안 (낮)

노기 어린 표정의 정몽주, 생각에 잠겨 있다. 문득 고개 들어보면 정도전이 내려다보고 서 있다.

정도전   (어색한 미소) 놀랐다면 미안허이. 기척을 하였네만 알아채질 못하더군.

정몽주   필경 이 모든 게 자네가 꾸민 짓이겠지?

정도전   …우린 도당에서 결정된 일전일주론을 받아들이지 않기로 하였네. 조만간 사전 폐지에 대한 수정된 개혁안을 도당에 올릴 것이니, (하는데)

정몽주   아직 내가 묻는 말에 대답을 하지 않았으이!

정도전   …도당에 올릴 것이니 스승님과 동문들을 설득해 주시게.

정몽주   대답부터 하라 하지 않는가!

정도전   …

정몽주   나더러 설득을 하라구? 나더러 이 비열한 짓거리에 동조를 하라구!

정도전   포은… 연꽃은 구정물 위에서 피는 것일세.

정몽주   (보는)

정도전   나는 오직 굶주린 백성들에게 농토를 나눠주는 그날만을 고대하고

정몽주	있네... 이게 자네의 질문에 대해 내가 할 수 있는 최선의 대답일세.
정몽주	만약 끝까지 사전이 폐지되지 않는다면... 그땐 어찌할 셈인가?
정도전	(보는)
정몽주	반대하는 중신, 반대하는 귀족, 반대하는 왕실 모두를 죽이고 이성계를 왕으로 추대해서라도 사전을 폐지할 작정인가!
정도전	포은!!
정몽주	말해보시게. 이 질문만은... 반드시 대답을 해야 할 것일세.
정도전	(보는, 갈등하는데)
이첨	(E) 사형!

정몽주 보면, 이첨이 급히 들어오다가 정도전을 보고 경계의 빛을 띤다.

정몽주	긴한 얘기 중이니 나중에 보세, 이첨.
이첨	(심각한) 이러고 계실 때가 아닙니다. 속히 스승님의 사가로 가보십시오.
정몽주	?

9 _____ 이색의 집 안방 안 (낮)

사직 상소 봉투가 서안 위에 올려져 있다. 정몽주, 이색 앞에 앉아 있다.

정몽주	사직이라니요... 아니 됩니다, 스승님!
이색	정확히는 순군옥에 갇힌 제자들의 방면을 주청드리는 것이다. 이 정도 요구도 받아들여지지 않는다면 허깨비 같은 문하시중 따위

	더는 하지 않겠다는 것이구.
정몽주	심사숙고하셔야 합니다. 자칫하다간 죄인을 비호한다는 이유로 스 승님마저 고초를 당하실 수 있단 말입니다.
이색	어차피 언젠가는 당할 고초이니라.
정몽주	(보는)
이색	이번 일은 이성계 일파가 사전 혁파를 강행하겠다는 것을 노골적 으로 천명한 것이니라. 허나 사전은 수백 년간 고려를 지탱해 온 식화°의 근간이 아니더냐? 사전을 부정하는 것은 고려를 부정하는 것이나 마찬가지이니 목에 칼이 들어와도 나는 동의하지 않을 것 이다.
정몽주	(설득 조로) 소생이 이성계 대감과 담판을 짓겠습니다. 삼봉은 몰 라도 이성계 대감이라면 절충과 타협이 가능할 것입니다.
이색	부질없는 짓이다. 이번 일이 이성계의 허락 없이 벌어질 수 있는 일이더냐?
정몽주	스승님...
이색	저자에 목자득국의 노래가 들릴 때 진작에 알았어야 했다. 이성계 는 고려를 해치는 만악의 근원이니라. (봉투 집어 일어나 나가는)

이색, 문 닫고 나간다. 정몽주, 탄식하고.

10 _____ 이성계의 집 외경 (밤)

° 왕조의 재정경제 상황.

11 _____ 동 안방 안 (밤)

이성계, 강 씨, 이방우, 이방과, 이방원, 앉아 있다.

이방우   이색 대감이 죄인들을 풀어주지 않으면 사직하겠노라 전하께 소를
         올렸습니다. 전하께서 소사에게 아비님을 설득해보라 하셨습니다.

이성계   ...

강 씨   대감, 대사헌에게 그들을 방면하라 명을 내리시어요. 민심이 나빠
         질까 두렵습니다.

이성계   사헌부에서 하는 일을 내 어찌 감 놔라, 배 놔라 하겠슴메?

이방우   조준은 아버님의 사람이 아닙니까? 불러서 얘기를 하십시오.

이방원   아니 될 말씀이십니다. 형님께서 어찌 저들의 역성을 드는 것입니까?

이방우   (엄히) 방원이 너는 저자에 떠도는 소문도 듣지 못한 것이냐?

강 씨   무슨 소문이 떠돌기에 그러는 것이냐?

이방우   (차마 말 못 하면)

이방과   ...아버님께서 사전 혁파를 구실로 반대파를 제거한 연후에... (머뭇)

강 씨   답답하구나. 어찌하여 말을 하다 마는 것이냐?

이방원   그런 연후에 아버님께서 보위에 오르실 거란 소문입니다.

강 씨   뭐라! ...보위?

이성계   그냥 소문일 뿐이우다. 신경 쓸 거 없슴메. (하는데)

사월   (E) 대감마님, 포은 대감께서 오셨습니다.

이성계   ...

12 _____ 동 안채 앞 (밤)

사월 옆에 서 있는 정몽주, 이방원과 마주 서 있다.

이방원	아버님께서 미령하시어 오늘은 뵙기가 어려울 듯합니다, 포은 숙부.
정몽주	...다시 고하거라. 내 지금 반드시 대감을 뵈어야 한다.
이방원	(애써 미소) 벌써 침소에 드셨습니다. 송구하오나, (하는데)
정몽주	다시 고하라 하지 않느냐!
이방원	(굳는... 보는)
정몽주	어서 고하거라.
이방원	(노려보는데)
이성계	(E) 포은 선생.

일동 보면, 이성계가 대청에 나와 선다. 정몽주, 굳은 표정으로 보면.

| 이성계 | ...사랑채로 가십시다. |

13 _____ 동 사랑채 안 (밤)

이성계, 조금 서먹한 표정으로 정몽주와 앉아 있다.

정몽주	시중 대감께서 사직하는 사태를 막아주셨으면 합니다.
이성계	시중께서 물러나갔다는 거를 어캐 이 사람더러 막아달라 하십메까?
정몽주	이숭인, 권근, 하륜을 풀어달란 얘기를 하는 것입니다.
이성계	...
정몽주	대감과는 무관한 일이라고 말씀을 하시려는 것입니까?
이성계	포은 선생...
정몽주	공명정대하고 충심으로 가득 찼던 대감이 아니십니까! 협잡을 증오하던 대감이 아니셨습니까! 헌데 어찌 삼봉과 조준을 말리지 않

	으신 것입니까! 이건 이인임이나 하는 짓이란 말입니다!!
이성계	말조심하시우다!
정몽주	(보는)
이성계	기렇소. 내 삼봉한테 다 시켰습꾸마. 백성들 땅떼기 나눠줄라는 거 막는 놈들 싸그리 잡아 처넣으라 했습메! 주둥이만 열문 백성, 백성 해대다가 지 땅 뺏길까 봐 두려워서리 반대하는 그런 개자식들 모조리 모가지를 날려버리라고 했수다! 그거이 뭐이가 잘못 됐수까!
정몽주	바로 그것이 잘못된 것입니다!
이성계	(보는)
정몽주	어찌하여 대감께서 백성에게 다가가려 하십니까? 백성에게 다가가 그들의 아픔을 달래고 보듬어줄 분은 대감이 아니라 이 나라의 군주여야 합니다!
이성계	!
정몽주	신하의 소임은 군주를 바라보고, 군주를 빛내는 것입니다.
이성계	그래서 어쩍지 번쩍번쩍 빛난 군주가 고려에 몇이나 있었습메! 다 번지르르한 말장난이우다!
정몽주	제발... 백성의 눈물을 직접 닦아주려 하지 마십시오. 백성의 마음을 갈구하지도 마십시오. 그것은 대감께서 할 일이 아니라 군주가 해야 할 일입니다.
이성계	(서운함이 비치는) 죄인들을 풀어주는 일은... 없을 거우다.
정몽주	(보다가 훌쩍 일어나 나가버리는)
이성계	(서안 위의 물건을 한 손으로 쓸어버리는, 힘든)

14 _____ 순군옥 마당 안 (밤)

정도전, 걸어온다. 형리들과 서 있던 조준, 인사한다.

정도전 심문은 끝났는가?

조준 그렇긴 한데 죄인들이 공초에 날인을 거부하고 있습니다.

정도전 ...

15 _____ 동 옥방 안 + 앞 (밤)

이숭인, 권근, 하륜, 벽에 기대앉아 있다. 소복에 산발 차림이긴 하나 고신은 당하지 않은 듯 비교적 깨끗한 행색이다. 정도전, 다가선다.

권근 어째 구린내가 난다 했더니... 스승과 동문을 배반한 망종이 행차를 하셨구려.

정도전 ...그냥 편히 밥버러지라고 부르시오.

권근 (피식) 역겨운 인간 같으니라구.

정도전 (창실 앞에 한쪽 무릎 굽혀 앉는) 고신을 가하고 싶지 않으니 이제 그만 공초에 날인들을 하시오.

권근 닥치시오! 지은 죄가 없는데 어찌 날인을 하겠소이까?

하륜 아닙니다. 우리가 지은 죄가 하나 있기는 합니다.

정도전 (보는)

하륜 무권유죄, 유권무죄라 하였으니... 도당의 재상이라는 허울만 있었을 뿐 그에 걸맞은 권세는 갖지 못한 것이 우리의 죕니다.

정도전 멀지 않은 곳에 유배를 보내는 선에서 마무리하고 싶소. 협조해 주시오.

하륜   그간 누누이 느껴온 것이지만... 사형 참 많이 변하셨습니다.

정도전   (보는)

하륜   갈수록 누굴 닮아가시는 것 같습니다. 사형이 그토록 싫어했던 사람 말입니다. 알고는 계십니까?

정도전   (피식 웃고) 도은... 협조해 주시오.

이숭인   ...삼봉 영감.

정도전   (보는)

이숭인   이제 그만 좀 사라져 주시겠소? 개돼지만도 못한 사문난적°과 같은 공기를 마시고 있자니 이 사람이 숨이 막혀서 말입니다.

정도전   (노기가 어리는)

이숭인   (경멸하듯 보는)

16 _____ 순군옥 앞 (밤)

정도전, 걸어 나오다. 멈춘다. 참담함과 비애가 몰려온다. 힘들다.

17 _____ 거리 (낮)

주변을 의식하며 서 있는 정득후. 발소리에 긴장해서 보면 김저, 다가선다.

정득후   그래, 폐하께서 뭐라 하시던가?

김저   예의판서 곽충보를 만나라 하시는군.

°   교리에 어긋나는 언행으로 유교의 질서와 학문을 어지럽히는 사람.

정득후	(놀라) 곽충보는 회군파의 장수였던 자가 아닌가?
김저	맞네. 그자가 최영 장군을 끌고 갔었지.
정득후	헌데 어찌 그런 자를...
김저	회군 당시엔 어쩔 수 없이 이성계에게 협조하였을 뿐 원래는 폐하의 심복이었다네. 폐하께서 유폐되신 이후에도 다달이 문후를 여쭙고 선물을 보내는 충신이라는구만.
정득후	...

18 _____ 곽충보의 집 일실 안 (낮)

내밀어지는 우왕의 칼. 받아 드는 곽충보. 김저, 정득후, 앉아 있다. 곽충보, 칼을 심각한 표정으로 바라보는.

김저	폐하께서 그것을 보여주면 영감이 믿을 거라 하셨소이다.
곽충보	폐하의 보검이 틀림없구만...
김저	이성계 그 역적놈을 어찌 도모하면 되겠소이까?
곽충보	(고심하는)
정득후	(재촉하듯) 영감.
곽충보	(작심한 듯) 내 곧 이성계를 만나 기회를 만들어 보겠소이다. 돌아가서 연락을 기다리시오.
김저	알겠소이다. (정득후에게) 가세.

정득후와 김저, 나간다. 곽충보, 보검을 바라본다.

| 변안열 | (E) 이색의 사직을 윤허하여서는 아니 되옵니다. |

19 _____ 대궐 자혜전 안 (낮)

정비와 근비 앞에 변안열, 앉아 있다.

변안열 이색마저 물러나면 소신의 힘만으로는 이성계와 그의 당여들의 전
횡을 막을 수 없사옵니다.

근비 우리라고 대감과 마음이 다르겠습니까? 허나 이성계의 당여들이
주상을 집요하게 압박하고 있습니다.

변안열 버티는 데까지 버티셔야 하옵니다. 허면 이색을 따르는 사대부들
과 유림이 궐기할 것이옵구... 그때가 되면 소신이 (긴하게) 결단을
내릴 것이옵니다.

근비 !

정비 결단이라니요?

변안열 소신 그간 사직의 안정을 위하여 이성계 일파의 독선과 전횡을 참
아왔사오나 더 이상은 같은 하늘을 이고 살 수 없을 듯하옵니다.

근비 대감께서 이성계 일파를 처단하겠다는 것입니까?

변안열 그렇사옵니다. 뿐만 아니라 유폐되신 상왕 전하를 다시 모셔 와 종
사의 안정을 도모할 것이오니... 그때까지만 참고 견뎌주시옵소서.

변안열의 결연한 모습을 놀란 표정으로 지켜보는 근비와 정비.

20 _____ 대궐 자혜전 앞 (낮)

변안열, 나와서 걸어간다. 일각에서 나타나는 사내, 남은이다.
사라지는 변안열을 주시하다 어디론가 사라진다.

21 _____ 빈청 이성계의 집무실 안 (낮)

이성계, 정도전, 남은, 앉아 있다.

남은 변안열 대감이 자혜전에 들어 장시간 밀담을 나누었습니다.

이성계 ...

정도전 왕실과 손을 잡고 대감에 맞서려는 것입니다. 다음 표적이 자기라는 것을 모를 사람이 아니니까요.

남은 변 대감을 따르는 무장들이 적지 않습니다. 만만히 보시다간 큰코 다칠 것입니다.

정도전 대감... 변안열과 담판을 지어보시지요. 입장을 바꾸지 않는다면 제거해야 합니다.

이성계 ...남 장군은 그만 나가보시오.

남은 예, 대감. (나가는)

정도전 무슨... 긴히 하실 말씀이 있으신 것입니까?

이성계 죄인들 말임메... 풀어줍세.

정도전 주군!

이성계 내는 상판떼기가 간지러워서리 더는 못 참겠습꾸마.

정도전 이미 싸움이 시작되었습니다. 한번 빼든 칼을 어찌 도로 집어넣는단 말입니까?

이성계 그리합세다.

정도전 주군!

이성계 내 회군을 해서리 개경 앞에 진을 쳤을 때 말이우다. 선생께서 찾아와서 이런 말을 했었지비. 대업을 하더라두 피를 아이 흘리고 하겠다구... 정치란 놈을 가지고 무혈혁명을 하겠다구... 기억나시우까?

정도전 그렇습니다.

이성계 기라문 지금 우리가 하는 이거이... 삼봉이 말하는 정치 맞수까?

정도전	(보는)
이성계	내는 잘 모르갔습메.
정도전	주군...

정도전, 난감한 표정으로 보는데 곽충보, 들어오다 멈칫한다.

곽충보	아이구 이거 말씀들 나누는 중이셨군요.
이성계	곽 장군께서 어쩐 일이시오?
곽충보	그게 저기... 대감께 드릴 말씀이 있어서 왔습니다.
이성계·정도전	?
곽충보	(긴장하는)

22 _____ 곽충보의 집 일실 안 (낮)

곽충보, 심서, 정득후, 앉아 있다.

곽충보	그대들을 당여로 천거한다 하니 곧이곧대로 믿는 눈치였소이다. 오늘 밤 술시까지 이성계의 사가 사랑채로 오시오. 분경°을 하는 척 하다가 놈이 빈틈을 보이는 순간을 노리면 될 것이오.
김저	알겠소이다.
곽충보	이 사람이 말을 대기시켜 놓을 것이니 놈을 도모한 후 사랑채 담장 을 넘으시오. 한 치의 실수도 있어선 아니 될 것이외다.
정득후	여부가 있겠소이까...
일동	(비장한)

° 관원들이 대신들을 찾아다니며 승진 운동을 하던 일.

23 _____ 이성계의 집 마당 안 (밤)

상자 정도 든 김저와 비단필을 든 정득후, 무사 한 명을 대동한 조영규에게 몸수색을 받고 있다.

조영규   (수색을 마치고 김저에게) 상자를 열어보십시오.

김저   (보퉁이를 풀어 상자를 열어 보이면 황금이 들어 있는)

조영규   됐습니다. 사랑채는 저쪽입니다.

김저   곽 판서 영감도 함께 있는 것인가?

조영규   그렇습니다. 어서 들어가시지요.

김저와 정득후, 긴장된 시선을 주고받는.

변안열   (E) 전하... 폐위의 불충을 저지른 소신을 죽음으로 다스려 주시옵소서!

24 _____ 우왕의 행궁 일실 안 (밤)

우왕, 경계심 가득한 표정으로 변안열과 앉아 있다.

변안열   (격앙된) 소신이 용렬하고 우매하여 간적 이성계에게 부화뇌동하여 전하를 폐위시키는 천인공노할 만행을 저질렀사옵니다. 그럼에도 이리 불러주시니 소신, 전하의 하해와 같은 성은에 감격을 금치 못하겠나이다!

우왕   아니 짐이 대감을 불렀다구요?

변안열   ...그렇사옵니다. 예의판서 곽충보가 전해준 것입니다.

우왕	곽충보?

25 _____ 이성계의 집 사랑채 앞 (밤)

곽충보, 걸어오는 김저와 정득후에게 다가선다.

곽충보	(긴하게) 술을 물처럼 마시더니 벌써 곯아떨어졌소이다. 당장 결행하시오.

정득후, 비단필 안에서 단검 두 자루를 꺼내 김저에게 하나를 건넨다. 김저, 긴장된 시선으로 주변을 살펴본 뒤 정득후에게 고개를 끄덕여 보인다. 긴장한 듯 지켜보는 곽충보.

26 _____ 다시 행궁 일실 안 (밤)

우왕	짐은 곽충보에게 그런 영을 내린 적이 없습니다.
변안열	예? 그게 무슨 말씀이시옵니까?
우왕	(이상한)

27 _____ 이성계의 집 사랑채 안 (밤)

문이 천천히 열리고 단검을 빼든 채 김저와 정득후, 발소리 죽여 들어온다.

정도전	(E) 웬 놈들이냐?

김저와 정득후, 보면 정도전, 서안 앞에 앉아 있다. 이방원과 남은, 칼을 곁에 놓은 채 노려본다. 정득후, 헉!

정도전	상왕께서 보낸 손님들이라구?
김저	함정이다...

김저, 문을 박차고 도망친다. 정득후, 뒤따른다. 정도전, 미소.

28 _____ 동 마당 앞 (밤)

김저와 정득후, 혼비백산 도망쳐 나오는데 그 앞을 가로막는 일단의 병사들. 선두의 이방과와 조영규가 칼을 뽑아 든다. 김저와 정득후, 뒤로 돌아서면 막아서는 이방원과 남은, 정도전.

김저	이런 빌어먹을...
정득후	곽충보가 배신을 하였어.
김저	(일각의 곽충보를 보고) 곽충보, 네 이놈~!!
곽충보	(흥! 하는)
이방원	어서 칼을 버려라.
김저	(주춤하는데)
남은	칼 버리지 않고 무엇 하는 것이냐!
정득후	(이익! 자기 배를 찌르는)
일동	!

뒤따라 자결하려는 김저에게 달려들어 칼을 뺏고 제압하는 조영규와 이방과. 김저, 무릎이 꿇려진다. 정도전, 바라보는.

29 _____ 다시 우왕의 행궁 일실 안 (밤)

우왕, 극심한 불안감에 휩싸인 상태다.

변안열   곽충보가 어찌 소신에게 그 같은 기별을 넣은 것이겠사옵니까?
우왕   뭔가 일이 잘못된 것입니다. 짐이 시킨 것은 그것이 아니었단 말입니다.
변안열   허면 무엇을 명하셨다는 것이옵니까?
우왕   이성계... 이성계를 죽이라 하였어요.
변안열   예~? (하는데)
강 내관   (E) (자지러지는 목소리로) 폐하~!!

일동, 보면 강 내관, 뛰어 들어온다.

우왕   웬 소란이냐!
강 내관   폐하~ 바깥에... 이성계가 와 있사옵니다!
우왕   !
변안열   !

30 _____ 행궁 앞 (밤)

이성계, 배극렴, 이지란, 병사들과 서 있다. 우왕과 변안열, 강 내관,

나오다 보고 멈칫한다. 이성계, 정중히 인사한다.

우왕	이성계...
이성계	...
변안열	아니 수시중 대감께서 여긴 어쩐 일이시오?
배극렴	죄인 변안열은 오라를 받으시오!
변안열	죄인?

병사들, 칼을 뽑아 변안열에게 다가가 겨눈다. 변안열, 멈칫하면 병사들이 제압하여 꿇어앉힌 뒤 오라를 묶는다.

변안열	네 이놈들! ...지금 이게 뭣 하는 짓들이냐!
배극렴	죄인은 전 대호군 김저와 내통하여 상왕의 복위를 획책하고 수문하시중 이성계를 살해하려 하지 않았소이까!
변안열	! ...뭐라?
이지란	뭣들 하는 거이네! 날래 끌고 가라우!
병사들	(예! 하고 변안열을 끌고 가는)
변안열	(끌려가며) 이거 놓지 못할까! 이성계~! 하늘이 니놈을 용서치 않을 것이니라!! 네 이놈~!!
이성계	... (우왕을 보는)
우왕	(씁쓸한 듯 피식) 역시 곽충보 이놈이 밀고를 한 것이렷다? 내 너의 수급이 소금에 절여진 꼴을 보고 싶었거늘...
이성계	(다가서는)
우왕	물러서지 못하겠느냐?
이성계	어찌하여... 소신을 죽이고자 하였던 것이옵니까?
우왕	글쎄다... 짐이 어찌 너를 죽이려고 하였을꼬?
이성계	어째서!!

우왕	(보는)
이성계	한 번도 아니고 두 번씩이나 신을 죽이려 했습메! 신은... 전하를 살려드렸지 않았사옵니까!
우왕	(피식) 짐과 니놈이 같으냐?
이성계	(발끈해서 보는)
우왕	니놈과 짐은 혈통부터가 다르지 않느냐? 짐은 서해 용왕의 후손인 왕씨... 기껏해야 너는 천한 북방의 야인°들과 빌붙어 먹던 촌뜨기가 아니더냐?
이지란	뭐이 어드레! 이런 쌍!!
이성계	지라이!
이지란	(멈칫)
이성계	...전하를 행궁에 고이 모시라우.
이지란	야... (우왕의 팔을 확 잡아채며) 날래 갑세다.
우왕	오냐! ...가자!

이지란에게 이끌려가는 우왕, 껄껄 웃는다.
분노에 눈망울이 떨리는 이성계의 모습에서.

31 _____ 해설 몽타주 (낮)

1) 순군옥 마당 안 - 김저, 변안열 등 죄인들이 국문을 받고 있다.
2) 이색의 방안 - 이색, 눈을 질끈 감고 앉아 있다.
3) 거리 - 귀양을 가는 이숭인, 권근, 하륜.
4) 편전 안 - 넓은 편전에 덩그러니 혼자 앉아 있는 창왕.

° 여진족.

해설(Na)	김저의 암살 미수 사건에 연루되었다는 이유로 변안열을 비롯하여 왕실의 외척인 이림 등 수십 명이 죽거나 유배에 처해졌다. 한편, 목은 이색은 조정을 떠나 초야에 묻혔고, 이숭인, 권근, 하륜은 유배에 처해지니 이제 이성계에 맞설 수 있는 세력은 전무하다시피 했다. 울타리를 잃어버린 어린 군주, 창왕의 운명은 바람 앞의 등불이나 다름없었다.

32 _____ 대궐 외경 (낮)

33 _____ 동 침전 안 (낮)

창왕, 근비 앞에 이방우, 서 있다.

근비	(조금 초조한) 내관을 통해 수차 기별을 넣었거늘 수시중은 어찌하여 입궐을 하지 않는 것이오?
이방우	송구하옵니다, 대비마마. 소신, 지금 즉시 사가로 가서 모시고 오겠나이다.
근비	그리해주시오. 주상이 수시중 뵙기를 학수고대하고 있다고 전해주시오.
이방우	분부 받들겠나이다. (인사하고 나가는)
근비	(허!) 하늘도 무심하시지... 어쩌다 이런 참담한 신세가 되었단 말인고?
창왕	어마마마, 소자는 수시중이 무섭사옵니다. 아니 보고 싶습니다.
근비	(질책하듯) 싫어도 보셔야 합니다! 이성계의 말 한마디에 주상께서 보위를 잃으실 수도 있는 상황이란 말입니다!

| 창왕 | (울먹) 수시중을 보면... 소자는 무엇을 해야 하는 것입니까? |
| 근비 | (비장한) 주상은 그저 서럽게 우시기만 하면 됩니다. 나머진 이 애미가 알아서 할 것입니다. |

34 _____ 이성계의 집 마당 안 (낮)

이방우, 강 씨와 마주 서 있다.

강 씨	알았으니 곧 입궐을 할 거라 고해 올리거라.
이방우	전하께서 애타게 기다리고 계시다고 꼭 좀 전해주십시오, 어머님.
강 씨	오냐.

이방우, 인사하고 간다. 강 씨, 보는 모습 위로.

| 배극렴 | (E) 금상을 폐위헤야 합니다. |

35 _____ 동 사랑채 안 (낮)

이성계, 배극렴, 이지란, 정도전, 앉아 있다.

배극렴	금상은 대감을 살해하려 했던 폐주 왕우의 아들입니다.
이성계	내 이미 폐주를 폐위하였는데 또 다시 폐위를 하란 말입니까?
배극렴	불편해도 하셔야 합니다. 폐주의 아들이 용상에 앉아 있는 것은 짚더미 위에 불쏘시개를 얹어놓은 것과 같은 형국이니 응당 끌어내려야 합니다.

강 씨, '대감' 하면서 들어온다. 이성계, 보면.

강 씨 (앉으며) 전하께서 이번엔 방우를 보냈습니다.

이지란 거 벌써 몇 번짼지 모르겠슴메. 성니메, 어지간히 애간장이 타는 모양이우다.

배극렴 보나 마나 통사정을 하려는 것이니 입궐하실 필요가 전혀 없으십니다.

이성계 ...허면 폐위를 한 다음엔 뭐를 어찌하자는 것입니까?

배극렴 일전에 실패했던 정창군 왕요를 다시 보위에 올리는 게 좋을 듯싶습니다.

이지란 거 좋은 생각이우다. 그 양반은 우리 인척이니끼니 뒤통수 맞을 걱정은 아이 해도 되갔구만.

정도전 (뭔가 곰곰이 생각하는)

이성계 삼봉 선생 생각은 어떻슴메?

정도전 ...소생, 생각을 좀 더 해봐야 할 듯싶습니다.

뭔가 곰곰이 생각하는 정도전의 얼굴 위로.

남은 (E) 드디어 때가 왔습니다.

36 _____ 동 정록청 안 (낮)

정도전, 조준, 윤소종, 남은, 이방원, 앉아 있다.

조준 때가 오다니요?

남은 대업 말입니다. 반대파가 지리멸렬해진 지금... 고려를 무너뜨려야 합니다.

일동	!

윤소종　소생도 같은 생각입니다. 지금 결행하면 희생을 최소화할 수 있습니다.

조준　허나 아직 명분이 약하지 않겠는가?

이방원　명분이야 만들기 나름 아니겠습니까? 삼봉 숙부... 결심을 하시지요.

정도전　전제개혁을 시작도 하지 못했고, 아직 밥이 설익은 것이 분명하네만... 서두르는 것이 과연 능사이겠는가?

남은　내일 어찌 될지 모르는 게 사람 일입니다. 아쉬운 대로 밀어붙이는 것도 나쁘지만은 않을 거요.

정도전　...

37 ____ 저잣거리 (낮)

아이들 몇, 손을 꼭 잡고 노래를 부르며 쫄래쫄래 걸어간다. '목자가 나라를 얻으니 이씨의 세상이 된다네... (반복)' 아이들 지나쳐가는 옆으로 뒷짐을 진 채 착잡한 표정을 짓고 있는 사내, 정몽주다. 옅은 한숨.

38 ____ 빈청 정몽주의 집무실 안 (낮)

정몽주, 이첨과 앉아 있다.

이첨　사태가 심상치 않습니다. 겉으론 다들 쉬쉬하고 있으나 속으로는 이성계가 금상을 폐위할 것이라 믿는 눈칩니다.

정몽주	(심각한데)
근비	(E) 대감!

일동, 보면 눈물이 그렁한 근비가 들어온다.

정몽주	(벌떡 일어서며) 대비마마!
근비	대감이 좀 도와주셔야겠습니다. 수시중더러 입궐을 하라 누차 명하였는대두 들어오지를 않습니다. 수시중이 딴마음을 품지 않고서야 어찌 이럴 수가 있겠습니까!
정몽주	딴마음이라니, 그 무슨 망극하신 말씀이옵니까?
근비	아닙니다. 수시중이 우리 주상을 끌어내릴 것이라는 소문이 궐 안팎에 파다하지 않습니까?
정몽주	그런 일은 없을 것이옵니다. 전하께서 폐위를 당하실 하등의 이유가 없지 않사옵니까?
근비	허면 이토록 입궐을 기피할 이유도 없는 것이 아닙니까? 분명 폐웁니다. 아니면 거리에 아이들 노래처럼 자신이 왕이 되려는 것이겠지요...
정몽주	...! 대비마마...
근비	수시중이 대감의 말씀만은 경청을 한다 들었습니다. 대감... 부디 수시중을 설득해 주시오. 저 가련한 주상의 폐위만은 막아주시오. 부탁입니다, 대감...
정몽주	(참담한)

39 ____ 이성계의 집 후원 안 (밤)

이성계, 생각에 잠긴 얼굴로 서 있다. 정몽주, 곁에 다가선다.

이성계	(보는, 반가운 미소) 포은 선생, 오셨습메?
정몽주	자주 문안 여쭙지 못해 송구합니다. 이거 오랜만에 뵀는데 또 잔소리나 늘어놓게 생겼습니다.
이성계	(옅은 미소)
정몽주	어찌하여 입궐치 않으신 것입니까?
이성계	내는 거가 바늘방석 아이겠습메. 혼자 생각할 것도 있구 해서리...
정몽주	금상을... 폐위하실 생각이십니까?
이성계	...
정몽주	신하로서 해서는 아니 되는 일입니다. 이렇듯 자꾸 신하의 금도를 벗어나게 되면 불필요한 오해를 사게 되고 그러다 보면 욱하는 마음에 없던 역심마저 생기는 법... 소생, 그것이 두렵습니다.
이성계	불필요한 오해가 뭐우까?
정몽주	(후~) 대감께서 금상을 폐위하고 왕이 될까 두려워하는 사람들이 있더군요.
이성계	(떠보듯) 어차피 오해받으믄서 살 거문 차라리 확 저질러 버리는 것은 어떻겠습메?
정몽주	(보는)
이성계	기라문 아이 되겠수까?
정몽주	소생, 대감을 안 지 이십사 년입니다. 마음에도 없는 소리 마십시오.
이성계	(보는)
정몽주	일간 다시 찾아뵙겠습니다. 안녕히 계십시오. (인사)
이성계	(미소로 인사를 대신하는)

정몽주, 걸어간다. 이성계, '후~' 한숨 내쉬는데...

정도전	(E) 새로운 나라의 첫 번째 문하시중은 포은이 될 것입니다.
이성계	(보는)

정도전	포은이 대업의 대의를 인정하고 주군의 신하가 된다면... 아마도 세상에서 가장 아름다운 혁명이 될 것입니다.
이성계	생각은 이제 정리가 됐수까?
정도전	그렇습니다.
이성계	금상의 문제를 어쨌으면 좋겠습메?
정도전	주군...
이성계	(보는)
정도전	이제 대업을 시작할 때가 된 것 같습니다.
이성계	대업이라...
정도전	금상을 폐위하고 주군께서 용상에 오르십시오.
이성계	!
정도전	(결연한)

40 _____ 거리 (밤)

정몽주, 걸어오다 멈춘다. 생각하는.

F.B》39씬의

이성계	어차피 오해받으믄서 살 거문 차라리 확 저질러 버리는 것은 어떻겠습메?

현재》
정몽주, 뭔가 찜찜한...

41 _____ 정도전의 집 안방 안 (밤)

정도전, 수를 놓고 있는 최 씨를 물끄러미 바라본다.

최 씨   (수 놓으며) 소첩의 얼굴에 뭐라도 묻었답니까? 어찌 그리 빤히 보세요?

정도전   부인도 이제 흰 머리가 많이 늘었습니다그려.

최 씨   (피식) 그게 다 누구 때문이겠습니까?

정도전   (핏 웃는) 미안하오, 부인.

최 씨   그런 말씀은 소첩한테 하지 마시구 목은 대감님이나 동문들한테 하세요... 영감께서 잘못하신 것입니다.

정도전   (어두워지는데)

득보   (E) 영감마님! 포은 나리 오셨습니다요!

최 씨   ?

정도전   ...

정몽주   (E) 부탁이 있어 왔네.

42 _____ 동 사랑채 안 (밤)

정도전과 정몽주, 다과상을 놓고 앉아 있다. 조금은 서먹한.

정도전   말씀하시게.

정몽주   이성계 대감을 설득해서 금상의 폐위를 막아주게.

정도전   ...

정몽주   허면... 자네의 숙원인 전제개혁에 적극 동참하겠네.

정도전   미안하네만 들어줄 수가 없을 것 같네, 포은.

정몽주	(보는) ...어찌하여 그리 즉답을 하시는가?
정도전	무슨 소린가?
정몽주	동문들과 의절할 정도로 사전 혁파에 매달리는 사람이 어찌 조금도 망설이지 않고 거부하느냔 말일세.
정도전	...
정몽주	지금 자네에겐 사전의 혁파보다 금상의 폐위가 중요하단 얘기일 터... 말해보게. 금상이 폐위되면 자네가 얻는 것은 무엇인가?
정도전	포은...
정몽주	일전에 자넨 내 질문에 대답하지 않았었네... 이성계를 왕으로 세워서라도 사전을 혁파할 것이냐는 질문 말일세.
정도전	...
정몽주	내 오늘은... 미처 듣지 못한 대답을 들으러 왔네.
정도전	...
정몽주	다시 묻겠네. 자네... 역성을 꿈꾸는 것인가?
정도전	...

정도전과 정몽주의 얼굴에서 엔딩.

34회

1 _____ 정도전의 사랑채 안 (밤)

정몽주 다시 묻겠네. 자네... 역성을 꿈꾸는 것인가?

정도전 ...

정몽주 (주시하는)

정도전 나는... 금상이 물러나고 이성계 대감이 보위에 올라야 한다고 생각하네.

정몽주 !

정도전 군주의 권위와 힘을 갖지 못한 자가 용상에 앉아 있는 것은 모두에게 비극일세. 지금은 이성계 대감이 백성을 위한 최선의 길이라고 믿네.

정몽주 (싸늘한) 사백칠십 년을 이어온 왕씨의 대통을 우리 대에서 끝장을 내자?

정도전 썩을 대로 썩은 왕씨의 사직이 백성에게 무슨 희망을 줄 수 있겠는가?

정몽주 왕의 성씨를 갈아치우면... 없던 희망이 생기는 것인가?

정도전 이성계는 변방에서 자력으로 성장한 장수네. 그가 왕이 된다는 것은 나라를 다스리는 지배 세력이 교체된다는 의미... 선민의식에 사로잡혀 왕족의 존엄을 잃어버린 왕씨들, 특권에 찌든 권문세가들, 그들의 통치를 정당화하는 승려들의 자리를 민본과 왕도정치를 꿈꾸는 우리 사대부들이 대신 한다면... 비로소 이 땅에도 희망이란 것이 생기지 않겠는가?

정몽주 ...희망이라구? ...천만에.

정도전 (보는)

정몽주 그 어떤 명분을 들이대더라도 금상을 폐위하고 이성계가 왕이 되는 것은 명백한 반역이자 찬탈... 이후 고려는 반란과 반란이 거듭되는 생지옥으로 변할 것일세. 이 땅을 뒤덮게 되는 것은 희망이 아니라 선혈이 낭자한 절망일 것이구!

정도전 폐위가 아니라 금상으로 하여금 선위를 하게 만들 것일세!

정몽주 (보는)

정도전 그 옛날 중국의 요임금은 아들이 있었음에도 불구하고 어진 성품을 가진 순임금에게 보위를 넘기지 않았던가? 선위는 반역이 아니네!

정몽주 어차피 강압에 의해 이뤄지는 것일 터... 양의 탈을 씌운다고 늑대가 양이 된다 하던가?

정도전 적어도... 피는 흘리지 않을 수 있네.

정몽주 (피식) 궤변은 그쯤 해두시게. (일어나 나가는데)

정도전 대체! ...언제까지 현실을 외면할 작정인가?

정몽주 (멈추는)

정도전 (간절히) 포은... 도와주게...

정몽주 (돌아보는)

정도전 자네와 함께 이성계 대감을 보위에 올리는 것이 나의 간절한 소망일세... 함께해 주시게.

정몽주 삼봉... 그 입 닥치게. (휙 나가는)

정도전 !

2 _____ 동 마당 앞 (밤)

정몽주, 나오고 정도전, 따라 나와 잡는다.

정도전 포은! 내 말 좀 더 들어보시게. (하는데)

정몽주 (뿌리치며 버럭) 이거 놓지 못하겠는가!!

정도전 (멈칫)

| 정몽주 | 현실을 외면하지 말라구? 내 앞에 놓인 현실이 무엇인지 아는가...? 자네가... 역적이었다는 것이야. |
| 정도전 | ! |

정몽주, 나가고 정도전, 병한데 '와장창!' 하는 소리. 정도전, 돌아
보면 주안상을 떨어뜨린 최 씨와 득보, 하얗게 질린 안색으로 서
있다.

득보	영감마님...
최 씨	포은 대감이 방금 뭐라 한 것입니까? 역적이라니요?
정도전	...
득보	(후다닥 대문으로 달려가 밖을 살피더니 문을 잠가버리는)
최 씨	(버럭) 역적이라니요!!
정도전	(묵묵히 들어가는)
최 씨	(허! 하는)

3 _____ 정도전의 집 인근 거리 (밤)

정몽주, 걸어와 멈춘다. 참담한 표정 위로.

| 정도전 | (E) 내게... 꿈이 하나 있네. |

F.B》31회 9씬의

| 정몽주 | 꿈? |
| 정도전 | 언젠가 좋은 세상이 오면... 그 세상에서 자네가 문하시중이 되어 화합의 정치를 펴는 꿈일세. |

현재》

정몽주, 이제야 그 말의 의미를 알 것 같은. 허~ 탄식하는.

4 _____ 빈청 앞 (낮)

배극렴과 이지란, 걸어 들어간다.

정도전   (E) 폐위는 아니 됩니다.

5 _____ 동 정도전의 집무실 안 (낮)

정도전, 배극렴, 이지란이 앉아 있다.

이지란   아이 선생, 어째서 아이 된다는 거임메?

배극렴   폐위의 명분이 부족하다 여기는 것 같은데 그렇지가 않소이다. 폐주 왕우가 신돈의 자식이라는 소문은 고려뿐 아니라 명나라 황제의 귀에까지 들어간 얘기가 아닙니까?

이지란   그거이 사실이라문 금상도 폐주의 아들이니 신씨라는 얘기 아이오.

정도전   명분이 없어서가 아닙니다. 이성계 대감은 이미 회군 직후 폐주를 폐위했던 전례가 있으니 또다시 금상을 폐위하는 것은 부담이 너무 큽니다. 해서... 선위를 도모할 것입니다.

이지란   선위?

배극렴   선위를 한다면 누구한테 말입니까?

이지란   아, 뉘긴 뉘기갔소. 접때 미역국 묵은 정창군 왕요갔지요.

정도전   정창군이 아니라... 이성계 대감입니다.

배극렴 !

이지란 무, 무, 무시기!

6 _____ 이성계의 집 안방 안 (낮)

강 씨와 이방원, 앉아 있다.

강 씨 (병한) 지금 뭐라 하였느냐?

이방원 삼봉 숙부님이 아버님을 용상에 앉힐 거라 하였습니다.

강 씨 (허! 하는)

이방원 이제 곧 선위의 공론을 모아 왕대비마마의 전교를 받아낼 것입니다.

강 씨 아버님께서는... 이를 받아들이신 것이냐?

이방원 신중한 분이시지 않습니까? 아직 확답은 않으셨다 하는데 자리를 깔아주면 발을 뻗으실 것입니다.

강 씨 ...아버님께서 갑자기 고달산을 가신 연유가 그것이었구나...

7 _____ 암자 외경 (낮)

8 _____ 동 암자 안 (낮)

이성계와 무학, 마주 앉아 있다. 침묵이 흐른다.

무학 (지긋이 보며) 마음에 번뇌가 가득하십니다그려.

이성계 (겸연쩍은 듯) 그렇습니까?

무학	속세에 떠도는 풍문을 들었습니다. 이제 곧 거사님의 등에 서까래 세 개가 얹혀질지도 모른다구요?
이성계	...
무학	내려놓고 싶으십니까?
이성계	내려놓고 싶다고 내려놓을 수 있는 것인지... 솔직히 모르겠습니다.
무학	(지긋이 보다가) 허면... 모두 짊어지고 가세요. 거기에도 해탈의 길은 있을 것입니다.
이성계	(보는)
무학	(미소)

9 _____ 빈청 정몽주의 집무실 안 (낮)

정몽주, 앉아 있는데 이첨, 급히 들어와 아뢴다.

이첨	오늘 저녁 흥국사에서 도당 중신들의 회합이 열린다고 합니다.
정몽주	회합?
이첨	삼봉이 추진한다 하는데 중립적인 인물들까지 불러 모은 것을 보면 필시 폐위를 도모하려는 것입니다.
정몽주	폐위가 아닐세... (일어나 나가는)
이첨	?

10 _____ 대궐 자혜전 안 (낮)

정몽주 앞에 정비와 근비, 앉아 있다.

정비	(놀라) 저들이... 선위를 노리고 있다구요?
정몽주	그렇사옵니다. 아무 잘못도 없는 전하를 폐위하는 것은 부담이 크다고 판단한 것이옵니다. 하오니 두 분 마마께서는 성심을 강건히 하시옵구 사직을 지키겠다는 의지를 다져주시옵소서.
근비	(눈물 그렁한) 어차피 저들이 역심을 품은 마당에 선위에 반대한들 무슨 소용이 있겠습니까? 반란을 일으켜서라도 찬탈을 하려 들 것이에요! 대제학, 무슨 다른 방도가 없겠습니까?
정몽주	작금의 사태는 이성계가 아니라 정도전을 비롯한 측근들이 주도하고 있는 것이옵니다. 소신이 반드시 이성계를 설득하겠사옵니다. 소신을 믿어주시옵소서!
정비·근비	(심각한)

11 _____ 동 앞 복도 (낮)

정몽주, 나오다 멈춘다. 듣고 있던 이방우, 어두운 표정으로 서 있다.

이방우	대감... 왕대비마마께 고하신 말씀이 정녕 사실인 것입니까?
정몽주	(가버리는)
이방우	...

12 _____ 성균관 정록청 안 (낮)

정도전, 조준, 남은, 윤소종, 이방원이 앉아 있다.

윤소종	판삼사사 심덕부를 비롯해서, 지용기, 설장수, 성석린, 박위 등이

회합에 참석하겠다 전해왔습니다.

이방원	그들이 선뜻 동의를 해주겠습니까?
조준	참석을 하겠다는 것 자체가 이미 절반은 마음이 넘어온 것일세.
남은	이제 남은 건 정몽주 대감입니다. 영감, 설득을 해야 하지 않겠수?
정도전	... (일어나는데)
이방우	(E) 삼봉 영감!

일동 보면, 이방우, 노기 어린 얼굴로 들어온다. 정도전, 보면.

이방원	형님. (하는데)
이방우	(다가서며) 네 이놈~!! (다짜고짜 정도전의 멱살을 잡는)
일동	!
남은	(이방우를 거칠게 밀어내는) 이 사람! 이게 뭐 하는 짓이오이까!
이방우	네놈들이야말로 지금 뭣들 하고 있는 것이냐! 국록을 받아 처먹는 관리라는 것들이, 유학하는 사대부라는 것들이 순진한 무장을 내세워 역적질을 하려 들어!
이방원	형님!!
이방우	(보는)
이방원	대체 어찌 이러시는 것입니까! 이는 아버님께서도 원하시는 일이란 말입니다!
이방우	(버럭) 닥치지 못하겠느냐, 이놈!!
이방원	(노려보는)
이방우	(눈물이 고이는)
이방원	(적이 놀라) 형님...
이방우	(이를 악물고 정도전에게) 당장 중단하시오! 내 결코 아버님께서 역적이 되는 꼴은 좌시할 수 없소이다! (획 나가는)
정도전	(바라보는)

이방원	(씁쓸한) 방우 형님은 소생이 마음을 돌리겠습니다.
정도전	(옅은 한숨)
남은	(정도전에게) 영감, 괜찮으시우?
정도전	다들 회합 준비에 만전을 기해주시게. (나가는)
일동	...
이첨	(E) 이성계가 도성에 없는 것 같습니다.

13 ＿＿＿ 빈청 정몽주의 집무실 안 (낮)

굳은 표정의 정몽주 앞에 이첨, 앉아 있다.

이첨	모처에서 결심을 다진 연후에 곧장 흥국사로 갈 모양입니다.
정몽주	(쾅! 책상을 내려치는... 훅! 숨 내쉬고) 동문들을 모조리 풀어 이성계 대감의 소재를 알아내게.
이첨	예. (급히 나가는)
정몽주	(심각한데)
정도전	(E) 포은.

정몽주, 보면 정도전, 와서 앉는다.

정도전	금일 저녁 흥국사에서 이성계 대감이 주관하는 회합이 열릴 것이네. 참석하시겠는가?
정몽주	성황리에 열릴 거란 소문을 들었는데 굳이 나까지 기웃댈 필요가 있겠는가? 그만 나가주시게.
정도전	금상을 상왕으로 높이고 왕실의 종척 모두를 극진히 예우하겠네.
정몽주	(보는)

정도전	구세력에 대한 일체의 보복행위도 없을 것이야... 선위를 수락하는 이성계 대감의 첫 교지에서 분명히 밝힐 것일세.
정몽주	역적의 말을 곧이곧대로 믿을 사람이 있을 것 같은가?
정도전	첫 도당의 문하시중으로 자네를 제수한다면... 믿지 않겠는가?
정몽주	이거야 정말 어이가 없구만그래... 이젠 이 정몽주를 벼슬 따위로 회유하려 들다니...
정도전	자네가 원한다면 나를 비롯한 측근들은 모두 이선으로 물러나겠네.
정몽주	(보는)
정도전	선위에 성공한다 해두 자네 말대로 후유증이 없지 않을 터, 자네가 새 임금과 더불어 갈등을 봉합하고 화합의 정치를 펴주시게.
정몽주	...내 눈에 흙이 들어가기 전에는... 역성은 아니 되네.
정도전	포은... (간절함이 섞인) 나는 자네가... 다치는 것을 원치 않네.
정몽주	(보는)
정도전	(간곡하게) 이성계 대감과 더불어 새로운 세상을 만들어보세.
정몽주	내 평생에... 임금의 성씨는 오직 하나... 왕씨일세.
정도전	!
정몽주	그만 내 눈앞에서 사라져 주시게.
정도전	(보다가 일어나는) ...이제 역성은 돌이킬 수 없는 현실일세. 다시 한번 심사숙고해 주시게.
정몽주	내 주상전하와 더불어 자결을 할지언정 자네의 제안을 받아들이는 일은 없을 것이네.
정도전	자결...? 이 나라의 임금이 자결할 기백이라도 있었다면... 내가 과연... 지금 이 짓을 하고 있었겠는가?
정몽주	...
정도전	흥국사에서 기다리겠네. (가는)
정몽주	(이를 악무는, 뭔가 결심하는)

14 _____ 대궐 침전 안 (낮)

근비, 창왕, 정몽주가 앉아 있다.

근비   (당혹스러운) 주상더러 홍국사로 가라 하였습니까?

정몽주   전하께서 친히 납시셔서 보위를 사수하겠노라 밝히신다면 갈피를 잡지 못한 중신들이 마음을 돌릴 수도 있을 것이옵니다!

근비   (놀라서 창왕을 보면)

창왕   과인은... 무섭습니다.

정몽주   전하! 어찌 이리 나약한 말씀을 하시옵니까! 지금 오백 년 고려의 사직이 풍전등화의 위기에 처해 있음을 정녕 모르신단 말씀이옵니까!

창왕   거기 가면 죽을지도 모른단 말입니다!

정몽주   죽기를 각오하고 군주의 위엄을 보인다면 저들이 어찌 그런 참담한 짓을 저지르겠사옵니까! 가서야 하옵니다! 소신, 소신을 따르는 사대부들을 규합하여 전하를 죽음으로 지킬 것이옵니다!

근비   (말리듯) 그러지 마시고 대제학... 대제학이 사대부들을 대동하고 가서 이성계를 설득해 주시오.

정몽주   대비마마! 작금의 상황이 소신의 세 치 혀로 해결될 수 있다고 보시옵니까!

근비   대감이 아니 되는 것을 주상이라고 다르겠습니까? 저 어린 주상이 그 위험한 곳에서 말이나 제대로 하겠느냔 말입니다... 얕보였다가는 도리어 낭패만 당할 뿐이니 대제학이 설득을 해주세요...

정몽주   마마...

근비   제발... 부탁이오, 대제학...

정몽주   (참담한 듯 허! 하는)

15 _____ 대궐 침전 앞 (낮)

정몽주, 휘적휘적 걸어 나온다. 멈추면.

정도전   (E) 이 나라의 임금이 자결할 기백이라도 있었다면... 내가 과연...
지금 이 짓을 하고 있었겠는가?

정몽주   (탄식하는)

16 _____ 흥국사 앞 (밤)

화덕 불을 밝힌 병사들이 삼엄하게 진을 치고 있다.

17 _____ 동 경내 안 (밤)

갑주 차림의 이지란과 배극렴 등이 무장들을 대동하고 서 있다. 윤
소종, 남은, 이방원 앞에 선 정도전과 조준, 차례로 입장하는 재상
들과 인사한다. 재상들, 들어가고 나면.

이성계   (E) 다들 모였습니까?

일동, 보면 이성계, 들어선다. '대감!' 하며 일동, 인사하는.

배극렴   모두 당도하였습니다, 대감.

조준   삼봉 영감과 소생이 중신들의 동의를 받아낼 것이니 대감께선 수
락만 하시면 될 것입니다.

이성계	...
이지란	성니메... 마음 독하게 잡숴야 하시우다. 아시갔소?
이성계	(정도전에게) 포은 선생은 어찌 됐습메?
정도전	(수심이 깊어지는)
이성계	...
조준	중신들이 기다리고 있습니다. 어서 안으로 드시지요. (안내하는)
이성계	(걸음 떼는)
남은	(정도전에게) 영감도 어서 드시우.
정도전	(차마 걸음이 떨어지지 않는 듯 대문을 보면)
이방원	이제 미련을 버리십시오. 포은 숙부는 오지 않습니다.
윤소종	이 정랑 말이 맞습니다... 그만 들어가십시오.
정도전	(후~ 걸음을 떼려는데)
남은	(어딘가 보고) 영감, 저기!

정도전, 돌아보면 군은 표정의 정몽주가 들어와 있다. 일동, !

정도전	포은...
정몽주	회합 장소로 안내해 주시게.
정도전	(멍한 듯 보는)

18 _____ 동 일실 안 (밤)

이성계, 정몽주, 정도전, 조준을 비롯해 아홉 명의 재상들이 앉아
있다.
이성계, 정몽주를 따뜻하게 바라본다. 정몽주는 정면을 응시하고
앉아 있다.

조준	폐주 왕우가 이성계 대감의 암살을 사주하고 복위를 꾀한 사건이 터진 지 수일이 지났습니다. 폐주로 격하되었다고는 하나 왕우가 여전히 건재하고, 금상은 그의 아들입니다. 이런 상황에선 나라의 안정과 번영이 요원할 것입니다.
재상1	허면 금상을 폐위하자는 것입니까?
정도전	군왕을 폐위하는 사태가 반복되어서는 아니 됩니다. 지금은 보다 근본적인 처방을 고민해야 할 때입니다.
재상2	그런 방도가 있소이까?
정몽주	선위를 하는 방도가 있겠지요.

일동, ! 정도전과 이성계, 조금은 놀란 표정으로 정몽주를 바라본다.

정몽주	허나 선위는 아니 됩니다.
정도전	(보는)
정몽주	선위를 하게 되면 폐주와 폐주의 아들은 각각 태상왕과 상왕이 되어 나라의 어른으로 군림하게 됩니다. 그리되면 심각한 문제가 생깁니다.
정도전	무슨 문제 말입니까?
정몽주	얼마 전 윤승순이 명나라에서 받아온 자문을 잊으셨습니까? 폐주 왕우와 금상은 공민대왕의 아들이 아니라고 밝혔었습니다.
정도전	금상의 책봉을 미루면서 우리를 길들이기 위해 괜한 시비를 거는 것입니다. 내년엔 또 어찌 바뀔지 모르는 것이 명나라 황젭니다.
정몽주	아무튼 명나라의 지금 입장은 금상을 왕씨로 인정하지 않겠다는 것입니다. 이 같은 상황에서 선위가 이루어지면 이 역시 명나라는 인정하지 않을 터... 누가 보위에 오른다 해도 논란을 피할 수 없을 것입니다.
조준	허면... 어찌하자는 말씀입니까?

정몽주	금상을 폐위해야 합니다.
일동	!
정몽주	폐가입진! ...가짜 왕씨를 폐하고 진짜 왕씨를 세운다... 이것이 폐위의 명분이 될 것입니다. 수시중 대감.
이성계	(보는)
정몽주	정창군 왕요로 하여금 대통을 잇게 해야 합니다.
정도전·조준	(이성계를 보는)
이성계	(정몽주를 보는)
정몽주	(보는)
이성계	잠시... 쉬었다 합시다. (일어나 나가는)
정몽주	...

19 _____ 동 작은 방안 (밤)

이성계, 정도전, 조준, 앉아 있다.

조준	거부하셔야 합니다. 폐가입진은 왕씨만이 임금을 할 수 있다는 말입니다. 이를 명분으로 금상을 폐위한다면 대감께선 결코 선위를 받을 수 없습니다.
정도전	금상을 희생시켜서라도 임금의 성씨가 바뀌는 것을 막겠다는 것입니다. 포은이 노린 것이 이것입니다.
이성계	(생각하는데)

이지란과 배극렴, 다급히 들어온다.

이지란	성니메, 이게 대체 어찌 된 일이우까?

배극렴	포은 대감이 폐위를 주장한다는 것이 사실입니까?
정몽주	(E) 사실입니다.

일동 보면 정몽주, 들어와 있다. 이성계, 본다.

정몽주	대감... 독대를 하고 싶습니다.
일동	!
이성계	모두 나가시우다.
조준	(나직이) 대감...
이성계	(걱정 말라는 듯) 나가계시우다.

정도전 등 정몽주를 일별하고 나간다. 정몽주, 앉는다.

이성계	내는... 폐주를 한 번 폐위시켰던 사람이우다. 두 번은 힘듭메다.
정몽주	폐가입진에 동의만 해주십시오. 폐위는 소생이 앞장서겠습니다.
이성계	(보다가 중얼대듯) 이거이 놀랠 노자구만기래... 포은 선생한테 이런 면이 있었습꾸마?
정몽주	소생 또한 대감께서 역성의 뜻을 품을 거라곤 상상도 하지 못했습니다.
이성계	(보는)
정몽주	허나 소생, 그것이 대감의 진심이라고 믿지 않습니다. 군주가 군주답지 못하고, 옆에서 부추기는 삼봉 같은 사람들이 있으니... 사람이라면 욕심이 생길 수 있습니다.
이성계	그게... 내 진심이라문... 어카실 거입메까?
정몽주	대감의 즉위식에 맞춰 자결을 해야겠지요.
이성계	...임금의 성씨를 지키는 거이 선생한텐 목숨보다 더 중한 거이우까?

정몽주	군왕이 통치하는 나라에서 군왕의 성씨는 사람의 골수와 같은 것입니다. 왕씨가 망하면 고려도 망하는 것... 소생은 고려 이외의 조국에서 일각이라도 숨 쉬고 싶은 마음이 없습니다.
이성계	지금 이런 개떡 같은 나라가 그렇게도 좋수까?
정몽주	못난 부모라고 외면하면 그것을 어찌 자식이라 하겠습니까? 못난 부모라서 더욱 애착이 가고 가슴이 아픕니다.
이성계	(먹먹해지는) 포은 선생.
정몽주	고려는 대감께서 평생을 피 흘려 지킨 나랍니다. 정창군을 보위에 올리시구 고려의 충신으로 남아주십시오.
이성계	...

20 _____ 다시 일실 안 (밤)

조준, 정도전, 정몽주와 재상들, 앉아 있다. 조준과 날 선 시선을 주고받던 정몽주, 정도전과 시선이 마주친다. 정도전, 착잡하다. 정몽주, 냉랭하다. 이성계, 들어와 앉는다.

조준	이제 논의를 속개하겠습니다. 정몽주 대감의, (하는데)
이성계	잠깐 이 사람이 한 말씀드리겠소.
일동	(보는)
이성계	별로 좋은 얘기도 아닌데 길게 얘기할 필요 없을 것 같소... 포은 대감의 말씀대로 합시다.
일동	!
조준	대감!
이성계	모두 고생 많았소. 살펴들 가시우다.

조준, 탄식하고 정도전 보면 정몽주, 감정이 격한 듯 눈을 감는다.

21 _____ 흥국사 마당 앞 (밤)

배극렴과 이지란, 맥 빠진 표정으로 서 있고 정몽주와 재상들, 나와 지나쳐간다. 조준, 나오면 윤소종, 남은, 이방원이 달려들듯 다가선다.

윤소종   이게 어찌 된 일인가! 정창군이 보위에 오르다니!

조준   (침통한) 왕대비마마께 전교를 받으러 가야 하니 비켜주시게. (가는)

남은   (허탈한 듯) 대체 어쩌다 일이 이 지경이 됐단 말인가?

이방원   (이를 악무는)

22 _____ 다시 일실 안 (밤)

정도전, 이성계를 묵묵히 바라본다. 노기 어린 듯 표정이 없는 얼굴.

이성계   내는 대업을 포기한 거이 아임메.

정도전   ...

이성계   지금은 때가 아이다 싶어서리... 실망하셨을 긴데 미안합꾸마.

정도전   ...아닙니다, 주군... 잘하셨습니다.

이성계   (보는)

정도전   포은이 폐가입진을 내세우며 명나라의 자문을 꺼내 들었을 때 이미 중신들의 마음이 기울은 듯하였습니다. 주군께서 깨끗이 수용

	하신 것이 추후 대업을 이루는 데 큰 도움이 될 것입니다.
이성계	이해해 줘서리 고맙소.
정도전	고마운 건 소생입니다... 오늘 선위를 밀어붙였다면 포은은 필시 죽음을 택했을 것입니다.
이성계	(보는)
정도전	(먹먹해지는) 주군... 감사합니다.
이성계	(미소) 오늘 포은 선생 말이우다... 참 대단했지 않습메?
정도전	평생에서... 가장 고통스러운 날이었을 것입니다.
이성계	아까 포은 선생과 독대를 하는데 이런 생각이 들었수다...
정도전	(보는)
이성계	내... 이 사람의 임금이 되고 싶다... 이 사람을... 내 신하로 맹글고 싶다... 반드시... (결연해지는)
정도전	...

23 _____ 대궐 자혜전 안 (밤)

정비, 참담한 표정으로 재상들을 외면한 채 앉아 있다. 정몽주, 조준과 다섯 명의 재상들을 바라본다.

조준	마마! 중신들의 간절한 바람을 외면해서는 아니 될 것이옵니다! 가납하여 주시옵소서!
정비	...
정몽주	왕대비마마... 이제 그만 폐위의 교지를 내려주시옵소서.
정비	(원망스러운 듯 확 돌아보며) 대제학은 이러시는 게 아닙니다!
정몽주	...
정비	이성계 대감을 설득한다 하지 않았습니까! 헌데 폐위라니요! 폐가

	입진이라니요!
정몽주	(덤덤한) 모르고 계셨사옵니까? 금상은... 신씹니다.
정비	(기막히는) 대제학!
정몽주	속히... 교지를 내려주시옵소서.
정비	(눈물이 그렁해서 보는)
정몽주	(묵묵히 앉는)

24 _____ 동 침전 안 (밤)

문이 벌컥 열리고 병사들, 난입한다. 창왕과 근비, 헉! 해서 보는...

창왕	어마마마!
근비	여기가 어디라고 함부로 들어오는 것이냐! 썩 물러가지 못하겠느냐!

병사들 사이로 정몽주, 들어온다.

근비	(병한) 대제학...
정몽주	폐주 신창과 폐비 이 씨를 끌어내게.

근비와 창왕, 헉! 하는 순간, 병사들 달려들어 근비를 끌어내고, 창왕을 덥석 안아 끌고 나간다.

창왕	(발버둥 치며 들려 나가는) 어마마마!
근비	(버티며) 주상~!! 주상!!
창왕	어마마마!

근비	(병사 하나 홱 밀치고 독기 서린) 정몽주!!
정몽주	...
근비	니놈이 어찌 이럴 수가 있단 말이더냐!
정몽주	뭣들 하는 것이야! 어서 끌고 나가지 않구!!
근비	(끌려 나가며) 하늘이 두렵지 않느냐! 천벌을 받을 것이다, 이노옴!

정몽주, 묵묵히 서 있다. 끌려 나가는 정비의 고함이 잦아들면... 정몽주, 풀썩 무릎을 꿇어앉는다. 치밀어 오르는 슬픔과 분노를 가까스로 견딘다. 열린 문틈으로 다가서는 사내, 정도전이다. 정몽주의 등을 착잡한 표정으로 바라본다. 두 사람의 모습에서 F.O

25 _____ 기와집 마당 안 (낮)

옥새함을 든 배극렴과 관원들이 서 있다. 일각의 건물 뒤에서 슬그머니 고개를 내밀어 동태를 살피는 사내, 공양왕(왕요)이다. 공양왕, 살금살금 걸어서 어디론가 사라진다.

26 _____ 마당 옆 담장 일각 + 동 담장 바깥길 (낮)

하인이 공양왕의 엉덩이를 밀어 담장으로 올린다.

공양왕   (낑낑대며) 야, 이놈아. 좀 세게 좀 팍팍 밀어보거라.

마침내 담장 위에 올라앉는 공양왕, 휘유~ 땀 닦으며 마당 쪽을 돌아본 뒤 담을 넘으려는데 멈칫! 담장 밑 길에 이지란이 멀뚱히 보고 서 있다.

공양왕	(난처한) 이지란 대감... (애써 웃음) 사돈어른께선 안녕하시지요?
이지란	(조금 짓궂게) 안녕하십메다. 긴데 어캐 넓은 대문 놔두고 이리루 댕기십메까?
공양왕	(둘러대는) 아 그게 그러니까 마당에 손님들이 갑자기 들이닥쳐서는... (하는데)
이지란	(큰 소리로) 배 대감!!!
공양왕	(흠칫) 이 대감... (하는데)

배극렴 등 이지란의 소리에 담장을 보더니 '저기다!' 후다닥 달려와 무릎을 꿇는다. 관원들, 일제히 무릎을 꿇고.

배극렴	전하~!! 대고려국의 어보를 받아주시옵소서~!!
이지란	(무릎 꿇는) 전하~!!
공양왕	(담장 위에 앉은 채로 난감한) ...이런 빌어먹을...

27 _____ 대궐 편전 안 (낮)

공양왕, 조금은 두려운 표정으로 중신들의 표정을 살핀다. 이성계, 정몽주, 정도전, 조준, 배극렴, 이지란, 윤소종, 남은 등 앉아 있는 위로.

해설(Na)	서기 1389년 11월, 창왕이 폐위되고 정창부원군 왕요가 왕위에 오르니 그가 고려의 34대 임금, 공양왕이다. 폐가입진의 논리에 따르

자면 진짜 왕씨가 용상을 되찾은 것이었다. 가짜 왕씨가 되어버린 우왕과 창왕에겐 비참한 미래가 기다리고 있었다.

28 _____ 우왕의 초가 외경 (낮)

강 내관   (E) 폐하! 지금 무엇 하는 것이옵니까!

29 _____ 동 일실 안 (낮)

화덕 불에 인두를 달구고 있는 기괴한 표정의 우왕. 강 내관, 대경 실색하여 보는.

우왕   놀랄 것 없느니라... 짐이 이제 너에게 진귀한 것을 보여줄 것이니라.

강 내관   그게 무엇이옵니까, 폐하?

우왕   놈들이 짐을 신돈의 자식이라 하지 않느냐? 돌아가신 할마마께 서는 임종 직전에 나를 왕씨라 하셨구 최영 장군도 짐에게 선왕의 아들이 틀림없다 하였거늘... 그럼에도 믿지 않으니 내 왕씨라는 증 거를 보여주려는 것이다.

강 내관   증거라 하셨사옵니까?

우왕   우리 왕씨는 그냥 사람이 아니라 서해 용왕의 후손이 아니냐? 해 서 왕씨들은 모두 몸 어딘가에 용의 비늘을 지니고 있느니라. 짐도 마찬가지구...

강 내관   (두려운 듯) 폐하... 제발 성심을 되찾으시옵소서...

우왕   헌데 이놈의 비늘이 얼마 전부터 보이질 않더구나... 해서 내 그것 을 새로 만들어 니놈에게 보여줄 것이다. (인두를 집어 들어 보는)

강 내관   ...! 폐하...

우왕   (기괴한 미소를 머금는)

30 _____ 동 초가 앞 길 (낮)

관원과 병사들, 걸어온다.

31 _____ 동 초가 마당 안 (낮)

멍석이 깔렸고 그 앞에 관원과 병사들, 서 있다. 문이 벌컥 열리고 병사 두 명이 우왕을 끌고 나와 멍석 위에 꿇어앉힌다. 일각의 강 내관, 눈물을 글썽이며 엎드려 있다. 우왕, 끙! 고통을 참으며 노려 보면.

관원   죄인 신우를 참하라는 어명이 내려졌소이다.

우왕   !

강 내관   폐하...

우왕   (노려보는) 니놈이 지금 짐을 가리켜 신우라 하였더냐?

관원   ...시간 없다. 속히 어명을 집행하라.

병사1, 칼을 뽑아 우왕의 뒤에 가 선다. 우왕, 양팔을 잡고 있던 병 사들을 밀치고 벌떡 일어나며.

우왕   네 이노옴~!

관원   ...

우왕	도성으로 가거든 똑똑히 전하거라... 짐은 신씨가 아니라 왕씨라구... 신돈의 아들, 신우가 아니라 공민대왕의 장자, 왕우라구 말이다! 알겠느냐!
관원	무릎을 꿇으시오.
우왕	믿지 못하겠느냐? 오냐, 좋다! (옷자락을 헤쳐 어깨를 드러내 보이며) 봐라! 이것이 내가 왕씨라는 증거니라!

일동, 보면 우왕의 어깨에 인두를 지진 자국이 딱지처럼 앉아 있다. 일동, 찡그리고 강 내관, 운다.

우왕	(관원을 향해 어깨를 들이밀며) 이게 서해 용왕의 후손들만 갖고 있다는 용의 비늘이니라. (마당을 헤집고 다니면서 병사들 앞에 일일이 어깨를 들이밀며) 봐라! 이것이 왕씨의 증표다! 이래도 내가 신씨인 것 같으냐! 내가 신돈의 아들인 것 같냔 말이다!!
관원	(귀찮은 듯 병사1에게 고갯짓하면)
병사1	(우왕을 향해 다가가는)
우왕	이놈들이 어찌하여 대답을 않는 것이냐!! (버럭) 나는 왕우! 공민대왕의 아들이란 말이다!!! (하는데)
병사1	(우왕을 벤다)
우왕	(헉!)
강 내관	폐하!
우왕	(털썩 무릎을 꿇는) 내 성씨를 바꾸고 아비를 갈아치운 놈들...(울컥 피 토하는) 그놈들에게... 서해 용왕의 저주가 내릴 것이다. (쓰러지는)

피가 서서히 번져 나오는 우왕의 시신 위로.

해설(Na)   강릉에서 우왕이 처형될 무렵 강화도에선 창왕이 죽었다.

32 ____ 해설 몽타주 (낮)

1) 다른 초가 마당 안 - 사약 그릇이 널브러져 있고 멍석 위에 창왕의 시신이 누워있는 모습...
2) 대궐 마당 안 - 용포를 입은 우왕과 창왕이 나란히 서 있는 모습...

해설(Na)   폐가입진파의 주장대로 이들이 신씨, 즉 신돈의 혈육이었는지는 지금까지도 의문에 싸여 있다. 후일 조선 건국 세력에 의해 기술된 고려사는 이들을 신씨로 못 박고 있으나, 역사는 승자의 기록이라는 것을 고려할 필요가 있을 것이다.

33 ____ 대궐 외경 (낮)

공양왕   (E) (마뜩잖은) 경께서 여긴 어인 일이십니까?

34 ____ 동 침전 안 (낮)

공양왕 앞에 이색, 앉아 있다.

이색   사가에 칩거하던 중에 전하께서 즉위하셨다는 소식을 듣고 하례를 드리러 왔사옵니다.

공양왕	(떨떠름한) 아, 그래요...? 뭐, 대단한 일도 아닌데... 암튼 이리 찾아주셔서 감사합니다.
이색	전하... 소신 비록 조정을 등지는 불충을 저지른 몸이오나 모쪼록 전하의 성덕에 힘입어 고려의 사직이 반석 위에 오르기를 바라겠나이다.
공양왕	사직이니 반석이니 하는 거는 수시중이 알아서 잘하실 겝니다. 과인이야 뭐 여기 앉아서 옥새만 제때제때 찍어주면 되는 것이구요.
이색	전하! 어찌 그런 나약한 말씀을 하시옵니까? 수시중의 권세가 나는 새도 떨어뜨린다 하나 이 나라의 주인은 수시중이 아니오라 전하시옵니다!
공양왕	(질색해서 바깥을 보고 책망하듯) 아, 대감! 누가 들으면 어쩌려고 이러십니까? 대감 때문에 과인까지 경을 치는 꼴을 보고 싶으신 겝니까?
이색	전하! 군주로서의 체통과 기백을 잃지 마시옵소서!
공양왕	(마뜩잖은) 가뜩이나 감옥에 붙잡혀 와 있는 심정이거늘... 아, 그런 말씀이나 하시려면 그만 물러가세요! (외면하는)

이색, 참담하다. 삐친 듯한 공양왕의 모습 위로 이지란의 웃음소리.

35 _____ 빈청 이성계의 집무실 안 (낮)

이성계, 이지란, 정도전이 앉아 있다.

이지란	전하께서 겁을 단단이 집어자신 모양이우다. 보는 사람들마다 성님 칭찬을 한다고 입술이 다 부르텄다 하오. 그게 다 성님한테 잘 보일라고 하는 거 아이겠슴메?

이성계	...
이지란	(쩝)
이성계	(정도전에게) 이제 무엇을 해야겠수까?
정도전	중단됐던 전제개혁을 재개할 것입니다. 조준 대감이 상소를 준비 중입니다.
이성계	이번에는 너무 급하게 밀어붙이문 안 되겠소. 포은 선생하고도 충분히 상의를 해주시우다.
정도전	...

36 _____ 동 정몽주의 집무실 안 (낮)

정몽주, 앉아 있다. 정도전, 들어온다.

정몽주	(냉랭한) 여긴 어쩐 일이신가?
정도전	전제개혁의 상소를 올리기 전에 자네와 사전에 의견을 조정하러 왔네.
정몽주	도당에 올라오면 그때 보겠네. 돌아가게.
정도전	포은... 어찌 이러시는가?
정몽주	자네가 폐가입진에 동참하긴 하였으나 역성의 뜻을 포기했다고 생각하진 않네. 나는 마음속에 역심을 숨긴 자와는 사사로이 대면할 생각이 없으이.
정도전	포은!
정몽주	(냉담하게 보는데)

이 내관, '찬성사 대감' 하며 들어온다. 정몽주 보면.

이 내관	전하께서 찾아계시옵니다.
정몽주	...

37 ____ 대궐 후원 안 (낮)

공양왕이 천으로 눈을 가린 채 궁녀들과 술래잡기를 하고 있다. 공
양왕, '이년아, 어디 있느냐' 정도 외치며 손을 뻗어 잡으려 하고 궁
녀들, 시시덕대며 '전하' 부르며 피한다.

공양왕	(누군가를 덥석 잡고) 잡았다! (눈가리개를 떼어내며) 어디 누군지 한번 볼까, (하다가 굳는... 정몽주다)
정몽주	(착잡하게 바라보는)
공양왕	아니, 찬성사께서 어인 일이시오?
정몽주	전하께서 부르셨다 하여 왔사옵니다.
공양왕	아? 과인이 그랬던가요? (맞다 싶은) 이런! 내가 이렇게 정신머리 가 없습니다!
정몽주	(안타까운 듯 보는)
공양왕	여봐라... 찬성사한테 혼쭐이 날 것 같으니 너희는 잠시 물러가 있 거라.
나인들	(인사하고 사라지는)
정몽주	정사를 돌보실 시각에 이 어인 망측한 유희란 말이옵니까?
공양왕	정사야 수시중과 도당의 재상들이 돌보시면 되지 과인이 뭘 안다 고, (하는데)
정몽주	신하는 돕는 자일 뿐 다스리는 자는 군왕이옵니다!
공양왕	(보는)
정몽주	(울컥) 지금 전하께서 계신 자리가 얼마나 많은 희생으로 지켜낸

자리인지 정녕 모르시는 것이옵니까?

공양왕	(진지하게 바라보는)
정몽주	전하... 부디 군왕의 면모와 위엄을 보여주시옵소서.
공양왕	(위엄있게) 찬성사... 어찌 이리 급하십니까?
정몽주	(보는)
공양왕	허수아비 노릇이나 하라고 세워놓은 왕인데 느닷없이 주인입네 튀어나오면 저들이 과인을 그냥 놔둘 것 같소이까?
정몽주	...전하.
공양왕	경이 폐가입진을 주장한 것은 왕씨의 사직을 보존하기 위한 고육지책이었다는 것을 알고 있소이다. 해서 그대를 부른 것이오.
정몽주	(보는)
공양왕	과인이 밀직에 교지를 하나 내렸는데, 조정이 제법 시끄러워질 것입니다. 허나 그 교지는 과인의 뜻이 아니어야 합니다.
정몽주	소신의 뜻으로 하라는 말씀이옵니까?
공양왕	그렇소이다. 왕씨의 나라를 지키기 위해서 과인은 바보가 될 것이오. 지키는 것은 그대가 하시오. (가는)
정몽주	(보는)

38 _____ 빈청 정도전의 집무실 안 (낮)

정도전, 상소를 읽고 있다. 조준, 윤소종, 남은, 앉아 있다.

조준	찬성사 정몽주 대감만 동의하면 능히 중론을 모을 수 있을 것입니다.
윤소종	동의를 해주겠습니까?
정도전	포은은 이색 대감 같은 대지주 출신이 아닐세. 사전 혁파의 대의에 어느 정도는 공감하고 있으니 잘 설득을 해봐야지.

| 남은 | 찬성사가 요새 대감을 소 닭 보듯 하는데 설득이 되겠습니까? (하 |
| | 는데) |

이방원, '대감!' 급히 들어온다.

정도전	무슨 일이냐?
이방원	전하께서 전리사에 교지를 내리셨사온데 목은 이색 대감을 중용하
	라는 어명이었습니다!
정도전	!
남은	분명... 정몽주 대감의 짓입니다.
정도전	...

39 _____ 빈청 앞 (낮)

정몽주, 걸어 나오다 어딘가 보고 멈추면 정도전이 서 있다.

정도전	이색 대감의 복귀는 받아들일 수 없네.
정몽주	(피식)
정도전	(노기를 누르고 다가서는) 지금 시급한 일은 사전을 혁파하는 것일
	세. 전제개혁이 끝난 뒤라면 기꺼이 찬동하겠네.
정몽주	지금 시급한 일은 화합일세. 화합은 악수가 아니라 자리로 하는 것
	이구... 판문하부사에 제수되실 것이네.
정도전	결코... 용납할 수 없네.
정몽주	반드시 관철시킬 것일세. (가볍게 밀치고 가는데)
정도전	포은! (잡으면)
정몽주	(노기 어린 시선으로 보면)

정도전	나는... 자네와 싸우고 싶지 않으이. 모르시겠는가?
정몽주	(정도전의 멱살을 확 잡아당기는)
정도전	!
정몽주	(피식) 어떤가...? 이젠 싸워볼 마음이 좀 생기시는가?
정도전	포은...

정몽주와 정도전의 표정에서 엔딩.

35회

1 _____ 빈청 앞 (낮)

정도전　나는... 자네와 싸우고 싶지 않으이. 모르시겠는가?

정몽주　(정도전의 멱살을 확 잡아당기는)

정도전　!

정몽주　(피식) 어떤가...? 이젠 싸워볼 마음이 좀 생기시는가?

정도전　포은...

정몽주　어쭙잖은 말 몇 마디로 설득될 거라 생각했다면 사람을 잘못 봤네, 삼봉... 싸움을 피하고 싶다면 스승님의 복귀를 막지 말게.

정도전　부질없는 짓일세... 스승님은 돌아와선 아니 되구, 돌아올 수도 없네.

정몽주　(노기가 어리는) 역시 마음속에 역심을 품은 자는 뭐가 달라도 다르구만그래. 전하께서 복귀의 교지를 내리셨는데도 그것이 불가하다?

정도전　그렇네... 그만 이 손 놓게, (하는데)

정몽주　(버럭) 대체 어쩌다 이 지경이 된 것이야!!

정도전, 보면 정몽주의 눈에 안타까움의 눈물이 언뜻 비친다. 정몽주, 눈물을 숨기듯 멱살을 홱 풀어내고 시선을 돌린다. 정도전, 가슴 아픈.

정도전　포은...

정몽주　예전으로 돌아가진 못하더라도 최소한 나와 같은 하늘을 이고 살고 싶은 마음이 조금이라도 남아 있다면... 스승님의 복귀를 막지 마시게.

정몽주, 걸어간다. 정도전의 안타까운 표정 위로.

| 조준 | (E) 정몽주를 탄핵해야 합니다. |

2 ____ 동 정도전의 집무실 안 (낮)

정도전, 조준을 본다. 남은, 윤소종, 이방원, 앉아 있다.

조준	정몽주는 지금 화합이라는 미명하에 노골적으로 반대파를 규합하고 있습니다. 좌시해선 아니 됩니다.
이방원	소생의 생각도 같습니다. 포은 대감은 홍국사에서 성사 직전의 대업을 물거품으로 만든 장본인... 대업의 적입니다.
정도전	허나 포은은 사대부들뿐 아니라 백성의 존경을 한 몸에 받고 있는 사람일세. 섣불리 탄핵하였다간 민심이 등을 돌릴 수도 있네. 탄핵은 절대 아니 되네.
윤소종	단지... 민심 때문에 이러시는 것입니까?
정도전	무슨 뜻인가?
윤소종	왠지 이 대목에서 두 분의 오랜 우정이 떠오르기에 드리는 말씀입니다.
정도전	(불쾌한 듯 보는)
남은	동정께선 삼봉 대감을 뭘로 보고 그딴 말씀을 하는 게요! 대감께선 사사로운 감정에 얽매이는 분이 아니십니다!
윤소종	(보다가 조금 차갑게) 소생이 오해를 한 것이라면 사과드리겠습니다.
조준	허나 대감, 탄핵이 싫다시면 정몽주의 준동을 막을 계책은 있으십니까?

정도전, 고심하고 윤소종, 탐탁잖은 눈으로 바라보는.

3 _____ 빈청 정몽주의 집무실 안 (낮)

정몽주와 이성계, 앉아 있다.

이성계 (부드러운) 선생은 어째서 매번 사람 입상을 이케 난처하게 맹그시
는 거우까?

정몽주 (조금 냉랭한) 무슨 말씀이시온지...

이성계 이색 대감 불러들이는 거 말이우다. 사전에 내하고 상의 한마디는
할 수 있었잖슴메.

정몽주 경륜과 덕망을 갖춘 인물을 등용하는 것입니다. 대감께서 굳이 반
대하실 거라 여기지 않았습니다.

이성계 (타이르듯) 사전 혁파에 반대하는 분이지 않습메까? 전제개혁부터
마무리한 연후에 천천히 불러들입세다.

정몽주 이색 대감 말고도 사전의 폐지에 반대하는 사람들은 지금도 많습
니다. 복귀에 찬동만 해주신다면 소생이 나서서 그늘을 설득하겠
습니다.

이성계 (이내 진지하게) 내는 솔직히... 이라다 선생이 다칠까 걱정입메다.

정몽주 소생을 벼르고 있는 사람들이 많다는 것 정돈 압니다. 허나 그렇다
고 소신을 꺾는다면 어찌 선비라 하겠습니까?

이성계 ...포은 선생.

정몽주 송구합니다만 소생, 스승님을 복귀시키겠다는 뜻을 거둘 의향이
없습니다.

이성계 (옅은 한숨)

4 _____ 이색의 집 외경 (밤)

이색   (E) 썩 물러가라 전하거라.

5 _____ 동 마당 + 대청 안 (밤)

이첨, 안방에서 나와 대청을 내려선다. 정도전, 버티듯 서 있다.

이첨   스승님께서 접견을 아니 하겠다시니 그만 물러가시오. (하는데)

정도전   (밀치고 대청 위로 올라가는)

이첨   대감! (따라가는)

6 _____ 동 안방 안 (밤)

문이 열리고 정도전, 들어온다. 이첨, '뭐 하는 짓이오이까!' 하며 따라 들어오고 이색, 노려본다.

이색   이첨은 물러가 있거라.

이첨   (분한 듯 보다가 나가는)

정도전   (인사하고 마주 앉는) 사람 하날 살리자니 예를 따질 겨를이 없었습니다. 이해해 주십시오.

이색   (피식) 그래... 대체 누구를 살리겠다는 것이오?

정도전   포은입니다.

이색   (보는)

정도전   (차분하게) 판문하부사를 사양해 주셨으면 합니다. 대감께선 지금 포은을 벼랑 끝으로 내몰고 계십니다.

이색 그만 물러가시오.

정도전 예전엔 정치라면 손사래를 치던 분이 아니셨습니까? 헌데 어찌 조정에 이리 연연하시는 것입니까?

이색 그땐 지금처럼 사문난적들의 세상은 아니었으니까...

정도전 (보는)

이색 과분하게도 이 나라 유자들로부터 유종의 대접을 받는 처집니다. 사문난적이 판치는 조정을 외면해서야 되겠소이까?

정도전 (보다가 작심한 듯) 스승님.

이색 (보는)

정도전 스승님께서 고집을 부리시면 포은을 비롯하여 여러 사람이 다치게 될 것입니다. 이는 결코 소생이 원하는 바가 아닙니다. 부탁드립니다.

이색 (보다가 역시 작심한 듯) 도전아...

정도전 (보는)

이색 내 지금껏 살아오면서 작은 허물은 있을지 모르나 큰 과오는 없었노라 자부하였느니라. 허나 알고 보니 씻지 못할 대죄를 하나 지었더구나... 바로 너를... 제자로 거둔 것이다.

정도전 !

이색 다시는... 내 앞에서 스승이란 소리를 내뱉지 말거라.

정도전 ...

7 _____ 빈청 정도전의 집무실 안 (밤)

정도전, 굳은 표정으로 앉아 있다. 남은, 심각한 표정으로 들어온다.

남은 대감...

정도전	(표정 풀고) 마침 잘 왔네, 남은... 목도 칼칼한데 저자에 나가 탁주나 한 사발 하세.
남은	지금 탁주가 문제가 아닙니다.
정도전	?
남은	윤소종이 간관들과 더불어 탄핵에 나섰습니다.
정도전	(굳는) 뭐라? 기어이 포은을 탄핵했단 말인가?
남은	정몽주가 아니라 이색입니다.
정도전	!

8 _____ 대궐 편전 안 (밤)

윤소종을 비롯한 간관들 몇, 공양왕 앞에 앉아 있다. 이방우, 이 내관과 더불어 밀직의 자리에 서 있다.

윤소종	어찌하여 목은 이색 같은 간적을 중용하려 하시는 것이옵니까!
공양왕	(탐탁찮은) 좌상시께선 거 말씀을 좀 가려 하셔야 되겠소이다. 아무리 사이가 좋지 않기루 이 나라의 유종이신 분에게 간적이라니요.
윤소종	(호통치듯) 가짜 왕씨에게 종묘사직을 들어 바쳤던 자를 간적이 아니면 뭐라 불러야 하겠사옵니까!
공양왕	!
윤소종	위화도 회군 직후 이성계 대감이 신우를 몰아내고 대통을 바로 잡으려 하였을 때, 조민수, 변안열 등과 결탁하여 신창을 보위에 올렸던 자가 바로 이색이었사옵니다! 그런 자를 중용하심은 폐가입진을 명분으로 보위에 오르신 전하의 정통성을 스스로 부정하는 처사란 말이옵니다!!
공양왕	(끙... 기세에 눌린 어조로) 이보시오, 좌상시... (하는데)

윤소종   이색이 있을 곳은 도당이 아니라 옥방이옵니다! 속히 이색을 잡아 들여 가짜 왕씨를 옹립했던 죄를 엄히 물으셔야 할 것이옵니다! 가납하여 주시옵소서!

간관들   (일제히) 가납하여 주시옵소서!

이방우   (침통한)

공양왕   (분하고 당혹스러운)

9 _____ 대궐 뜰 안 (밤)

윤소종, 간관들과 걸어 나온다.

정도전   (E) 이보게, 동정.

윤소종, 보면 정도전과 난은, 서 있다. 윤소종, 눈짓하면 간관들, 사라진다. 윤소종, 다가가 인사한다.

정도전   (노기를 참으며) 지금 이게 무슨 짓인가?

윤소종   대감께서 포은은 아니 된다 하시니 이색을 쳤습니다. 잘못된 것입니까?

정도전   내 분명... 탄핵을 남발하면 아니 된다 하였어!

윤소종   (정색하고) 이것 말고 달리 방도가 있습니까?

정도전   (보는)

윤소종   소생, 한 말씀 올리겠습니다. 이성계 대감께선 군주가 되실 분이니 진심이든, 위선이든 탄핵에 반대하시는 것이 옳습니다. 허나 대감은 다릅니다. 칼을 뽑아야 할 때 망설이지 마십시오... 설령 그 상대가 포은 정몽주라 하더라도 말입니다.

정도전	...
윤소종	(인사하고 가는)
남은	동정의 말이 일리가 있습니다. 솔직히 내가 봐두 이번엔 대감답지 않았습니다.
정도전	(옅은 한숨)

10 _____ 이성계의 집 마당 안 (밤)

사월, 빗장을 내리자마자 굳은 표정의 이방우, 벌컥 문을 밀고 들어온다. 사월, '에그머니!' 놀라고 이방우, 다짜고짜 안채로 걸어가는 모습 위로.

이성계	(E) 무시기라?

11 _____ 동 안방 안 (밤)

굳은 표정의 이성계, 강 씨, 이방우, 앉아 있다.

이성계	윤소종이가 이색을 탄핵했단 말이니?
이방우	(분한) 그렇습니다.
이성계	(노기 어리는) 이 사램들이 정말...
강 씨	이색은 사사건건 대감의 발목을 잡아온 정적입니다. 차라리 잘된 일이 아닙니까?
이방우	정적 이전에 유림의 정신적 지주로 추앙받는 분이십니다. 세상의 비난이 모두 아버님을 향할 것입니다.

이성계	방우 니는 가서 삼봉 선생을 뫼셔 오라우.
이방우	삼봉 그자는 어찌 만나려는 것입니까?
이성계	(불쾌한) 니 지금 그자라 했니?
이방우	이번 일도 삼봉이 사주한 것이 틀림없습니다. 삼봉과 그 일파들을 내치지 않으면 장차 나라와 가문에 큰 화가 닥칠 것입니다!
이성계	시건방진 소리 그만하고 날래 뫼셔 오라잖니!!
이방우	아버님!
강 씨	(말리듯) 방우야... 그만하고 아버님 명을 따르거라. (하는데)
이방우	대체 삼봉을 곁에 두는 이유가 무엇입니까? 삼봉은 흥국사에서 아버님을 내세워 역성을 하려 했던 잡니다! 역적이란 말입니다!
이성계	(서안을 쾅! 치는) 그 입 닥치지 못하갔니!!
강 씨	대감!
이방우	(버티듯 앉은) 소자는... 아버님을 이해할 수 없습니다.
이성계	(이익! 노려보는데)
정몽주	(E) 수시중 대감!
이성계	!
강 씨	...포은 대감입니다.
이성계	...

12 _____ 동 사랑채 안 (밤)

이성계와 정몽주, 마주 앉아 있다.

정몽주	소생, 대감께서 이런 비열한 짓을 사주했다고는 믿지 않습니다.
이성계	...
정몽주	사태가 더 악화되기 전에 탄핵을 철회시켜 주십시오.

이성계	윤소종이가 간관들과 한 짓을 내가 어케 물리라 마라 하겠습메까?
정몽주	윤소종, 그 과격한 자가 건드려선 안 될 것을 건드렸단 말입니다! 신창을 옹립했던 죄를 묻기 시작하면 이색 대감뿐 아니라 당시에 찬동했던 사람들이 모두 연루될 것입니다. 엄청난 옥사가 일어난단 말입니다!
이성계	...
정도전	(E) 그게 어디 수시중 대감의 책임이라던가?

이성계, 보면 정도전, 들어와 앉는다. 정몽주, 노려보는.

정도전	건드려선 안 될 것을 건드린 건 자네가 먼저였네. 전제개혁을 앞둔 시점에서 이색 대감을 복귀시키려 한 자네의 과욕이 원인이란 말일세.
이성계	(불만 섞인, 정도전에게) 이거이 대체 어캐된 일이우까?
정도전	이색을 만나 설득을 해보았으나 요지부동이었습니다... 소생으로서도 더는 어쩔 도리가 없었습니다.
이성계	탄핵을 당장 철회해 주시우다.
정도전	그리되면 윤소종을 비롯한 간관들은 무고죄를 덮어쓰게 될 것입니다. 탄핵이란 것이 본시 상대의 목을 취하지 못하면 자기 목을 내놔야 하는 행위지 않습니까?
이성계	그건 내가 막아보갔소.
정도전	허나 이색이 도당으로 복귀하는 것은 막지 못하게 될 것입니다.
이성계	(보는)
정도전	이색이 판문하부사가 되면 그를 따르는 사대부들은 물론 전제개혁에 반대하는 권문세가와 사찰, 왕실의 대지주들이 결집하게 될 터... 사전 혁파를 위해서는 지금보다 훨씬 큰 희생을 치르게 될 것입니다.

정몽주	삼봉은 지금 정치를 포기하고 전쟁을 하겠다는 것입니다! 정치의 소임은 절충입니다! 상대를 인정하지 않고 공격을 서슴지 않는 것은 야만이란 말입니다!
정도전	(차분히) 정치의 소임은 세상의 정의를 바로 잡는 것입니다. 수백 년간 백성의 고혈을 뽈아 먹어온 밥버러지들과 절충이라니요? 야합이자, 불의이며, 백성에 대한 배신입니다.
정몽주	복수심에 사로잡힌 자의 망언입니다! 수시중 대감! 탄핵을 철회시켜 주십시오!
정도전	송구하오나 대감, 탄핵을 철회하는 일은 없을 것입니다.
이성계	삼봉 선생.
정도전	아니 됩니다... 결단코.
이성계	(노기 어리는) 정말... 이케 나오실 것입메까?
정도전	이만 물러가겠습니다. (일어나 나가는)
이성계	삼봉 선생!! 거개 서시우다!!
정도전	(나가는)
이성계	(노기를 참는)
정몽주	(피식) 역시 삼봉이로군요. 소생의 눈앞에서 대감과 맞섬으로서 대감께서 지시게 될 부담을 줄여주려는 의도입니다.
이성계	(보는)
정몽주	허나 저리 술수에 밝은 사람이 곁에 있는 한 대감께선 역심의 유혹을 떨치지 못할 것입니다. 지금이라도 삼봉과 그 일파들을 내치십시오.
이성계	...

13 _____ 저잣거리 (밤)

걸인 가족들, 엎드려 구걸하고 앉아 있다. 옆에 턱 하니 앉는 누군

가. 불콰하게 술에 취한 정도전이다. 후~ 숨 내쉬는...

걸인 남 지금... 뭐 하시는 겁니까요?

정도전 다리가 아파서 좀 쉬다 가려는 참이네만... (보퉁이 하나 건네며) 자리 삯은 이걸로 대신 하세.

걸인 남, 열어보면 만두 정도 들어 있다. 헉! 해서 냉큼 몰려들어 허겁지겁 집어 먹는 가족들. 그 모습 짠하게 지켜보는 정도전에게 만두 하나를 내미는 어린 딸.

정도전 (먹먹히 받아 드는) 고맙구나. (먹는)

일각에서 그런 정도전을 지켜보는 이성계와 이지란.

이지란 참말로 삼봉 선생 거 취미 한번 요상스럽수다. 걸배이들허고 저거 이 뭐 하는 짓임메?

이성계 ...

정도전 (E) 소생도... 아주 가끔은 확신이 서지 않을 때가 있습니다.

F.B》 33회 2씬의

정도전 그럴 때는 저자로 나갑니다... 비단옷을 입고 활보하는 귀족 앞에 엎드려 있는 걸인들을 봅니다. 시전에 널린 물건들과 먹거리들 옆에서 쓰레기를 뒤지는 아이들의 땟국물 흐르는 얼굴을 봅니다.

현재》

이성계 (정도전을 물끄러미 보다가 결심한 듯) 지란아.

이지란 야?

이성계	순군옥에 기별을 넣으라우.
이지란	...! 야. (후다닥 가는)
이성계	(착잡한)

14 _____ 해설 몽타주 (낮)

1) 이색의 집 마당 안 - 관원들, 서 있고 안방에서 굳은 표정의 이색, 양팔을 제압당한 채 끌려 나와 사라진다.
2) 순군옥 안 - 형틀에 묶여 고문을 받는 이색.
3) 자료화면 - 변안열과 조민수의 연행되는 모습.
4) 거리 - 이색, 포박당한 채 함거에 실려 간다. 몇 걸음 따라오던 정몽주, 무릎을 꿇고 '스승님~' 오열한다. 그 모습 일각에서 바라보는 정도전에서 F.O

해설(Na)	공양왕 즉위 직후 판문하부사에 제수되었던 이색은 창왕을 옹립했었다는 이유로 혹독한 고문을 받은 뒤 유배에 처해진다. 아울러 귀양 가 있던 조민수를 서인으로 격하하고 변안열을 사형에 처하는 등 대대적인 숙청이 단행됐다. 이렇듯 무자비한 권력투쟁의 이면에는 전제개혁을 둘러싼 치열한 주도권 다툼이 숨어 있었다.

15 _____ 빈청 외경 (낮)

〈자막〉 서기 1390년 (공양왕 2년) 음력 5월

조준	(E) 이제 그만 고집을 꺾으십시오!

16 _____ 동 정몽주의 집무실 안 (낮)

정몽주의 좌우에 우현보와 조준, 앉아 있다.

조준   대체 언제까지 딴지만 거실 작정입니까? 개혁에 동참을 해주세요.
우현보   조 대감이야말로 고집을 꺾으셔야 합니다. 사전은 태조대왕 이래
         로 유지되어 온 고려의 숭고한 가치이자 혼입니다. 그것을 일거에
         폐지하자는 주장은 고려를 부정하는 행위란 말이외다!
조준   비약이 너무 심하십니다, 판삼사사 대감!
정몽주   고정들 하십시오. 여긴 절충을 하고자 모인 자립니다. 기존의 입장
         만을 고수하지 마시고 한발씩 양보를 하십시다.
조준   사전의 폐지와 농민들에 대한 토지 배분... 이 두 가지 원칙은 양보
         할 수 없습니다.
우현보   사전의 소유권은 인정해주고 수조권°만 나라가 갖도록 하십시다.
         그 이상은 이 사람의 목에 칼이 들어와도 찬동할 수 없소이다! (외
         면하는)
조준   (노려보는)
정몽주   (답답한)

17 _____ 동 정도전의 집무실 안 (낮)

정도전, 조준, 이지란, 배극렴, 앉아 있다.

정도전   우현보가 계속 그리 나온단 말이지...

°   토지에 대해 세금을 거둘 수 있는 권리.

이지란	그 간나 그거이, 왕실의 외척이라고 주상 전하를 믿고 까부는 거우다.
배극렴	어디 우현보뿐이겠소이까? 드러내놓고 찬성하지 않는 자들은 모두 반대라고 보시면 됩니다. 사찰에선 숫제 난리가 났고 말이외다.
조준	(조심스레 정도전에게) 대감... 차제에 우리가 한발 물러서는 게 어떻겠습니까?
정도전	(보는)
조준	이번엔 사전을 폐지하는 것에 만족하고 백성들에게 땅을 지급하는 것은 차후로 미루심이, (하는데)
정도전	지금... 계민수전을 포기하자는 것인가?
조준	포기가 아니라 다음 과제로 남겨두잔 말입니다. 양전도감의 토지 조사 결과 전국에 개간된 땅이 겨우 오십만 결 정돕니다. 왕실과 나라의 토지, 관리들에게 지급할 과전을 빼고 나면 백성에게 나눠 줄 땅이 거의 없습니다.
정도전	왕실과 나라의 토지, 과전을 줄여서라도 백성들에게 땅이 지급되어야 하네. 송곳 꽂을 땅두 없던 사람들이니 송곳 꽂을 만큼의 땅만 생겨도 마음은 천하를 얻은 듯할 터... 땅의 크기를 떠나 백성들이 희망을 갖게 하는 것이 중요하네.
배극렴	조 대감 말대로 가능한 것부터 순차적으로 해나가는 게 낫지 않겠소이까? 첫술에 배부를 순 없는 노릇입니다.
정도전	무수한 희생을 치르면서 여기까지 왔습니다. 계민수전은 미룰 수 없습니다.
조준	(걱정스레) 대감... 근자에 너무 명분에 집착하시는 듯합니다.
정도전	명분 이전에 초심일세... 정치에서 초심을 빼고 나면 권력욕만 남는 것이구... (조준을 지긋이 보는) 잊지 마시게, 우재... 우리의 초심은 계민수전이었어.
조준	(옅은 한숨 내쉬는데)

이방원, 들어온다.

이지란 아이구, 우부대언 영감 행차하셨수까~!

이방원 (인사하고 정도전에게) 아버님께서 당도하셨습니다.

정도전 ...

18 _____ 이성계의 집 사랑채 안 (낮)

이성계, 정도전, 이방원, 앉아 있다.

정도전 평주의 온천이 좋다더니 소문대로인 것 같습니다. 혈색이 아주 좋아지셨습니다.

이성계 선생 안색을 보이 온천에는 내가 아이라 선생이 다녀올 걸 그랬습꾸마. 영판 병자 얼굴이우다.

정도전 (옅은 미소)

이성계 어케... 조정 일이 뜻대로 잘 안 되시우까?

정도전 미꾸라지 몇 마리가 물을 흐리고 있긴 합니다만, 심려하실 정도는 아닙니다. 이제 주군께서 돌아오셨으니 모든 게 잘될 것입니다.

이성계 내 웬만하믄 도당엔 아이 나갈 생각이우다. 거기 가문 없던 뱅도 도질 것 같아서리... 그간 하던 대로 선생이 알아서 처리해 주시우다.

정도전 (안쓰럽게 보는)

이성계 방원아.

이방원 예, 아버님.

이성계 내 없는 동안 방우 소식은 들은 거이 있니?

이방원 전국에 사람을 풀어 행방을 수소문하고 있사온데 여전히 종적이 묘연합니다.

이성계	(어두워지는)
정도전	깊은 산 속에 들어가 마음을 다스리고 있을 것입니다. 대감의 뜻을 이해할 날이 올 것이니 너무 심려치 마십시오.
이성계	(후~) 가문의 장자라는 놈이 그리 마음이 약해빠져서리...
정도전	성품이 어질고 덕이 많아 그런 것입니다. 장차 대감께서 보위에 오르시면 세자가 되어 뒤를 이을 것이니 백성들의 홍복일 것입니다.
이방원	...
이성계	(고민하는)

19 _____ 이성계의 집 앞 (낮)

이방원, 조영규 옆에서 생각에 잠겨 있다. 정도전, 걸어 나온다.

정도전	아버님께서 갈수록 조정을 멀리하시니 걱정이구나. 어떡하든 방우를 빨리 찾아야 심기일전을 하실 터인데... (하다가 보면)
이방원	(생각하는)
정도전	(보면)
조영규	나리?
이방원	(정신이 든 듯) 아, 숙부님... 어디로 걸음을 하실 참입니까?
정도전	녀석... 조반이 명나라에서 돌아온다 하여 입궐을 해야 한다. 아무튼 방원이 넌 큰형님의 소재를 찾는 데 진력하거라.
이방원	알겠습니다.
정도전	(가는)
조영규	나리두 참... 무슨 생각을 그리 골똘히 하십니까?
이방원	(피식 웃고) 잠시... 허황된 상상을 해봤느니라.
조영규	무슨 상상 말씀입니까?

이방원	내가 임금이 되어 용상에 앉는 상상.
조영규	(잠시 놀란 듯 보다가 픽 웃으며) 에이... 정말 허황되기 짝이 없는 상상을 하셨습니다요.
이방원	(피식, 중얼대듯) 어차피 아들만 득시글대는 집안의 다섯째... 큰형님 한 분 아니 계시다고 내게 올 자리가 아닌 것을...
조영규	예?
이방원	가자. (획 나가는)
조영규	...? 아, 나리 같이 갑시다요. (따라가는)

20 _____ 대궐 편전 앞 (낮)

정도전, 걸어 들어오다 어딘가 보고 멈춘다. 정몽주, 걸어오다 선다.

정도전	이성계 대감께서 돌아오셨네. 일간 한번 들러 문안 여쭈시게.
정몽주	(지나쳐가는데)
정도전	전제개혁은 더 이상 간여치 말게.
정몽주	(멈칫 보는)
정도전	그간 자네가 중재하는 것을 용인하여 왔네만 절충은 고사하고 반대파의 기만 살려주고 있지 않은가? 절충도 상대를 봐가며 해야 하는 것이네.
정몽주	궤변도 상대를 봐가면서 늘어놓으시게.
정도전	나는 자네가 간관들의 표적이 되는 것을 원치 않네.
정몽주	하나 알려주지. 아직도 이 나라 간관의 삼 할은 스승님과 나의 사람들일세... 자네는 이미 그들의 표적이 되어 있구... 뭐든 걸리는 날엔... 가만두지 않을 것이야.
정도전	포은... 자넨 나의 상대가 못 되네.

정몽주	(피식 웃으며 가는)
정도전	(옅은 한숨 내쉬며 걸음 떼는데)
남은	(E) 삼봉 대감!

정도전, 보면 남은, 뛰어온다.

정도전	(짐짓 미소) 사람, 채신머리없이 궐에서 어찌 이리 경망스럽게 구시는가?
남은	큰일났습니다.
정도전	(웃음기 가시는)
남은	명나라에 금상의 즉위를 알리러 갔던 조반 대감이 이상한 소릴 들었다 합니다!
정도전	이상한 소리라니?

21 ＿＿＿ 동 편전 안 (낮)

공양왕 앞에 조반이 있다. 정몽주, 우현보, 배극렴, 이지란, 정도전, 조준, 윤소종, 남은, 이첨이 있고 이 내관 옆에 이방과가 서 있다. 긴장된 분위기.

조반	파평군 윤이와 중랑장 이초라는 자가 명나라 황제를 알현하여 고하기를, 수시중 이성계가 자신의 인척, 왕요를 왕으로 앉힌 연후에 명나라를 치려 한다고 했다 하옵니다!
공양왕	뭐라구요? 수시중이 명나라를 쳐요?
일동	(심각한)
조반	뿐만 아니오라 이성계가 이에 반대하는 이색, 조민수, 변안열, 이숭

인, 권근 등을 살해하고 우현보, 김종연 등 수명을 유배에 처했다면서 명나라의 군사를 동원하여 이성계를 토벌해달라 하였다 하옵니다!

공양왕 그게 대체 무슨 말입니까? 이색, 이숭인 등이 멀쩡히 살아있고, 우현보 대감은 지금 이 자리에 계시지 않소이까?

조반 소신은 그저 이 말을 전하기 위해 급히 귀국하였을 뿐이옵니다.

공양왕 이거야 원... 어찌 이리 해괴망측한 일이 벌어진단 말입니까!

중신들, 동요의 빛이 감도는데 정몽주, 무언가 곰곰이 생각하는.

22 _____ 대궐 침전 복도 (밤)

이성계, 굳은 표정으로 걸어간다.

공양왕 (E) 아이구~ 수시주웅~!

23 _____ 동 침전 안 (밤)

공양왕, 이성계의 두 손을 마주 잡고 울상을 짓고 있다.

이성계 전하...

공양왕 (울상으로) 윤이와 이초의 일을 어찌하면 좋습니까? 명나라가 군대를 보내 우리를 토벌하겠다고 하면 우리는 어찌해야 하는 것입니까?

이성계 전하와 소신을 음해하는 세력들이 날조한 모략이니 윤이와 이초를 고려로 소환하여 진상을 밝히면 아무 일도 일어나지 않을 것이옵니다.

공양왕	허나 그 넓은 명나라에서 윤이와 이초를 어찌 찾을 것이며, 그동안 황제의 진노는 누가 풀어드린단 말입니까? (하는데)
이 내관	(E) 전하, 문하찬성사 정몽주 입시이옵니다.
공양왕	...! (주저하듯 이성계를 보면)
이성계	속히 들라 히시옵소서.
공양왕	들라 하라.

정몽주, 들어온다. 이성계와 눈이 마주친다. 그러나 차갑게 눈인사만 나누고 마는.

공양왕	(앉으며 짐짓 냉랭하게) 그래 찬성사께서 어쩐 일이시오?
정몽주	소신, 작금의 사태를 해결할 방도를 고하러 왔사옵니다.
공양왕	? ...그게 무엇입니까?
정몽주	윤이, 이초의 고변은 앞뒤가 맞지 않는 횡설수설에 지나지 않습니다. 분명 조반이 명나라에 떠도는 낭설을 사실로 믿은 착오에서 빚어진 일이오니 사신을 보내 해명하면 사태가 원만히 수습될 것이옵니다.
공양왕	이 판국에 누가 사신으로 가려 하겠소이까?
정몽주	당사자인 수시중 이성계 대감이 가면 더 바랄 나위가 없겠사오나 고려의 군권과 내정을 관장하는 중신인 데다 지병까지 앓고 있사오니 그럴 수는 없을 것이옵니다. 하오니 수시중 대신 수시중의 복심을 보내 해명을 하도록 해야 하옵니다.
공양왕	수시중의 복심?
이성계	누구를 말씀하는 거우까?
정몽주	정당문학 정도전을 보내시옵소서.
이성계	!
공양왕	정도전을요?

정몽주   (결연한)

24 _____ 빈청 이성계의 집무실 안 (밤)

이성계, 정도전, 이지란, 배극렴, 조준이 앉아 있다.

배극렴   이건 삼봉 대감을 제거하겠다는 수작입니다.

조준   대감이 고려에 없는 틈을 이용해 전제개혁의 기세를 꺾어보겠다는
계산도 섞여 있겠지요.

정도전   ...

이지란   거 참... 둘도 없는 친구 사이가 어카다 이래 됐는지 원... 정치 이거
이 요물 중의 상 요물이우다.

이성계   삼봉 선생이 명나라에 가는 일은 없을 것이오. 삼봉 선생, 다른 사
람을 천거해 주시우다.

정도전   ...소생이 가겠습니다.

일동   !

조준   너무 위험합니다. 불가한 말씀이에요.

정도전   ...

이성계   ...다들 자리를 좀 물려주시오.

일동   (일어나 나가는)

이성계   어째서 이러는 겜니까? 윤이, 이초가 망발을 지껄인 거는 아무나
해명해도 되는 거 아이겠슴?

정도전   윤이, 이초 때문에 가는 것이긴 합니다만 목적은 대업입니다.

이성계   대업?

정도전   지금처럼 명나라 황제가 재채기만 해도 개경이 몸살을 앓는 상황
이 반복되면 대업에 지장이 많을 것입니다. 차제에 명나라 황제를

	주군의 편으로 만들고 오겠습니다.
이성계	기래도 아이 됩메다. 여기 벌여놓은 일이 있지 않습메까? 조준 대감 혼자서 전제개혁은 무립메다.
정도전	소생이 명나라로 떠나기 전에 모든 것을 정리해 놓겠습니다. 주군께선 모른 척 계셔만 주십시오.
이성계	?

25 _____ 동 정도전의 집무실 안 (밤)

정도전, 조준, 윤소종, 남은, 이방원이 앉아 있다.

남은	나는 죽어도 대감 못 보냅니다! 허니 정 가시려면 나를 죽이고 가시우!
정도전	거 사람... 자네 같은 장사를 내가 어찌 죽인다구 이러시는가?
남은	못 죽이겠으면 못 간다고 어디 골방에 나자빠지시든가요!
정도전	이 사람아. 그리되면 이성계 대감의 무고함은 누가 증명한단 말인가?
이방원	아무리 숙부님이라 해두 명나라 황제가 믿어준다는 보장이 없습니다.
정도전	이대로 가면 그렇겠지. 허나 윤이, 이초에게 망언을 사주한 배후를 밝혀 그 결과를 가지고 가면 얘기가 달라지지 않겠느냐?
남은	놈들이 죄다 명나라에 있는데 그걸 어찌 밝힌단 말입니까?
윤소종	고려에 있는 사람들을 조사하면 되겠군요. 윤이와 이초의 망언에 등장하는 사람들 말입니다.
남은	!
이방원	필시 그들 중에 망언을 사주한 자가 있을 것입니다.
조준	공교롭게도 하나같이 전제개혁에 반대했던 인사들이로군요. 이색부터... 우현보까지 말입니다.

정도전   ...

26 _____ 동 정몽주의 집무실 안 (밤)

정몽주, 우현보, 앉아 있다.

우현보   정도전이가 순순히 간다니 조금은 의웁니다그려.

정몽주   꾀가 많은 사람입니다. 방심하시면 아니 됩니다.

우현보   방심이나 마나 나는 윤이, 이초의 망언에 거명이 되는 바람에 내심
             조마조마했었습니다. (하는데)

관원1, 관졸들을 대동하고 들어온다.

정몽주   무슨 일인가?

관원1   우현보 대감을 순군옥으로 압송하러 왔습니다.

정몽주   ! ...뭐라?

관원1   뫼시고 가라!

우현보   아니, 이놈들이! (하는데 관졸들 달려들어 끌고 나가는)

정몽주   (병한... 노기를 참지 못하고 탁자를 쾅! 내려치는)

27 _____ 빈청 앞 (밤)

정도전, 남은과 걸어온다. 정몽주, 다가와 앞을 막는다.

남은   (다가서는) 비키쇼. (하는데)

정몽주	(남은의 손을 홱 뿌리치고 정도전을 노려보며) 축하의 말을 전하러 왔네. 자네의 비열함은 이제 이인임조차 필적하지 못할 경지에 이르렀네.
정도전	...
남은	적반하장이라더니, 먼저 공격한 사람이 누군데 이러는 거요!
정몽주	(노려보는)
정도전	내 진작에 말하지 않았던가, 자네는 내 상대가 못 된다구.
정몽주	오늘까진 자네를 사람으로 봤었네만... 이런 괴물인 줄 알았으면 방도를 달리하였겠지. 이제부턴 좀 달라질 것일세. (홱 가는)
정도전	(보는)
이인임	(E) 이제 진짜 괴물이 되겠지...

F.B》31회 12씬의

이인임	정치에서 괴물은... 과도한 이상과 권력이 합쳐질 때 탄생하는 것이니까... (애써 미소) 무적... 고통스러울 것이외다...

현재》

정도전, 표정이 어두워진다. 어딘가 불길하고 불안한 듯한...

28 _____ 해설 몽타주 (밤)

1) 순군옥 마당 안 – 우현보를 비롯한 중신들이 무릎 꿇려 있다.

2) 옥방 안 – 초췌한 행색의 이색 앞에 엎드려 울고 있는 이숭인, 하륜, 권근.

3) 대궐 편전 안 – 정도전, 이방과가 건네주는 표문을 받아 든다. 공양왕과 정몽주의 적의 어린 시선... 이성계는 보이지 않는 가운데

중신들의 모습들이 비친다.

해설(Na) 사실 여부조차 불분명한 윤이, 이초의 말 몇 마디로 인해 고려 정국
은 또 한차례 태풍이 휘몰아쳤다. 우현보 등 보수파의 중신들이 투
옥되고 이 중 일부는 옥사하였다. 유배 중이던 이색, 권근, 이숭인,
하륜 등도 청주의 감옥에 갇히는 등 보수파는 회복 불능의 타격을
입는다. 얼마 후 정도전은 이성계의 무고함을 알리러 명나라로 떠
난다. 전제개혁을 둘러싼 기나긴 싸움도 서서히 끝나가고 있었다.

29 _____ 산 움막 앞 (낮)

이성계, 이방원, 조영규와 걸어와 멈춘다.

조영규 여깁니다요, 대감마님.

금방이라도 허물어질 것 같은 움막을 참담한 표정으로 바라보는
이성계. 옅은 탄식을 내뱉는데 움막 안에서 걸인이나 다름없는 행
색의 이방우가 쪽박 하나 들고나오다 멈칫한다. 툭 떨어지는 쪽박.

이방우 아버님...
이성계 (억장이 무너지는, 중얼대듯) 이놈의 자식이... 이 간나새끼...

30 _____ 움막 안 (낮)

이방우의 절을 받는 이성계. 먹먹한...

이성계	(짐짓 덤덤하게) 얼굴이 어캐 사흘은 굶은 놈 같구마는...
이방우	(달관한 듯한 미소) 초근목피에 가끔 동냥을 다니면 입에 풀칠은 어렵사리 할 수 있습니다.
이성계	(가슴 아픈) 니 맘 다 이해한다... 이제 그만하자, 방우야.
이방우	...걱정하지 않으셔도 됩니다. 아버님. 마음은 도성에 있을 때보다 훨씬 편하니까요.
이성계	방워이가 옷가지를 챙겨왔을 거이다. 갈아입고 날래 도성으로 가자우.
이방우	소잔 그냥 여기 남겠습니다.
이성계	(못 참고) 이기서 니가 뭐이를 한단 말이네!!
이방우	아버님을 대신하여 아들인 저라도 속죄의 삶을 살아야 하지 않겠습니까?
이성계	무시기? 속죄?
이방우	두 분의 군왕을 폐위시키고 죽였습니다. 숱한 충신들을 죽이고 유배를 보냈습니다. 포은 같은 충신을 멀리하고 삼봉 같은 역적을 가까이하였습니다. 고려의 신하로서 그 이상의 죄가 있겠습니까?
이성계	어캐 이래 맏아들이 돼가지구서 아바지 입장은 눈꼽만큼도 생각 않는 것이니! 나도 살라고 한 짓인 거 모르갔니! 나만 살간! 백성들 살기 좋은 세상 맹글라고 기칸 거잖니! 백성들 땅 주고 잘 묵고 잘 살게 맹글라고 기칸 거란 말이다!!
이방우	그런 연후에는... 아버님께서 보위에 오르시기 위함이구요.
이성계	!
이방우	아버님... 이 못난 아들이 그나마 숨이 붙어 있길 바라신다면... 소자를 잊어주십시오.
이성계	(참담한) 방우야....
이방우	(쓸쓸한 미소) 소자, 멀리서나마 아버님의 만수무강을 기원할 것입니다.

이성계   (탄식하는)

31 _____ 산길 (낮)

이성계, 이방원, 조영규, 걸어온다.

이방원   소자가 설득을 하러 다시 오겠습니다. 그때도 고집을 부리면 묶어
         서라도 도성에 데려다 놓겠습니다.

이성계   출출하지 않니? 방워이, 조 서방하고 가서 꿩이나 한 마리 잡아 오
         라우.

조영규   예? 활도 없이 꿩을 어찌, (하는데)

이방원   (조영규를 툭 치고) 알겠습니다, 아버님. (조영규를 끌고 가는)

이성계   …

   시간 경과》

   이방원과 조영규, 먼발치에서 이성계를 지켜본다. 바위 위에 걸터
   앉은 이성계, 오열한다. 서럽게 우는…

32 _____ 빈청 외경 (밤)

33 _____ 동 정몽주의 집무실 안 (밤)

정몽주와 조준, 앉아 있다.

정몽주	계민수전은 아니 됩니다. 그만한 땅도 없고 방식이 너무 과격합니다.
조준	이 사람도 그 부분은 공감합니다. 허나... 수시중과 삼봉의 의지가 강력하니 이제 그만 따라주시지요. 삼봉 대감이 귀국하기 전에 마무리 짓는 것이 피차 이득일 것입니다.
정몽주	조 대감께서 생각하시는 가장 현실적인 방도는 무엇입니까?
조준	...과전법입니다.
정몽주	과전법?
조준	경기지역에 한해 관리들에게 지급하는 과전을 만들고 나머지 지역의 토지는 모두 나라에서 소출의 일 할만 세금을 걷는 것입니다. 농민들이 직접 땅을 갖는 것만은 못해도 민생을 획기적으로 개선할 수 있습니다.
정몽주	...

34 ____ 이성계의 집 후원 안 (밤)

이성계, 먹먹한 시선으로 하늘을 바라보고 있다.

정몽주	(E) 오랜만에 뵙겠습니다, 대감.

이성계, 놀라 돌아보면 정몽주가 서 있다.

이성계	(다가서는) 포은 선생! 오랜만이우다.
정몽주	긴히 드릴 말씀이 있어 왔습니다.
이성계	잘 오셨수다. 어서 사랑으로 듭세다. (하는데)
정몽주	여기서 말씀드리겠습니다.
이성계	(보는)

정몽주	조준 대감의 과전법을 아마 들어서 아실 것입니다. 과전법이라면 소생, 기꺼이 찬동하겠습니다.
이성계	계민수전은 끝까지 반대하시는 거우까?
정몽주	계민수전은 불순한 선동입니다. 찬성하는 쪽은 선, 반대하는 쪽은 악... 대감을 절대선으로 만들어 결국엔 보위에 앉히려는 삼봉의 음모입니다.
이성계	...
정몽주	삼봉이 없는 지금 전제개혁을 마무리하십시오.
이성계	그건 배신이우다... 미안하구마. 그만 돌아가시우다. (걸음 떼는데)
정몽주	(E) 대감!

이성계, 멈추고 돌아보면 정몽주, 무릎을 꿇고 있다. 이성계, !!

정몽주	(절절한) 진정으로 나라와 백성을 위하신다면 과전법에 만족해 주십시오. 그것만으로도 기뻐하는 백성들의 눈물이 온 나라를 적실 것입니다!
이성계	...삼봉 선생이 돌아오문 내 상의를 해보겠수다.
정몽주	삼봉을 위해서도 지금 결단하셔야 합니다! 삼봉은 헛된 미망에 사로잡혀 스스로는 물론 대감과 이 나라 전체를 불행으로 몰아넣고 있습니다! 대감께서 방황에서 벗어나 제자리로 돌아오신다면 삼봉 또한 그리될 것입니다! 대감! 제발 유혹을 떨치시구 고려를 수호했던 그 옛날의 이성계 장군으로 되돌아와 주십시오!
이성계	...
정몽주	대감~!!
이성계	... (혼잣말처럼) 그 옛날의 이성계?

이성계, 하늘을 올려다본다. 먹먹해지는 모습에서 F.O

35 _____ 정도전의 집 마당 안 (낮)

득보, 안채를 향해 다그친다.

득보　마님! 아직 멀었습니까요? 아, 마님!!

최 씨, 안채에서 전적을 들고나온다.

최 씨　(전적 먼지 털며 중얼대듯) 아유, 겨우 찾았네... 할아범은 뭐가 그
리 급해서 성화를 부리시우그래?

득보　아, 저자에서 불구경을 하게 생겼는데 마음이 안 급하겠습니까요?

36 _____ 저잣거리 (낮)

전적들이 산더미처럼 쌓여 있고 백성들, 모여 있다. 관원들이 전적
이 잔뜩 실린 수레를 끌고 와 전적 더미에 쌓는다. 최 씨와 득보, 구
경꾼들 사이에 섞여 있다.

득보　저 많은 땅문서를 죄다 불태운다니... 정말 세상이 바뀌긴 바뀔 모
양입니다요...

최 씨　그리 많은 사람을 때려잡았는데 세상이라도 바뀌어야지요. (하다
가 어딘가 보고 멈칫)

하륜, 이숭인, 권근, 이첨이 굳은 표정으로 서 있다. 이색이 우현보
와 함께 나타나고 하륜 등 인사하는 모습이 보인다.

최 씨   아니, 저분들이 어찌 도성에... (이상한)

37 _____ 도성 앞 (낮)

정도전, 사신단을 이끌고 다가온다.

남은   (E) 대감!

정도전, 보면 남은, 말을 몰고 달려와 멈춘다.

정도전   (반가운) 오랜만일세, 남은... 이 사람이 아무리 보고 싶었기루 예까
         지 마중을 나왔단 말인가?
남은   미리 알려드릴 것이 있어 왔습니다.
정도전   ?

38 _____ 다시 저잣거리 (낮)

관원들, 전적 더미에 기름을 끼얹고 그때마다 백성들의 낮은 탄성
이 터진다. 조준, 윤소종, 이방원, 이지란, 배극렴의 모습도 보인다.

정도전   (E) 과전법이라니!

39 _____ 다시 도성 앞 (낮)

남은 이성계 대감이 정몽주의 청을 받아들여 계민수전을 포기했습니다.

정도전 (헉! 하는) 뭐라?

40 _____ 다시 저잣거리 (낮)

백성들 틈으로 이성계, 정몽주, 관원을 대동하고 나타난다.

이성계 불 달아라.

관원, 화덕에서 불을 붙여 전적 더미에 붙인다. 순식간에 타오르는 전적들. 백성들, '우와~~' 함성을 지르며 열광하고 만세를 불러댄다. 불길을 만감이 교차하는 표정으로 바라보는 이성계와 정몽주.

41 _____ 다시 도성 앞 (낮)

남은 무언가 이성계 대감의 심경에 중대한 변화가 있는 것 같습니다.

정도전 !

정도전과 이성계, 정몽주의 얼굴에서 엔딩.

36회

1 _____ 저잣거리 (낮)

백성들의 만세 소리와 더불어 화면이 밝아지면 활활 타오르는 전적들.

이를 바라보는 이성계, 정몽주. 그리고 이지란, 배극렴, 윤소종, 조준, 이방원. 그리고 이색, 우현보, 권근, 이숭인, 하륜, 이첨.

최 씨와 득보 등의 모습 위로...

해설(Na) 서기 1390년 9월, 도성 한복판에서 나라의 모든 토지 문서들이 불태워졌다. 그 양이 얼마나 많았는지 문서를 태우는 불이 여러 날 동안 꺼지지 않았다고 고려사는 적고 있다. 이듬해 5월에는 과전법이 반포되었다. 비록 정도전의 계민수전은 실현되지 않았으나 문란한 사전의 폐해를 바로잡고 민생을 개선하는 한편, 권문세가들의 경제적 기반을 무너뜨린 역사적 사건이었다.

2 _____ 다시 그 거리 (밤)

정도전과 남은, 어디선가 말을 달려와 멈춘다. 말에서 내려 다가서면 청소하는 관원들 앞에 잿더미가 된 전적들. 정도전, 침통하고 남은, 옅은 한숨을 뱉는다. 일각에서 조준과 윤소종, 다가선다.

윤소종 삼봉 대감.

정도전 (보는)

조준 (조금 서먹한) 먼 길 다녀오시느라 고생이 많으셨습니다.

정도전 과전법은 자네의 평소 소신이었어... 얘기해보게, 이 상황에 책임이 없다 말할 수 있는가?

조준	...
정도전	내 분명 계민수전을 포기하면 아니 된다 하였어!!
정몽주	(E) 애꿎은 사람에게 화풀이 마시게.

일동, 보면 정몽주, 냉랭한 표정으로 다가선다.

정몽주	조 대감이 과전법을 성안한 것은 사실이나 자네가 돌아오기 전에 결정하는 것은 한사코 반대하더군... 이성계 대감과 내가 밀어붙였으이.
정도전	(노려보는)
정몽주	백성들은 불타는 토지 문서를 보면서 만세를 불러댔네. 헌데 백성을 위한다는 자네는 전혀 기뻐하지 않는구만.
정도전	내가 겨우 과전법 정도에 만족할 사람으로 보였던가?
정몽주	하긴... 계민수전이라는 허황된 명분을 내세워 역성을 하려던 사람이었으니 성에 찰 리가 없을 테지.
일동	!
남은	(당혹, 애써 부정하듯) 말조심하십쇼! 지금 누굴 모함하려 드는 게요!
정몽주	(무시하듯 정도전만 쳐다보는)
정도전	이번엔 내가 당했네만 이것으로 전제개혁이 끝난 것이라 생각하면 오산일세.
정몽주	과전법은 내년부터 시행될 것일세. 더 어찌할 방도가 있다고 보시는가?
정도전	(피식) 수시중 대감에게 재의를 요청할 것이네. 이미 결론이 난 사안이라 해두 내정을 관장하는 수시중이 동의한다면 재론이 가능하다는 것을 잘 아시지 않는가?
정몽주	(여유) 수시중에게 재의를 요청한다?

정도전	?
조준	...삼봉 대감.
정도전	(불길한 듯 보는)
정몽주	어디 한번 그래 보시게. 내 성의껏 경청은 해주겠네. (가는)
정도전	!
윤소종	(침통한) 이성계 대감께서 문하시중이 되셨는데... 정몽주를 수문하시중에 앉혔습니다.
정도전	(심각해지는)
강 씨	(E) 어쩌자고 정몽주에게 도당을 맡긴 것입니까?

3 _____ 이성계의 집 안방 안 (밤)

이성계, 강 씨, 이지란, 이방원이 앉아 있다. 다들 심각한데 정작 이성계는 여유가 있어 보인다.

이성계	능력 있는 사람이잖소... 뭐가 잘못된 거요?
강 씨	정몽주가 옥에서 풀려난 이색 일파를 끌어들이려 할 게 분명하지 않습니까? 그들이 다시 힘을 합치면 대감의 입지가 흔들릴 수도 있습니다.
이성계	...
이지란	(퉁명스레) 내도 이색 대감하구 그 간나들 풀어준 거는 이해 못 하갔소. 삼봉 선새이 가들 잡아넣는다고 얼매나 용을 썼는데 기케 뭉탱이로 풀어준단 말이오? 초파일 날 물괴기 방생하는 것도 아이고 말이우다.
이성계	(피식, 농담처럼) 지라이 니... 니들 동네 갈래?
이지란	(큼, 짜증스레) 성니메, 거 더부살이하는 것도 서러운데 치사하게

	그 소리는 좀 아이 했으문 좋겠습메.
이성계	(픽 웃고) 자, 오늘은 아주 뜻깊은 날이 아이니... 기념 삼아 술이나 한잔하자우....부인은 주안상 좀 챙겨주시우다.
이방원	대업은... 포기하신 것입니까?
이성계	(굳는)
강 씨	...대업이라니?
이방원	(이성계에게) 새 나라의 태조가 되겠다던 삼봉 숙부와의 맹세... 저 버리신 것이냐 여쭙는 것입니다.
강 씨	!
이지란	아이, 성님을 임금으로 맹그는 거라문 홍국사서 폐가입진할 때 끝 난 얘기 아이니?
이방원	아닙니다. 폐가입진 훨씬 이전부터 지금까지 쭉... 아버님의 목표는 용상이었습니다.
강 씨	(놀라) ...대감!
이성계	(노려보다가) 지라이 가서 곡괭이 자루 하나 빼 와라. 내 오늘 이놈 헛소리하는 버릇을 단단히 고쳐 놔야겠다.
이지란	(당황)
이방원	숙부님까지 움직이실 것 없습니다. 아버님 말씀을 들은 연후에 제 가 직접 실한 놈으로 골라 오겠습니다.
이성계	지라이 뭐 하고 있네!
강 씨	(말리듯) 대감! (하는데)
사월	(E) 대감마님!
이성계	(보면)
사월	(E) 삼봉 대감 오셨습니다요!
일동	!

4 _____ 동 사랑채 안 (밤)

이성계, 정도전, 앉아 있다.

이성계   내일쯤 딩도한다길래 아침에 마중을 나갈라 기캤더만... 암튼 먼 길 댕겨온다고 고생 많았슴메. 그래, 맹나라선 어캐 일이 잘된 거우까?

정도전   주군을 음해하려는 세력이 윤이, 이초를 시켜 황제에게 거짓을 고하게 했노라 밝히고, 일당을 모두 처벌하였다 하니 흔쾌히 수긍을 하더군요. 황제가 주군에 대해서도 좋은 인상을 갖고 있었습니다.

이성계   (혼잣말처럼) 일이 아주 잘되었구만그래.

정도전   정작 여기 일은 잘되지 않았더군요... 엉망이 되어버렸습니다.

이성계   (보는)

정도전   고작 과전법 정도나 하려고 시작했던 전제개혁이 아니었습니다. 고려를 끝장내기 위함이었구 그를 위해서는 계민수전이어야 했습니다. 고려의 지배 세력들이 도저히 받아들일 수 없는 계민수전이어야 했단 말입니다!

이성계   (묵묵히 듣고 있는)

정도전   해서 백성들이 고려로는 도저히 아니 되겠다는 각성을 하는 날... 새로운 나라, 새로운 군주를 원하게 되는 날... 주군의 무력이 아니라 민심의 힘으로 대업을 열고자 하였습니다. 그런 소신의 뜻을... 어찌 이리 짓밟으신 것입니까?

이성계   ...옛날에 누가 내한테 이런 말을 했었수다.

정도전   (보는)

이성계   흘리는 피의 양이 많을수록 대업의 정당성은 줄어든다... 기케 맹글어진 나라에 무엇을 기대하겠느냐? 정치의 힘으로 대업을 이루갔다...

정도전	위화도 회군 직후 소신이 주군께 했던 얘깁니다.
이성계	삼봉께선... 여적지 흘린 피가 적다고 생각하우까?
정도전	...
이성계	여적지 삼봉이 내한테 보여준 거이 정치라고 생각하느냔 말이우다!
정도전	정쟁과 술수가 있었습니다. 착오도 있었습니다. 허나 오백 년 묵은 고려와 더불어 특권을 누려온 자들과의 싸움이었습니다. 공명정대함만으로 상대할 수 있었다 보십니까?
이성계	변명이우다! 기딴 식으로 할 바에는 차라리 병사들 끌고 가서리 뒤집어엎어 버리는 거이 낫지비!
정도전	!
이성계	(훅! 숨 내쉬고) 포은이 내 앞에서 무릎을 꿇고 울면서 무시기라 했었는지 아오...? 옛날의 이성계로 돌아가 달랍디다... 옛날의 이성계...
정도전	해서... 대업을 포기하시겠단 말씀입니까?
이성계	(피식) 그런다고 내가 죽인 사람들이 살아오고 이 손마디에 백인 피 냄새가 사라지는 거우까?
정도전	(보는)
이성계	옛날의 동북면 촌뜨기 이성계는 이제 없수다.
정도전	...주군.
이성계	내는 대업을 포기한 게 아임메. 선새이 말한 정당성인가 무시긴가 그거이 제대로 된 대업을 하고 싶은 거우다.
정도전	소신을 믿어주십시오. 백성의 마음이 주군을 향하게 만들 것입니다.
이성계	(고개 젓는) 백성꺼진 바라지도 않슴메. 내는 포은만 인정해주문 그거이 정당성이우다.
정도전	!
이성계	고려에서 제일 잘났다는 포은 정몽주... 그 사람이 집정대신의 자격으로 갖다 바치는 옥새가 아이문... 내는 받지 않겠소.

정도전	...주군.
이성계	내는 정몽주를 집정대신으로 맹글었으이 삼봉은 정몽주가 옥새를 갖고 오게 맹그시우다... 인자부턴 그거이 우리의 대업이우다.
정도전	...

5 _____ 동 사랑채 앞 (밤)

강 씨, 이방원, 이지란이 서 있다. 하나같이 심각하다.

이지란	거참 일이 묘하게 되어가는구만그래.
강 씨	포은 대감이 대업에 동참을 하겠느냐?
이방원	정몽주는 임금의 성씨가 바뀌는 것을 막기 위해 흥국사에서 폐가입 진까지 결행했던 사람입니다... 이건 대업을 하지 말자는 얘깁니다.
강 씨	...

6 _____ 대궐 침전 앞 복도 (밤)

정몽주, 굳은 표정으로 걸어 들어가는 모습 위로...

공양왕	(E) 이제 고려는 수시중의 양어깨에 달려 있소이다.

7 _____ 대궐 침전 안 (밤)

공양왕, 정몽주와 마주 앉아 있다.

공양왕	과인이 비록 태조대왕 이래로 내려온 사전의 제도를 지키지는 못하였으나 왕씨의 사직만은 내줄 수 없소이다. 수시중만 믿겠소이다.
정몽주	소신 정몽주, 간적들로부터 고려를 지키는 데 신명을 다 바칠 것이옵니다.
공양왕	정도전이 돌아왔다 들었소. 그 간교한 자가 무슨 짓을 저지를지 모르니 각별히 대비를 해주시오.
정몽주	정도전은 사직을 위태롭게 하는 간적... 소신이 도려낼 것이옵니다.
공양왕	...! 정도전은 이 시중의 최측근입니다. 섣불리 건드렸다가 무슨 화를 당하시려구요?
정몽주	시중 이성계는 거듭된 정쟁에 지칠 대로 지쳐 있사옵니다. 지금이 정도전을 몰아낼 절호의 기회이오니 소신에게 맡겨주시옵소서.
공양왕	수시중께서 그자를 제거할 수 있겠소이까?
정몽주	소신 비록 도당에 변변한 당여 하나 없는 처지이오나 고려의 내정을 책임지는 집정대신이옵니다. 할 수 있사옵니다.
공양왕	경의 힘이 아니라 마음을 묻는 것입니다.
정몽주	(보는)
공양왕	길을 달리하였다 해두 평생을 벗하며 살아온 사람이 아닙니까... 정녕 한 치의 주저함도 없이 그자를 제거할 수 있겠소이까?
정몽주	...

8 _____ 다리 일각 (밤)

정몽주, 걸어와 멈춘다. 생각에 잠긴다.

F.B》1회 56씬의

어린 몽주	사내대장부답게 당당히 맞서 싸우세요. 내게 각촉부시를 청하던

자신감이라면... 능히 이겨낼 것입니다.

어린 도전 (보는)

어린 몽주 (따뜻한 미소로 보는)

어린 도전 ...청이 하나 있습니다.

어린 몽주 말씀하세요.

어린 도전 형이라 불러도 되겠습니까?

어린 몽주 그건 아니 되겠습니다.

어린 도전 (실망)

어린 몽주 예로부터 뜻이 통하는 사람은 나이를 떠나 벗이 될 수 있다 했습니다.

어린 도전 !

어린 몽주 (싱긋) 나는 거기와 망년지교를 맺고 싶은데... 청을 받아주시겠습니까?

어린 도전 (환한 미소가 번지는)

현재》

정몽주, 착잡하다. 마음을 다잡은 듯 돌아서다가 멈칫 본다.
맞은편에 정도전, 물끄러미 바라보고 서 있다.

정도전 (서먹한 듯 미소) 어째 발길이 이쪽으로 향하더라니... 자네가 예 있었구만.

정몽주 (걸어가는데)

정도전 감축드리네.

정몽주 (멈추는)

정도전 ...수문하시중에 제수된 것 말일세. 아깐 미처 경황이 없어 축하한단 말을 하지 못했으이.

정몽주 (무심히 보는)

정도전 협력할 수 있는 것은 최대한 협력하겠네. 당장... 계민수전부터 내려놓겠네.

정몽주   ...무슨 뜻인가?

정도전   자네를 적으로 대하고 싶지 않다는 뜻이네.

정몽주   (보다가 다가서는) 자네가 내려놓아야 할 것은 계민수전 이전에 역
         심... 내가 원하는 것은 협력이 아니라 자네가 조정을 떠나는 것일
         세... 망나니 같은 당여들과 더불어 영원히.

정도전   ...포은.

정몽주   그러실 수 있는가?

정도전   ...

정몽주   (피식) 축하는 고맙게 받겠네. 조만간 답례가 있을 터이니... 기대하
         시게. (가는)

정도전   ...

9 _____ 정도전의 집 앞 (낮)

관원과 관졸들이 몰려간다.

10 _____ 동 안방 안 (낮)

정도전, 의관을 정제하고 있다. 최 씨, 걱정스레 서 있다.

정도전   다녀오리다.

최 씨   대감...

정도전   (보면)

최 씨   포은 대감과 더는 다투시면 아니 되십니다. 아시겠지요?

정도전	...다녀오겠소. (하는데)
득보	(E) (다급히) 대감마님!! 대감마님!!
정도전	!

11 ＿＿＿ 동 대청 + 마당 안 (낮)

정도전, 최 씨와 나와 보면 득보를 비롯한 하인들, 관원 일동과 대치하듯 서 있다. 정도전, !

득보	대감마님! 이자들이 다짜고짜 쳐들어와서는 대감마님을 찾습니다요!
정도전	(보면)
관원	(인사) 무례를 용서해 주십시오, 대감.
정도전	무슨 일인가?
관원	전하께 대감에 대한 탄핵 상소가 올라왔습니다.
정도전	!
최 씨	(헉!) 탄핵?
관원	처결이 내려질 때까지 대감께선 당분간 사가에 머무르시라는 어명입니다. (관졸들에게) 대감의 사저를 봉쇄하라!
관졸	예!

관졸들, 대문 등 곳곳으로 이동한다. 겁먹은 듯한 최 씨와 득보. 정도전, 노기가 치미는...

12 _____ 이성계의 집 안방 안 (낮)

이성계, 강 씨, 이지란이 심각한 표정으로 이방원을 보고 있다.

이방원   성균사예 유백순이란 자가 전하께 고하기를... 삼봉 숙부가 아버님의 위세를 등에 업고 권세를 사사로이 남용하고 있다고 비방하면서 이를 방치하였다간 장차 나라에 의종대왕 때 있었던 난이 재발할 수도 있다 하였습니다.

이성계   !

이지란   아이... 의종대왕 때의 난이라이?

강 씨   정중부가 일으켰던 무신 난을 말하는 것입니다.

이지란   무시기? 기라문 우리 성님이 정중부란 말입메!

이방원   유백순은 또한 상소에서 위화도 회군의 의미를 폄하고 신창을 옹립하였다는 죄로 처벌받은 신하들을 옹호하였습니다. 이는 삼봉 숙부뿐 아니라 아버님에 대한 명백한 도전입니다.

이성계   ...

이지란   아이 되갔소. 내 당장 가서 이 간나새끼 모가지를 날려버리갔소. (일어나려는데)

이성계   지라인 가만있으라우.

이지란   (보는)

이성계   유백수이 뒤에 누가 있다고 봐야겠지비.

이지란   ...! 뉘기 말이오!

이방원   누구겠습니까... 정몽주 대감입니다.

이지란   포은 선생이 어캐 회군을 비방한단 말이니?

강 씨   필시 정몽주가 대감을 배신한 것입니다. 용납해선 아니 되십니다.

이성계   속단할 일이 아입메다... 우선은 지켜보십시다.

이방원   (답답한) 아버님!

이성계   급할 거 없다. 가마이 지켜봄세...

13 _____ 대궐 편전 안 (낮)

쩔쩔매는 느낌의 공양왕. 그 앞에 배극렴, 조준이 앉아 있다.

배극렴   (격노한) 위화도 회군은 고려를 망국의 위기로부터 구해낸 구국의
        쾌거였사옵니다! 문하시중 이성계를 비롯한 여러 장수들의 목숨을
        건 결단이 없었다면 오늘날 어찌 고려가 있을 수 있사옵구, 어찌
        전하의 보위가 있었겠사옵니까!

조준   전하! 일개 성균사예의 신분으로 이 같은 참담하고 엄청난 참소를
        올릴 수는 없는 것이옵니다! 필경 상소를 사주한 배후가 있을 것이
        오니 엄히 문초하여 진상을 밝혀야 할 것이옵니다!

공양왕   국문을 하잔 말입니까?

조준   그렇사옵니다!

공양왕   (난처한)

이 내관   (E) 전하~ 수문하시중 입시이옵니다.

조준   !

공양왕   (반가운) 어서 들라 하라.

정몽주, 들어와 예를 표하고 앉는다.

공양왕   수시중, 유백순의 상소를 어찌 처결하면 좋겠소이까?

정몽주   ...

조준   (노려보는)

정몽주   유백순을 엄벌에 처해야 할 것이옵니다.

조준	!
공양왕	(의외라는 듯) 수시중도 그리 생각하시는 게요?
정몽주	아무리 무지하고 경륜이 부족한 하급 관리라 하나 회군과 폐가입진의 대의를 부정하는 것은 결코 용납될 수 없는 일이옵니다! 형장을 쳐서 원지에 유배 보내심이 마땅할 줄로 아옵니다.
공양왕	허면 정도전은 어찌 처결해야 하는 것이오?
정몽주	근거 없는 참소에 연루된 것이니 당연히 처벌해서는 아니 될 것이옵니다.
조준	!
공양왕	수시중...
정몽주	금번 사태는 소신이 책임지고 수습하겠사옵니다. 소신에게 맡겨주시옵소서.
공양왕	(뭔가 짚이는 듯) 알겠소이다. 경의 뜻대로 하시오.
정몽주	성은이 망극하옵니다.
조준	(의아한)

14 _____ 순군옥 마당 안 (낮)

유백순, 형리들에게 형장을 맞고 있다. 정몽주, 배극렴, 조준이 지켜보고 있다. 비명을 지르는 유백순을 무표정하게 지켜보는 정몽주. 일각에서 윤소종, 남은, 이방원, 지켜본다.

남은	저러다 사람 하나 잡겠구만그래.
윤소종	(혼잣말로) 정녕... 유백순의 돌출 행동이었단 말인가?
이방원	아니 땐 굴뚝에서 연기는 나지 않습니다. 분명 저자가 시킨 것입니다.

이방원, 정몽주를 주시한다. 정몽주, 덤덤한...

15 _____ 정도전의 집 앞 (낮)

병사들, 삼엄한 경계를 펴고 있다.

16 _____ 동 안방 안 (낮)

서안 앞에 앉은 정도전, 표정이 굳은...

17 _____ 도당 안 (낮)

정몽주, 배극렴, 이지란, 조준, 윤소종, 남은 등 재상들, 앉아 있다.

정몽주 죄인 유백순을 기주로 귀양을 보냈습니다. 다시는 이 같은 참담한 상소로 조정에 분란이 일어나서는 아니 될 것입니다.

배극렴 전적으로 동감하오이다. 아무튼 이번에 수시중께서 애를 많이 쓰셨습니다.

이지란 사저에 계시는 시중 대감께서도 걱정이 많았더랬는데... 안도를 하시는 것 같았슴메.

조준 헌데 사가에 유폐된 정도전 대감을 어찌 풀어주지 않는 것입니까?

정몽주 ...그 전에 정당문학 정도전에 대한 제재를 논의해야 하기 때문입니다.

일동 !

남은	아니, 제재라니요!
조준	처벌에 반대하시던 분이 갑자기 어찌 이러시는 것입니까!
정몽주	내 도의적 책임까지 묻지 말자 한 적은 없습니다.
배극렴	도의적 책임?
윤소종	대관절 삼봉 대감이 져야 할 그 도의적 책임이란 게 무엇입니까?
정몽주	백관들의 본보기가 되어야 할 도당의 재상으로서 불미스러운 참소에 연루된 것은 결코 작은 허물이 아닙니다. 더욱이 군권을 관장하고 있는 이 시중의 최측근으로서 처신이 얼마나 부적절하였으면 유백순이 정중부의 난까지 거론하였겠습니까?
이지란	기래두 거 다 끝난 일 개지구 군이 그럴 필요까지 있겠습메까?
정몽주	유백순만 처벌하고 문제의 근원인 정도전에 대해 어떠한 제재도 하지 않는다면 젊은 관리들 사이에 불만이 팽배해질 것이구, 자칫 위화도 회군과 폐가입진의 정당성마저 흔들리는 결과를 초래할 수 있습니다.
배극렴	만약 제재를 한다면 생각하고 계신 것이 있습니까?
정몽주	잠시 도성을 떠나 머리를 식히는 방도가 좋을 듯싶습니다.
일동	!
정몽주	평양부윤 자리가 비어 있으니 그리 잠시 가 있는 것이, (하는데)
남은	(발끈, 탁자를 치고 일어나) 그걸 지금 말이라고 하십니까!!
정몽주	(보는) 앉으시오.
남은	평양부윤이라니 참소를 빌미로 좌천을 시키겠단 의도가 아닙니까!!
정몽주	(태연히) 여긴 도당이오. 언성을 낮추고 자리에 다시 앉으시오.
남은	그렇게는 못 하겠소이다!!
정몽주	여봐라! 밖에 아무도 없느냐!
일동	!

관원들, 들어온다.

관원	예, 수시중 대감!
정몽주	...마지막으로 말하겠소이다. 도당의 권위를 실추시킨 죄로 형방에 갇히시겠소, 아니면 순순히 자리에 앉으시겠소.
남은	(노려보는)
정몽주	(옅은 미소를 머금고 보는데)
윤소종	(일어나는) 차라리 나가드리지요.
정몽주	(보는)
윤소종	어디 수시중의 뜻대로 되는지 두고 보십시다. (휙 가는)

남은, 윤소종을 따라 나간다. 조준, 나간다.

배극렴	수시중... 평양부윤은 좀 과한 처사인 듯싶습니다.
이지란	이 시중도 그건 원치 않을 거우나.
정몽주	...이 시중을 위해서도 그것이 최선입니다.

18 _____ 대궐 침전 안 (낮)

공양왕과 이 내관이 있고 윤소종, 남은, 조준, 앉아 있다.

윤소종	수문하시중 정몽주가 유백순을 사주한 것이 틀림없사옵니다. 유백순을 다시 조사해야 합니다.
공양왕	이미 볼기를 맞고 귀양까지 보낸 사람을 어찌 다시 조사한단 말입니까?
윤소종	정몽주가 진상을 은폐하기 위해 서둘러 처리한 것이옵니다! 유백

순을 국문하여 배후를 밝혀야 하옵니다!

공양왕	거 참 점잖은 분들이 어찌 이리 국문을 좋아하시오? 과인은 이 일을 다시 들추고 싶지 않으니 그만 물러들 가시오.
윤소종	전하!!
공양왕	(노려보는)
조준	(나직이) 동정... 흥분을 가라앉히시게.
남은	정 그러시오면 사가에 유폐된 정도전 대감이라도 방면을 해주시옵소서.
공양왕	그건 수시중과 상의를 해서 처리하세요. 내 아무리 임금이기루 그런 자질구레한 일까지 간여를 하면 도당의 권위가 어찌 되겠습니까?
윤소종	전하께옵선 정녕... 정쟁이 터지는 것을 원하시는 것이옵니까?
공양왕	(발끈해서 보는) 뭐라?
조준	동정...
윤소종	참소를 사주하여 정적을 몰아내려는 수시중의 전횡을 시정해주지 않으시면 분란을 피할 수 없기에 드리는 말씀이옵니다!
공양왕	그대가 지금 과인을 겁박하는 것이오?
윤소종	...
조준	아뢰옵기 송구하오나 전하, 신들의 뜻은... (하는데)
공양왕	(서안 팍 치는) 여봐라!
일동	(보면)
이 내관	예, 전하.
공양왕	(윤소종을 가리키며) 저자를 끌고 나가 물고를 내거라!
윤소종	!
남은	전하!
조준	(거의 동시에) 전하!
공양왕	이 내관은 뭐 하고 있는 것이야! 당장 숙위병을 데려오지 않구!

19 _____ 동 편전 앞뜰 (낮)

윤소종, 숙위병들에게 끌려간다. 다가와 멈추는 조준과 남은.

남은   이런 젠장...

조준   분명 전하와 정몽주 사이에 교감이 있는 것입니다. (하는데)

이방원, 급히 다가선다.

이방원   이게 대체 어찌 된 일입니까?

조준   전하께 정도전의 방면을 주청하다가 동정이 불경죄로 끌려갔네.

남은   이러고 있을 때가 아닙니다. 시중 대감을 만납시다.

이방원   ...가시지요.

20 _____ 이성계의 집 사랑채 안 (낮)

이성계와 조준, 남은, 이방원이 앉아 있다.

이성계   ...내는... 이 일을 하고 싶은 생각이 없수다.

조준   대감!

남은   이러다 삼봉 대감이 평양부로 쫓겨날 판이란 말입니다!

이성계   기렇다고 내가 나서서리 삼봉 선생을 풀어주문 포은 선생의 체면이 뭐가 되겠수까? 내가 앞장서서 수시중으로 모셔다 앉힌 분인데 말이오.

이방원   허나 정몽주는 아버님의 기대를 외면하고 음모를 꾸몄습니다.

이성계   (엄하게) 방워이...

이방원	(보는)
이성계	말조심하라우. 니 숙부다. 삼봉 선생하고 똑같은...
이방원	아버님...
이성계	모두 똑똑히 들으시오. 내는... 누구 편도 들 수가 없수다. 이런 일로 두 번 다시 나를 찾아오지 마시오. (일어나 나가는)
일동	(탄식하는)

21 _____ 정도전의 집 앞 (밤)

조준, 난감하다. 남은, 낭장의 멱살을 쥐고 흔든다.

남은	네 이놈! 당장 대문을 열지 못하겠느냐!!
낭장	글쎄 아니 된다 하지 않소이까!
남은	죄를 지은 사람도 아니거늘 접견을 불허하다니! 니놈이 죽고 싶어 환장을 하였구나!
낭장	여봐라! 대감을 댁까지 뫼셔라!

병사들, 남은을 끌고 간다. 남은, '놔라! 이놈들아! 이거 놓지 못하 겠느냐!' 버둥대며 끌려간다. '놔라~!'

조준	(한숨 쉬고) 이보게, 낭장... 허면 안에 말이라도 전하게 해주게.

22 _____ 동 안방 안 (밤)

정도전, 최 씨, 앉아 있다.

최 씨	(어두운) 포은 대감이... 대감을 평양부윤으로 보내려고 한답니다.
정도전	... (허탈한 듯 피식)
최 씨	(한숨 푹) 다 자업자득이라 하였습니다. 포은 대감 탓할 일이 아닌 게지요. 대감... 내려가시어요... 평양부 말고... 고향으로 가시어요.
정도전	(보는)
최 씨	(어느새 눈물 그렁해진) 소첩은 대감이 아무 힘 없는 필부이던 시절이 그립습니다. 귀양 가서 생사를 몰라 애태우던 때가 차라리 나았습니다. 적어도 그때는 대감 곁에 스승님이 계셨구, 동문들이 계셨잖습니까? 삯바느질 하라구 성균관 학관들의 멀쩡한 관복을 챙겨다 주던... 포은 나리가 있었지 않습니까?
정도전	....그만하시오, 부인.
최 씨	대감... 이제 다 그만두시면 아니 되겠습니까?
정도전	...

23 ＿＿＿＿ 이색의 집 안방 안 (밤)

이색, 정몽주, 이숭인, 권근, 하륜이 앉아 있다.

정몽주	정도전이 도성을 떠나게 되면 곧바로 실록 편찬에 들어갈 것입니다.
권근	실록이라시면 고려의 역사를 말씀하시는 것입니까?
정몽주	그렇네. 고려의 존엄과 고려인의 자긍심을 높이는 데는 사서의 편찬만 한 일이 없을 것이야. 스승님과 자네들을 조정에 복귀시키기에 더없이 좋은 명분이구.
이색	수시중.
정몽주	예, 스승님.
이색	유백순의 일은 수시중이 계획한 것인가?

정몽주	...송구하오나 대답을 드릴 수 없을 것 같습니다.
이색	(감 잡고 친근한 어조로) 내 더는 묻지 않으마. 허나... 이것 하나만은 유념해야 되느니라.
정몽주	(보는)
이색	처염상정이라 하였다. 처한 곳이 더럽게 물들어도 군자는 무릇 깨끗함을 잃지 말아야 한다. 싸우는 것은 좋으나... 몽주 너다움을 잃어서는 아니 될 것이야.
정몽주	(먹먹해지는)
이색	알겠느냐?
정몽주	...하오나 스승님... (조금 북받치는) 그러기엔... 적은 너무 강하고... 소생은... 너무나 나약합니다.
이색	몽주야...
이숭인 등	(안타까운 탄식)
정몽주	(결연한) 괴물과 싸우기 위해서... 소생 또한... 괴물이 될 것입니다.

24 ____ 객점 안 (밤)

정몽주와 우현보, 식사 중이다.

정몽주	(수저를 내려놓고 입을 닦으며) 정도전의 일이 마무리되는 대로 윤이, 이초의 일로 고초를 겪으신 분들을 모두 복귀시킬 것입니다.
우현보	(반색) 아, 그렇습니까?
정몽주	대감께서도 마음의 준비를 해두십시오. (하는데)
보부상1	(E) 여기 이밥 한 상 차려 주슈!

정몽주, 보면 보부상 두 명이 일각에 짐을 풀고 앉는다.

정몽주와 우현보, 물끄러미 보는...

우현보	귀양 갔다 온 새 이밥이란 음식이 생긴 모양입니다.
정몽주	쌀밥입니다.
우현보	예?
정몽주	근자에 일부 백성들이 쌀밥을 가리켜 이밥이라 부르고 있습니다. 토지제도를 개혁한 이성계가 내려준 밥이라는 뜻이지요.
우현보	거 참 나라 꼴이 어찌 될라고 이러는지 원... (하다가) 아 참, 이게 혹 도움이 되실까 해서... (서찰 봉투를 꺼내는)
정몽주	...? (받아서 꺼내 펴면 정도전의 친가와 외가의 계보가 그려진) 이게 뭡니까?
우현보	이 사람이 금번에 고향인 단양으로 유배를 가지 않았습니까? 거기서 문중 사람들한테 들은 것을 적은 것입니다. 찬찬히 봐 보십시오.
정몽주	(보다가 표정이 굳어지는)
우현보	뭔가 이상하시 않습니까?
정몽주	!

25 ＿＿＿ 빈청 앞 (밤)

정몽주, 굳은 표정으로 걸어온다. 생각에 잠긴...

이방원	(E) 수시중 대감.

정몽주, 보면 이방원, 일각에 서 있다.

이방원	소생에게 시간을 좀 내어주시지요.

정몽주   (보는)

26 _____ 동 정몽주의 집무실 안 (밤)

정몽주와 이방원, 앉아 있다.

정몽주   아버님 건강은 좀 어떠하시냐?

이방원   도당에만 나오지 않으면 멀쩡해지는 분이 아니십니까? 많이 좋아지셨습니다. 두 분 싸움 구경하시는 재미도 쏠쏠하신 듯하구요.

정몽주   (피식) 시비를 걸러 온 것이냐?

이방원   삼봉 숙부에 대한 공격을 중단해 주십시오.

정몽주   허튼소리 그만하고 물러가거라.

이방원   소생의 말을 듣지 않으시면 필경 후회하실 일이 생길 것입니다.

정몽주   (천천히 보는)

이방원   소생은 아버님과 다릅니다.

정몽주   안다. 니 비록 총명한 녀석이긴 하나 아버님의 덕망은 물려받지 못하였느니라. 그러니 간적의 무리들과 어울려 다니는 것이지.

이방원   (미소) 소생은... 삼봉 숙부와도 다릅니다.

정몽주   (재밌다는 듯) 무엇이 다르다는 것이냐?

이방원   얽히고설킨 실타래가 하나 있습니다. 그것을 풀어 한 가닥의 기다란 실로 만들어야 하는데... 삼봉 숙부께선 꼬인 매듭을 하나하나 풀려고 하십니다. 미련한 방법이지요.

정몽주   너라면 달리 푼다는 것이냐?

이방원   소생은... 단칼에 잘라버릴 것입니다.

정몽주   (보는)

이방원   잘려진 실 조각들을 이어 붙이면 결국엔 한 가닥의 기다란 실이 만들어집니다. 모양은 사나울지 모르나 결과는 같습니다.

정몽주　...너의 어설픈 협박을 들어주는 것은 이번 한 번뿐이다. 다시 이런 일이 있을 시엔 내 결코 용서치 않을 것이야. 물러가거라.

이방원　소생의 요구에 아직 가타부타 대답을 하지 아니하였습니다.

정몽주　(힘주이) 물러가라.

이방원　(힘주어) 아직 대답하지 아니하였습니다.

정몽주　이놈이...

이방원과 정몽주의 시선이 충돌한다. 그때 조준이 들어온다.

조준　수시중 대감.

정몽주　...정도전에 대한 일이라면 나는 더 할 얘기가 없으니 이 철없는 녀석을 데리고 어서 나가시오.

조준　삼봉 대감의 전언을 가지고 왔습니다.

정몽주　(보는)

조준　평양부윤을 받아들이겠답니다.

이방원　!

정몽주　...

27 _____ 정도전의 집 앞 (낮)

조준, 남은, 이방원 등 당여들과 서 있다. 문이 열리고 정도전, 나오면 당여들, 인사한다.

남은　(인사도 않고 다가서는) 대감... 면목이 없습니다.

정도전　(엷은 미소)

이방원	아버님께서 사저에서 기다리고 계십니다. 어서 가시지요.
정도전	... (둘러보고) 우재, 동정은 어찌 보이지 않는 것인가?
조준	(옅은 한숨)

28 _____ 옥방 안 + 앞 (낮)

윤소종, 피투성이로 쓰러져 있다. 신음이 가늘게 배어 나온다.
멀찍이 복도에서 바라보던 정도전, 걸음을 옮긴다.

29 _____ 이성계의 집 사랑채 안 (낮)

이성계와 정도전, 앉아 있다.

정도전	당분간 곁에서 모시지 못하게 되었습니다. 송구합니다, 주군.
이성계	...오래 있게 하지 않을 거우다. 이번에 선새이 한번 참아줬으이 포은 선생도 마음에 맺힌 응어리가 좀 풀리지 않았겠슴메. 그러다보문... 두 분이 다시 마음이 통하게 될 날이 올 거우다.
정도전	(보다가 조금 석연치 않은 미소로) 노력하겠습니다.
이성계	...고맙소. (하는데)

강 씨, '대감!' 하며 들어온다.

이성계	뭔 일이우까?
강 씨	화령에서 기별이 왔사온데... 화령에 형님께서...
이성계	(보는)

강 씨	...위독하시다 합니다.
이성계	!
정도전	...

30 _____ 이성계의 집 마당 안 (낮)

이성계, 이지란, 이방과, 이방원, 이지란, 조영규 등 서 있다.
맞은편에 강 씨, 정도전, 배극렴, 조준, 남은이 서서 배웅하고 있다.

배극렴	도성은 걱정 마시고 잘 다녀오십시오, 시중 대감.
이성계	알겠소... (강 씨에게) 별일 없을 거이니 너무 걱정 마시오, 부인.
강 씨	당도하는 대로 병세를 전해주시어요.
이성계	그리하겠습메. (하는데)

문 열리는 소리가 들리고 정몽주, 들어선다. 일동, 경계의 시선으로
바라보는.

이성계	포은 선생...
정몽주	(인사하고) 어가가 당도하였습니다.
이성계	...! (걸음 떼려는데)

공양왕, '시중 대감~!' 하며 호들갑스레 이 내관과 뛰어 들어온다.

이성계	(허리 숙이는) 전하...
공양왕	아이구... 향처께서 위중하시다니 어찌 이런 일이 있을 수 있단 말입니까? 과인이 전의시에 일러 의관을 보내라 하였으니 부디 쾌차

하시길 바라겠소이다.

이성계　　성은이 망극하옵니다, 전하.

공양왕　　그나저나 우리 시중 대감께서 도성을 비우시면 과인은 불안해서 어찌 정사를 돌보겠소이까?

이성계　　수시중 정몽주 대감이 있지 않사옵니까? 심려하실 일이 없사옵니다.

공양왕　　아이구 그래도 이거 영 불안해서 원... 허면 내 수시중을 시중 대하듯 그리하겠소이다.

이성계　　... (정몽주에게) 수시중.

정몽주　　예, 대감.

이성계　　윤소종은 이제 그만 풀어주시오.

정몽주　　(미소) 그리하겠습니다. 심려 마시고 어서 다녀오십시오.

이성계, 신뢰의 미소를 보낸다. 이방원은 적개심 어린 시선으로 보는...

이성계　　허면 소신, 이만 떠나겠사옵니다.

공양왕　　자, 같이 나가십시다.

이성계 일행, 공양왕과 나간다. 정몽주, 문득 정도전과 시선이 마주친다. 무심한 시선으로 보다가 나간다. 정도전, 바라보는...

31 _____ 빈청 정도전의 집무실 안 (낮)

조금 휑한 실내. 관원들이 서류들을 정리하여 나간다. 정도전, 조준, 남은이 앉아 있다.

정도전	포은이 이제 어찌 나올 것 같은가?
조준	이성계 대감이 없는 틈을 타서 공격의 수위를 높일 것입니다.
남은	이렇게 당하고만 있을 게 아니라 우리가 먼저 정몽주를 공격합시다. 애초에 그자를 대업에 동침시키라는 이성계 대감의 요구 자체가 불가능한 일이지 않습니까?
정도전	...포은은 아니 되네.
남은	(답답한) 아, 이러다가 이색 일파가 죄다 조정으로 몰려 들어오면 어찌하실 것입니까?
정도전	...우재.
조준	(보는)
정도전	우리 측 간관들에게 상소를 준비하라 이르게. 내용은... 유백순의 참소를 사주한 이색과 우현보를 극형에 처할 것.
조준·남은	!
정도전	(비장한)

32 ____ 동 정몽주의 집무실 안 (낮)

정몽주, 우현보가 준 가계도를 펼쳐놓고 있다. 이첨과 간관들 서너 명, 앉아 있다. 비장하다.

정몽주	이 시중이 도성을 비운 지금이 고려의 사직을 바로잡을 절호의 기회입니다. 지금 즉시 간적에 대한 탄핵 상소를 작성해 전하께 올리시오.
이첨	간적이라시면 누구를 말씀하시는 것입니까?

정몽주, 일어나 가계도를 탁자 중앙으로 민다. 일동, 보면...

정몽주   감히 천출의 신분으로 고려의 사직을 농단한 간적... 정도전입니다.

일동   ...!

이첨   ...천출?

정몽주와 정도전의 비장한 얼굴에서 엔딩.

37회

1 ＿＿＿＿＿ 대궐 편전 앞뜰 (낮)

궁문이 열리면 두루마리 상소를 쥔 정도전, 조준, 남은과 당여들의 수행을 받으며 결연하게 걸어 들어온다. 당여들, 멈추고 정도전, 들어간다.

2 ＿＿＿＿＿ 동 침전 안 (낮)

서안 위에 올려진 상소. 공양왕, 병한 얼굴로 정도전을 바라본다.

공양왕   정당문학... 이것이 대체 뭐라 적어놓은 것이오?

정도전   목은 이색과 우현보를... 극형에 처하시옵소서.

공양왕   ...! 대체 어찌 이러시는 게요? (사정하듯) 이색은 이 나라의 유종이고, 우현보는 과인의 인척이외다...

정도전   이색은 신씨의 혈통, 신창을 보위에 올렸던 역신이옵구, 우현보는 윤이와 이초의 망언을 사주한 간적이옵니다.

공양왕   (설득 조로) 다 지난 일이잖소이까? 처벌도 이미 받았습니다.

정도전   처벌은 미약했고 사면은 성급하였사옵니다. 그 결과 위화도 회군과 폐가입진의 대의를 폄하하는 유백순 같은 자들이 생겨난 것이옵니다. 지나간 일로 치부하기엔 그들이 사직에 미칠 해악과 위험이 너무나 크고 심대하옵니다... 죽이시옵소서.

공양왕   정당문학...

정도전   동북면에 있는 시중 이성계를 비롯하여 지금 편전 앞에 도열해 있는 수많은 충신들이 목숨을 걸고 옹립한 전하시옵니다. 전하의 정통성을 훼손하려는 그 어떠한 시도도 용납하지 않겠다는 결연한 의지를 보여주셔야 하옵니다.

공양왕　　　(난감한 듯 허! 하는)

정도전　　　...죽이시옵소서.

3 ＿＿＿＿ 이색의 집 안방 안 (낮)

이색, 두 눈을 감고 있다. 침통한 하륜과 분루를 삼키는 권근.

권근　　　정도전이 전하를 알현하여 스승님과 우현보 대감을 극형에 처하라 주장하였습니다!

이색　　　(기막힌 듯 한숨)

하륜　　　너무 심려 마십시오. 전하를 압박하여 평양부윤으로 가지 않으려는 속셈입니다. 수시중이 삼봉 사형과 타협을 하면 됩니다.

권근　　　사형이라니요! 호정 사형께선 어찌 그 금수만도 못한 자를 아직도 사형이라 부르십니까!

하륜　　　(옅은 한숨)

이색　　　내 죄다... 내가 천하의 다시 없을 패륜아를 가르쳤느니라... 다 내 죄다. (눈을 질끈 감는)

권근　　　스승님...

4 ＿＿＿＿ 대궐 앞 (낮)

이숭인, 굳은 얼굴로 서 있다. 정도전, 조준, 남은 등 당여들과 걸어 나온다.

정도전　　　(나오며) 우재는 배극렴 대감을 만나 상황을 설명하고 협조를, (하

는데)

이숭인　　(일갈) 정도전~!!

일동 멈춰보면, 격노한 이숭인이 다가간다. 정도전, 돌아보면 다짜
고짜 뺨을 때린다. 정도전, !

남은　　　(발끈, 이숭인의 멱살을 잡아 흔들며) 이놈이! 이게 무슨 짓이냐!
조준　　　뭣들 하는 것이야! 저자를 당장 순군옥에 넘기지 않구! (하는데)
정도전　　그럴 것 없네!
일동　　　(보면)
정도전　　(침착하게 이숭인을 바라보는) 그냥 돌려보내시게...
남은　　　대감!
정도전　　그리하게.
남은　　　(쳇! 멱살 밀치듯 풀면)
이숭인　　하늘이　정도전 니놈을 용서치 않을 것이나.
정도전　　(씁쓸한, 이내 피식 웃는데)
우현보　　(E) 네 이놈!

우현보, 다가선다. 당여들이 '멈추시오!' 막아선다.

우현보　　(정도전을 향해 삿대질하며) 정도전, 니놈이 감히 나를 죽이려 들
　　　　　　어!!
남은　　　(정도전에게) 대감, 아니 되겠습니다. 어서 자리를 피하십시오.
우현보　　비천한 놈이 권세를 잡더니 숫제 눈에 뵈는 게 없는 모양이로구나!!
정도전　　(불쾌한) 뭐라?
우현보　　(흥!) 오냐, 좋다... 어디 누가 먼저 죽는지 두고 보자! 어디 두고 보
　　　　　　잔 말이다!!

정도전 (노기를 참고) 가세. (걸어가는)

당여들 (따르고)

우현보 (정도전의 등 뒤에 대고 저주하듯) 정도전~! 니놈의 세상도 이제 얼마 남지 않았느니라! 각오해야 할 것이다, 이노옴~!

정도전 (걸어가는)

5 _____ 동 정도전의 집무실 안 (낮)

정도전과 남은이 들어온다. 정도전, 애써 태연하게 자리에 앉는다.

남은 대감... 괜찮수?

정도전 ...

우현보 (E) 비천한 놈이 권세를 잡더니 숫제 눈에 뵈는 게 없는 모양이로 구나!!

정도전 (이상한)

6 _____ 빈청 앞 (낮)

굳은 표정의 강 씨, 사월과 함께 걸어온다. 낭장이 막아선다.

낭장 아녀자들이 빈청엔 어쩐 일이시오?

강 씨 ...

사월 문하시중 이성계 대감의 부인이신 송헌 택주님입니다.

낭장 ...! (얼른 인사하고) 어서 드시지요.

강 씨 (들어가는)

7 _____ 동 정도전의 집무실 안 (낮)

정도전과 남은, 앉아 있다. 배극렴과 조준, 그 앞에 서 있다.

배극렴   (정도전에게 따지듯) 도성에 병력을 증강하라니요! 지금 반란이라
      도 일으키려는 것이오이까!

정도전   사전에 미처 양해를 구하지 못한 점 송구하게 생각하고 있습니다.

배극렴   나 배극렴은 이 시중의 명이 없이는 단 한 명의 병사도 움직일 수
      없소이다!

강 씨   (E) 그러면 아니 되십니다.

일동, 보면 강 씨, 급히 들어선다. 정도전 등 일어나 인사하는.

배극렴   아니, 택주님께서 예는 어찌...

강 씨   그만큼 보필을 하셨으면 이젠 시중 대감을 아실 때도 되시 않았습
      니까? 허기가 진다고 밥해오라 하는 분이더이까? 밥상을 차려드리
      고 수저를 손에 쥐여드려야 못 이기는 척 드시는 분이 시중 대감이
      십니다. 삼봉 대감 하는 일에 힘을 실어주세요.

배극렴   허나 도성에 군사를 들이는 일입니다. 섣불리 결행하기보다 시중
      대감께서 돌아오시길 기다렸다가, (하는데)

강 씨   시중 대감은 한동안 돌아오지 못하십니다.

일동   ?

조준   그게 무슨 말씀이십니까, 택주님.

강 씨   화령에 계시는 부인께서 세상을 뜨셨습니다.

일동   !!

강 씨   시중 대감이 아니 계시는 동안에는 이 사람과 삼봉 대감의 말을 따
      라주세요.

배극렴	(허! 하는)
정도전	...

8 _____ 저잣거리 (낮)

장수와 병사들이 어디론가 몰려간다. 불안하게 바라보는 백성들.
일각에 교자를 탄 정몽주, 심각한 표정으로 바라본다.

9 _____ 빈청 앞 (낮)

경계가 한층 강화되었다. 배극렴, 마뜩잖은 표정으로 순시한다.
정몽주, 다가선다.

정몽주	판삼사사 대감. 도성에 어찌 경계령을 내린 것입니까?
배극렴	(큼) 이 시중께서 부인상을 당하시지 않았소이까? 필경 도성을 오래 비우게 되실 터... 백성들의 불안을 덜기 위한 조치이니 양해해 주시오. (가는)
정몽주	...

10 _____ 동 정몽주의 집무실 안 (낮)

정몽주, 굳은 표정으로 이첨과 앉아 있다. 이 내관, 초조한 듯 서 있다.

이 내관	수시중 대감... 어찌 꼼짝을 아니하십니까? 전하께서 찾아계신다니

	까요...
정몽주	...
이첨	정도전과 그의 당여들이 재상들의 연명을 얻어 도당회의를 소집하였습니다. 수시중이 불참하더라도 강행하겠다는 태셉니다.
이 내관	이거야 원... 엎진 데 덮친다더니만...
정몽주	... (일어나 책상 위에 올려진 상소를 집어 드는, 뭔가 결심하는)

11 _____ 도당 안 (낮)

상석만 비워진 채 재상들이 앉아 있다. 배극렴, 윤소종, 조준, 남은 등 비장한 표정으로 앉아 있고, 상석 옆에 정도전이 서 있다.

정도전	금상께서 보위에 오르신 지 햇수로 삼 년째, 허나 아직도 위화도 회군과 폐가입진의 내의를 부정하는 자들이 곳곳에 뿌리 박혀 있습니다. 그들의 수괴는 바로 목은 이색과 우현봅니다.
재상들	(긴장하는)
윤소종	그자들이 사라져야 신씨로부터 어렵게 되찾은 왕씨의 보위가 바로 설 것입니다.
남은	옳습니다!
정도전	...모쪼록 도당에서 중론을 모아주시길 바라겠습니다.

그때 관원, 관졸들이 들이닥친다. 일동, !

배극렴	웬 놈들이냐!
조준	감히 여기가 어디라구 함부로 들어오는 것이야!
정몽주	(E) 간적을 잡으러 온 사람들일세.

정도전, 보면 정몽주, 들어선다. 정도전, 긴장...

윤소종	간적이라니... 대체 누가 간적이란 것입니까?
정몽주	여봐라.
관원	예!
정몽주	국기를 문란케 한 죄인 정도전을 순군옥으로 압송하라.
일동	!
관졸들	예! (다가서는데)
남은	(앞선 관졸의 멱살을 잡아채며) 멈추지 못할까!!
관졸들	(멈칫)
정도전	다들 고정하시게... 그래... 나의 죄목이 무엇인가?
정몽주	천한 신분을 숨기고 관직에 올라 귀천의 예법을 무너뜨리고 종사를 기망한 죄일세.
일동	!
정도전	(벙한) 뭐라...
남은	대체 그게 무슨 소리요! 천한 신분을 숨기다니!
정몽주	우현보의 인척 중에 김전이란 환속 승려가 있었네. 노비를 범하여 딸을 하나 낳았지. 그 딸을 우연이라는 자에게 후한 재물과 더불어 시집을 보냈구, 그 사이에서 태어난 딸이 우 씨... 바로 자네의 모친이 아닌가!
정도전	!
일동	!
정몽주	일천즉천─賤則賤! 부모 중 한 명이 노비이면 자식도 노비...! 김전의 딸도, 우연의 딸도 모두 노비이니 그들의 피를 물려받은 자네 역시 노비가 아니겠는가!!
일동	(헉! 정도전을 보는)
배극렴	삼봉 대감... 그것이 사실이오이까!

정도전, 좌중을 둘러보면 의혹 어린 시선을 보내는 재상들. 참담해 지는...

정도전	(분을 못 참고 탁자를 내려치는) 포은~!!
정몽주	어서 끌고 가라!

관졸들, '예!' 하며 정도전을 끌고 나간다. 일동, 병하다. 정몽주, 이 를 악무는...

12 _____ 화령 - 이성계의 집 마당 안 (밤)

멍석을 깔고 앉은 문상객들로 붐빈다. 선비와 무장들이 뒤섞여 있 다. 조영규 등 사병들의 모습도 보인다. 종들이 음식 따위 나르고, 상복을 입고 음식을 나르는 민 씨의 모습도 보인다. 민 씨, 일각에 여진족 복장의 사람들과 착잡하게 술을 마시는 이지란을 향해 다 가간다.

이지란	거 참 아직 한창 연센데 이리 허망하게 가시나그래... (술 마시는데)
민 씨	(음식을 다소곳이 내려놓는)
이지란	아이구, 이런 건 종놈들 시키구 좀 쉬지 그러니?

민 씨, 옅은 미소로 물러나면 남루한 차림으로 들어서는 이방우.

민 씨	아주버님...
이지란	(일어나는) 방우야.
이방우	(빈소로 급히 들어가는)

민 씨   …

13 ＿＿＿＿ 동 빈소 안 (밤)

영좌 위 '亡安邊韓氏神位망안변한씨신위'라 써진 연꽃 모양의 위패. 중
앙에 밥과 향로가 놓여 있고 양옆으로 사과, 꽃, 초, 유리잔의 차가
진설돼 있다. 무학대사의 염불 소리가 퍼진다. 평복을 입은 이성계
옆에서 오열하는 이방우. 그 뒤로 눈물이 글썽한 이방과, 이방원 등
아들들이 앉아 있다.

이방우   (흐느끼는) 어머니~ (으흐흐 우는) 어머니~
이성계   (착잡하게 위패를 응시하다 일어나 나가는)
이방원   … (따라 나가는)

14 ＿＿＿＿ 동 일실 안 (밤)

이성계, 묵묵히 허공을 응시하고 있다. 이방원, 마주 앉아 있다.

이방원   소자가 도성을 다녀오겠습니다.
이성계   (보는)
이방원   아버님께서 이곳에 발이 묶여계시는 동안 도성의 상황이 어찌 변할
            지 모릅니다. 소자가 가서 수시중의 동태를 살펴보고 오겠습니다.
이성계   니는 이제 기딴 거 신경 쓰지 말구 사직을 하문 어떻겠니.
이방원   …! 사직이라 하셨습니까?
이성계   방우 낯짝 니도 봤지 않니? 술뱅이 났는지 폐인이 다 됐다. 방우하

고 같이 어마이 산소 옆에 움막 짓구 삼년상 치르라우.

이방원   ...하겠습니다. 허면... 삼봉 숙부만이라도 도성에 남아 있게 해주십시오.

이성계   그만 나가보라우... 혼자 있어야갔다.

이방원   아버님... 송구한 말씀이오나 이제 그만 욕심을 버리셔야 합니다.

이성계   ...무시기 말입메?

이방원   삼봉 숙부와 정몽주, 모두를 가지려는 마음이신 거 압니다. 허나 그 것은 욕심입니다. 한 하늘에 해와 달이 함께 떠 있을 수 없듯이 아버님의 하늘에도 두 사람이 함께 빛날 수는 없습니다.

이성계   ...

정도전   (E) 소생은 고려 사람이 아닙니다.

F.B 》25회 10씬의

정도전   벌써 수년째... 새로운 나라의 첫 번째 백성으로 살고 있습니다...

현재 》

이성계   ...

F.B 》34회 19씬의

정몽주   소생은 고려 이외의 조국에서 일각이라도 숨 쉬고 싶은 마음이 없습니다.

현재 》

이성계   (차분하게) ...방원아...

이방원   (보는)

이성계   이 애비가 맹그는 하늘에는 말이다. 해와 달이 사이좋게 같이 떠 있을 거이다... 첨엔 티격태격 싸우고 난리를 쳐대갔지만... 이 애비는 끝까지... 넉넉히... 품어줄 거이다... 내가 두 사람 다... 반드시... 품고 간다.

이방원   (답답함이 섞인) 아버님...

이성계   그라문... 두 사람 다 함께할 수 있겠지비....

이방원   (안타깝게 보는)

이지란   (E) 성니메!!

일동, 보면 이지란, 굳은 표정으로 들어온다.

이지란   성니메...

이성계   상갓집서 어캐 이래 큰 소리를 질러대는 거이네?

이지란   도성에서 일이 터졌다 하우다.

이성계   !

이방원   무슨 일입니까?

이지란   삼봉 선새이 지금... 국문을 받고 있다 하오!

이방원   !! (이성계를 보면)

이성계   ...뭐이가... 국문?

이지란   포은 대감이 잡아넣었다는데... 삼봉 선새이... 천출이었다 하우다.

이방원   천출?

이성계, 서안을 쾅 내려친다. 불끈 쥔 주먹이 파르르 떨리는...
격노한 이성계의 표정 위로 정도전의 비명이 들린다.

15 _____ 순군옥 마당 안 (낮)

정도전, 형틀에서 고문을 당하고 있다. '윽~' 앙다문 입술 사이로 비명이 터져 나온다.

관원	멈춰라! (형리들 멈추면 정도전에게 다가서는) 순순히 자복을 하시오!
정도전	(숨 몰아쉬면서도 피식) 수시중을 뫼셔 오라 하지 않느냐? ...내 그 전엔 한마디도 하지 않을 것이니라...
관원	(안 되겠다 싶은) 죄인에게 고신을 가하라!

형리들, 고문을 가하고 정도전, '으아~' 비명을 지른다.

16 _____ 빈청 정몽주의 집무실 안 (낮)

정몽주, 이첨이 앉아 있다. 남은, 행장을 정몽주 앞에 탁 놓는다.

남은	눈이 있으면 똑똑히 보시오! 삼봉 대감의 부친인 정운경 선생의 행장이오!
이첨	헌데 이게 어쨌다는 것이오?
남은	우현보는 삼봉 대감이 단양에 살던 우연이라는 자의 외손자라 주장하고 있지만 이것을 보면 삼봉 대감의 외조부 우연은 단양이 아니라 영천에서 중랑장을 지낸 사람입니다!
이첨	...! 다른 사람이라니요?
남은	우연이란 이름에 쓰이는 한자까지 다른 사람이란 말입니다!
정몽주	(여유 있게 펼쳐 보는)
남은	거기 나오는 진짜 외조부 우연은 연못 연 자를 쓰고 있습니다! 우현보가 주장하는 우연은 끌 연 자를 쓰는 사람이구요!
정몽주	(덮고, 피식) 정말 딱하십니다, 남 대감.

남은	뭐요?
정몽주	(행장을 들어 보이며) 이 행장을 만든 사람이 누굽니까?
남은	(멈칫)
정몽주	장남 정도전이 쓴 것이 아닙니까? 헌데 지금 이것을 증좌라고 들이미는 것입니까?
남은	이십여 년 전에 만들어진 것입니다! 삼봉 대감이 오늘 일을 예측하고 미리 조작이라도 해놨다는 것입니까!
정몽주	당연합니다.
남은	이보세요! 세상 어느 유자가 아버지의 행장을 조작한답디까!
정몽주	삼봉 정도전이... 유자였던 모양이군요.
남은	!
정몽주	(행장 툭 던지며) 썩 물러가시오.
남은	(분한 듯 보는)

17 _____ 대궐 침전 안 (낮)

공양왕 앞에 조준, 윤소종이 당여들을 대동하고 앉아 있다.

조준	정당문학 정도전이 천출이라는 것은 터무니없는 날조이옵니다! 우현보가 자신에 대한 극형을 요구한 것에 앙심을 품고 보복을 하는 것이온데 어찌 국문을 윤허하신단 말이옵니까!
공양왕	아, 수시중이 그리하자는데 과인이 하지 말라 그럴 수는 없지 않소이까? (지나가는 말투로) 뭐... 천출이 아니라는 증좌도 없구 말이외다...
윤소종	백 보를 양보하여 정도전이 천출이라 하더라도 그것이 탄핵의 사유가 될 수는 없사옵니다! 공민대왕 초에 판삼사사를 지냈던 강윤

충과 같이 천민의 신분으로 재상에 올랐던 전례들이 있지 않사옵
니까?

공양왕 (비아냥대는 투로) 해서 강윤충이는 임금의 모후와 사통하는 등 악
행을 일삼다 죽었잖소이까?

윤소종 (보는)

공양왕 대체로 출신이 비천한 자들이 너무 높은 자리에 오르면 분별없는
짓들을 하기 십상입니다... 그리고 보니 정도전도 스승을 죽이려 들
었구려.

윤소종 (노기를 누르며) 전하를 보위에 올린 일등공신에게... 이러실 수가
있는 것이옵니까?

공양왕 (험! 단호히) 아무튼 과인은 이 문제로 시달리고 싶은 생각이 전혀
없으니 따지려면 수시중한테 가서 따지세요. 다들 그만 물러가시오!

조준 (허! 하는)

윤소종 (노려보는)

18 _____ 동 자혜전 안 (낮)

정비, 강 씨와 마주 앉아 있다.

강 씨 사태가 더 악화되기 전에 삼봉 대감을 방면해야 하옵니다. 바라옵
건대 왕대비마마께서 전하를 설득하여 주시옵소서.

정비 ...이 사람은 조정의 일 따위엔 아무런 관심도, 의지도 없는 사람입
니다.

강 씨 그러시면 아니 되옵니다. 마마께옵선 이 나라 왕실의 최고 어른이
지 않사옵니까?

정비 (쓸쓸한) 최고 어른요?

강 씨	(보는)
정비	내 손으로 주상을 폐위한다는 교서만 두 번을 내려보냈습니다. 지금 택주 앞에 앉아 있는 것은 허깨빕니다. 마음은 대궐과 속세를 떠난 지 오래이니 그만 돌아가세요. (외면하는)
강 씨	(난감한)

19 _____ 순군옥 외경 (밤)

20 _____ 동 옥사 안 복도 + 옥방 안 (밤)

형리들, 정도전을 끌고 와 안으로 던져 넣는다. 형리들이 문을 잠그는 동안 '끙...' 간신히 몸을 일으켜 앉는 정도전. 분노와 슬픔이 뒤섞인...

F.B》35회 27씬의

정몽주	오늘까진 자네를 사람으로 봤었네만... 이런 괴물인 줄 알았으면 방도를 달리하였겠지. 이제부턴 좀 달라질 것일세.

현재》

정도전, 쓸쓸해지는... 피식 웃더니 이내 키들키들 웃기 시작한다.

21 _____ 대궐 침전 안 (밤)

공양왕과 정몽주, 앉아 있다.

공양왕	(긴한 어조로) 지금쯤이면 이성계에게도 기별이 갔을 것이오. 이 시중이 움직이기 전에 정도전에 대한 처리를 끝내야 하오이다.
정몽주	반드시 천출이라는 자복을 받아낼 것이옵니다. 내일부터는 고신의 강도가 더욱 강해질 것이옵니다.
공양왕	(물끄러미 보는)
정몽주	...
공양왕	과인은 수시중에게 누차 놀라고 있소이다.
정몽주	무슨 말씀이시온지...
공양왕	학식은 물론이거니와 온화한 성품으로 명망이 높은 수시중이 아니시오... 솔직히 이런 강단이 있으리라고는 미처 생각지 못했소.
정몽주	(힘든)
공양왕	과인은 고려에 대한 그대의 충심을 결코 잊지 않을 것이오... 고맙소.
정몽주	성은이... 망극하옵니다.
공양왕	(보는)

22 _____ 동 침전 앞 복도 (밤)

정몽주, 어두운 표정으로 나오면 이 내관이 다가선다.

이 내관	수시중 대감.
정몽주	(보는)
이 내관	순군옥에서 기별이 왔사온데 정도전이 수시중 대감을 뵈면 자복을 하겠다 했답니다.
정몽주	...

23 _____ 순군옥 형방 안 (밤)

형리에게 끌려와 형틀에 앉히는 정도전. 정몽주, 바라보고 있다. 형리들, 나간다. 정몽주, 피투성이로 숨을 가늘게 몰아쉬는 정도전을 덤덤히 바라본다.

정몽주 고통스러우신가?

정도전 (쓸쓸한 듯 피식)

정몽주 그간 자네가 앉은 그 자리를 수많은 사람들이 거쳐 갔네. 하나같이 자네의 간계에 당한 사람들이었구 그중엔... 스승님도 계셨네. 달게 받으시게.

정도전 (키득대는)

정몽주 나를 보자 하였다지... 천출임을 이제 자복하겠는가?

정도전 내가 아니라고 하면 믿어줄 것인가?

정몽주 ...천만에.

정도전 허면 역시... 나는 천출이어야 하는 것이구만.

정몽주 그렇네.

정도전 (보는)

정몽주 (형틀에 다가앉아 빤히 보는) 이런 방식... 자네가 즐겨 쓰던 방식이 아니었던가?

정도전 맞네. 해서... 자네가 지금 얼마나 괴로울지 역시... 잘 알고 있네.

정몽주 ...

정도전 (먹먹한 눈으로 보다가) 내가 자넬 이렇게 만들었네... 미안하네, 포은.

정몽주 (부정하듯 피식 웃으며) 이런다고 내가 자네에게 온정을 베풀 거라 여기는 것은 아니겠지?

정도전 제발... 이쯤에서 멈추시게.

정몽주	뭐라?
정도전	여기서 멈추지 않으면... 자네는 죽을 수도 있네.
정몽주	순순히 자복이나 하시게.
정도전	이제 그만 고려에 대한 부질없는 희망을 버리고 나와 함께... 역성의 대업을 이루세.
정몽주	...역성의 대업?
정도전	이것이 나의 자복일세.
정몽주	(보다가 피식) 천출이란 사유로는 기껏해야 귀양밖에 보낼 수 없어 불만이었거늘 이리 정체를 드러내주다니... (일어나며) 알겠네. 내 기꺼이 죽여주지.
정도전	대업은 비단 나뿐만이 아니라... 나의 주군이신 이성계 대감의 확고부동한 뜻일세.
정몽주	(보는)
정도전	나에게 대역죄를 물어 죽이려면 이 시중까지 죽여야 할 디... 사네에게 과연 그럴 힘이 있겠는가?
정몽주	여지껏 단 한 번도 힘이 있어 싸운 적은 없었네. 내가 믿는 것은 오로지 대의... 내게 힘이란 게 있었다면 그것은 대의네.
정도전	자네의 대의만이 진리라 생각하지 말게. 대의의 반대편에는 불의가 아니라 또 다른 대의가 있을 수도 있음을 인정하란 말일세.
정몽주	해서... 나라를 파괴하려는 수작마저도 대의라 이름 붙이려는 것인가?
정도전	하늘이 버린 나라일세! 백성을 버린 나라였구! 그런 썩어빠진 나라를 수호하는 것은 대의라 이름할 수 있는 것인가!
정몽주	입을 지져버리기 전에 그 입... 닥치게.
정도전	(설득 조로) 이 척박한 삼한 땅에 성리학의 이념과 민본의 정신이 살아 숨 쉬는 나라를 만들 것일세! 이성계와 같은 덕망 있는 군주가 왕도를 밝히고, 자네 같은 사람이 집정대신이 되어 문무백관들

과 더불어 나라를 다스리는 그런 나라를 만들 거란 말일세!

정몽주 지금의 고려로도 얼마든지 그런 나라를 만들 수 있네! 내가, 나 정몽주가 반드시 그리 만들어 보일 것이야!

정도전 고려로는 아니 된다 하지 않는가!

정몽주 ...고려를 우습게 보지 말게... 천하에 존재하는 나라 중에 가장 오래된 나라일세... 몽고족에 맞서 육십 년을 싸워 지킨 나라이구, 중원의 대국조차 만들지 못한 쇠 활자와 대장경을 만든 고매한 정신의 나라이구... 나 포은 정몽주에게 뼈와 살을 만들어준... 나의 전부일세.

정도전 (보다가) 기다릴 것이네... 내 숨이 붙어 있는 한 자네를... 기다릴 것이야...

정몽주 (나가는)

정도전 ...

24 _____ 동 앞 거리 (밤)

정몽주, 걸어 나와 멈춘다. 만감이 교차한다. 눈가가 발개지는 정몽주의 모습에서 F.O

25 _____ 순군옥 마당 안 (낮)

정도전, 무릎 꿇려져 있고 이첨, 교지를 읽고 있다. 침통한 배극렴, 분노한 조준, 윤소종 뒤에 서 있다.

이첨 죄인 정도전은 들으라. 그대는 미천한 신분임을 속이고 나라의 중책을 맡아 조정을 혼란시켰으니 그 죄 죽어 마땅할 것이다. 허나 그간의 공로를 감안하여 직첩과 녹권을 회수하고 봉화로 유배를 보내니... 따르라.

이첨, 교지를 덮으면 조준 등 탄식을 쏟아낸다. 정도전, 묵묵히 앉은.

26 _____ 거리 (낮)

두 눈을 질끈 감은 정도전을 실은 함거가 지나간다. 함거 옆으로 마치 호위하듯 굳은 표정으로 걸어가는 남은. 최 씨와 득보, '대감~', '아이구~ 대감마님~' 정도 외치며 눈물을 흘리며 뒤따른다. 주변의 백성들, 손가락질하며 비난한다. 한 아낙이 '세상에 지 가르쳐 준 스승을 죽이자 그랬다면서요?' 하면 주변에서 '아, 그랬다는구만', '사람의 탈을 쓰고 어찌 그럴 수가 있나그래', '아, 천한 노비의 자식이라잖우' 정도 떠들어 대는데 어디선가 돌멩이가 날아들어 함거의 나무에 부딪힌다. 정도전, 보면 선비 차림의 사내들이 돌멩이를 던진다. 관졸들이 '뭐 하는 짓이냐!', '물러서시오!' 정도 외치며 몸싸움을 벌인다. 정도전의 시야에 적개심 어린 시선으로 바라보고 선 이숭인, 권근, 하륜, 우현보 그리고 이색의 모습이 보인다. 이색을 바라보던 정도전, 가볍게 목례를 한다. 이색, 덤덤한... 정도전, 고개를 돌리면 전방에 정몽주가 서 있다.
정도전, 옅은 미소를 지어 보인다. 정몽주의 굳은 표정에서...

27 _____ 도성 성문 안 (밤)

성문이 열리고 말을 탄 이성계와 이지란, 호위병들과 들어온다.

28 _____ 대궐 침전 앞 복도 (밤)

정몽주, 굳은 표정으로 걸어온다.

정몽주   (E) 이 시중이 도성에 들어왔다 하옵니다.

29 _____ 대궐 침전 안 (밤)

공양왕, 정몽주와 앉아 있다.

공양왕   (긴장) 이성계가 분명 가만있지는 않을 것이오. 필시 정도전을 사면하라 할 터인데... 거부할 방도가 있겠소?

정몽주   정도전은 적법한 절차에 따라 탄핵을 받은 것이옵니다. 아무리 시중이라 해두 이를 두고 왈가왈부할 수는 없사옵니다.

공양왕   허나 그랬다가 이성계가 진노하면 사직이 위태로워지지 않겠습니까?

정몽주   소신이 설득할 것이옵니다. 차제에 이성계의 마음속에 숨어 있는 역심을 말끔히 제거하겠나이다.

공양왕   ...

30 _____ 빈청 앞 (밤)

배극렴, 조준, 윤소종 등 당여들과 모여 있다. 저만치 이성계와 이지란이 들어온다.

배극렴	저기... (다가서며) 시중 대감!
이성계	(보면)
배극렴	먼 길에 고생이 많으셨습니다.
일동	(인사)
이성계	나들 오랜만입니다.
조준	어서 빈청으로 드시지요. 그간의 경위를 설명드리겠습니다. (하는데)
정몽주	(E) 시중 대감.

일동, 보면 정몽주, 걸어와 인사한다. 이성계, 묵묵히 보는...

정몽주	조정의 일이 번다하여 직접 문상하지 못하였습니다. 결례를 용서해 주십시오.
이성계	...
정몽주	안으로 드시지요. 드릴 말씀이 있습니다.
이성계	천천히 합세... 내 볼 사람이 따로 있수다.
정몽주	(보는)
이성계	지란아.
이지란	야!
이성계	내는 편전으로 간다. 개미 새끼 한 마리 들이지 말라우.
일동	!
이지란	야!!
이성계	(휙 들어가는)

31 _____ 대궐 침전 안 (밤)

묵묵히 앉은 이성계에게 짐짓 압도당한 표정의 공양왕.

공양왕	(큼...) 정도전의 일은 과인도 면목이 없게 됐습니다. 과인은 전혀 그럴 생각이 없었는데 수시중이 하도 고집을 부려서 그만... 아, 시중께서도 동북면으로 떠나실 때 수시중의 뜻에 따르면 된다 하지 않았습니까?
이성계	전하...
공양왕	(긴장) 말씀하세요.
이성계	소신... 문하시중의 자리에서 물러나겠사옵니다.
공양왕	...! 사직을 하시겠단 말씀이오?
이성계	그렇사옵니다.
공양왕	(잠시 머뭇대다 작심한 듯 애걸하는) 아니 대체 어찌 이러는 겝니까?
이성계	가납하여 주시옵소서.
공양왕	글쎄 천부당만부당한 말씀입니다. 이 시중이 없으면 과인은 누구를 믿고 임금 노릇을 한단 말입니까? 경이 없으면 과인은 불안하고 두려워서 살 수가 없단 말입니다.
이성계	...소신, 평생을 생사가 엇갈리는 전쟁터에서 살았사옵니다.
공양왕	(보는)
이성계	해서 소신은 두려움이 무엇인지 잘 아옵니다. 포로들의 표정만 봐도 진실로 두려운 것인지, 동정을 얻고자 두려운 척하는 것인지... 아옵니다.
공양왕	(긴장하는, 애써 하하~ 웃으며) 이거 어째 과인이 경 앞에서 겁쟁이 시늉이라도 한다는 말씀처럼 들립니다그려...
이성계	(보다가) 사직할 것이오니 윤허하여 주시옵소서. (일어나 나가는)
공양왕	이 시중! 이 시중!
이성계	(나가는)
공양왕	(심각해지는)

32 _____ 동 침전 안 (밤)

공양왕과 정몽주, 앉아 있다.

정몽주 사직은 이 시중이 자신에 대한 전하의 신뢰를 시험하는 것이옵니다. 결코 윤허하여서는 아니 되옵니다.

공양왕 지당하신 말씀이외다. 문하시중에서 물러난다 해두 그자는 여전히 이 나라의 군권을 장악하고 있는 삼군도총제사가 아닙니까?

정몽주 윤허하지 않겠다는 불윤비답을 내려주시옵소서.

공양왕 그 정도로 고집을 꺾겠소이까? 그자가 원하는 것은 정도전을 풀어주는 것이에요. 더욱이 그자가 과인의 속내를 눈치챘단 말이외다.

정몽주 ...불윤비답을 소신에게 주시옵소서.

공양왕 (보는)

33 _____ 이성계의 집 사랑채 안 (밤)

이성계, 정몽주, 앉아 있다. 서안 위에 불윤비답이 펼쳐지지도 않은 채 놓여 있다.

이성계 도로 가져가시우다. 내는 사직을 철회할 생각이 없습꾸마.

정몽주 대감께서 아무리 이리하셔도 삼봉을 풀어주는 일은 없을 것입니다.

이성계 (불쾌한 듯 보는)

정몽주 소생... 금명간 무슨 명분을 갖다 붙여서라도 삼봉을 죽일 것입니다.

이성계 포은 선생!!

정몽주 ...삼봉과 역성의 대업을 결의하셨었다구요?

이성계 !

정몽주	대업은 허상입니다. 또 다른 난세의 시작일 뿐이지요. (진심 어린) 대감... 대감의 진정한 대업은 소생과 더불어 고려를 제대로 된 나라로 만들어가는 것입니다.
이성계	내 대업은... 삼봉과 포은 두 사람을 좌우에 두고 용상에 앉는 거우다.
정몽주	!!
이성계	내 그래서 흥국사서 폐가입진에 찬동을 해줬구, 과전법도 찬동해 줬구, 선생을 수시중에도 앉혔습메다! 삼봉한테는 절대 선생 건들지 말라고 엄포를 놨수다! 선생이 삼봉을 잡아 가두고 쥐패구, 노비라고 모략질을 해대두 내는 끝까지 참았습메다!
정몽주	동북면으로 돌아가 장례를 마치십시오. 돌아오실 때쯤엔 모든 것이 정리되어 있을 것입니다.
이성계	정리는 무시기 빌어묵을 놈의 정리! 동무 때레 잡는 것도 정리우까!
정몽주	벗이기 이전에... 역적입니다.
이성계	이봅소, 선생! 전쟁터서 죽자고 싸우다 보문 적장하고도 살정, 피정이 생기는 거우다! 고려가 얼매나 대단하고 충심이란 거이 을매나 대단한 거인지 몰라도 사십 년 동무를 죽이갔다는 거이 말이 되는 거우까!
정몽주	사십 년 지기 삼봉과 포은은 이제 이 세상에 없습니다. 각자의 대의에 함몰된 두 마리의 괴물이 있을 뿐입니다.
이성계	내 분명히 얘기하갔소. 나는 무슨 수를 써서든... 왕 할 거우다.
정몽주	대감!!
이성계	가서 내가 역적이라고 떠들고 탄핵할라문 어디 한번 해보시우다! 내 이성계가 어떤 놈인지 똑똑히 보여주갔소!
정몽주	(허! 하는) 이제 보니... 그놈의 대업이 여러 사람을 괴물로 만들었습니다그려.
이성계	무시기라?

정몽주	(획 일어나 나가는)
이성계	(서안 집어던지며) 야~ 정몽주~!!
정몽주	(확 노려보는)
이성계	(일어나 다가서는) 왕후징상의 씨가 따로 있다든? 왕씨는 오백 년을 해 처먹은 임금질을... 내는 하문 아이 되는 거이니?
정몽주	아니 됩니다.
이성계	(멱살 확 잡는) 내사 더 잘할 수 있고 내사 더 백성들 잘 보살피갔다는데...! 니가 뭔데 아이 된다는 거이니!
정몽주	아니 된다 하지 않소이까!
이성계	정몽주...! 도성을 피바다로 맹글고 싶지 않으문... 니 손에 옥새를 쥐어서리 내한테 갖고 오라우.
정몽주	(노려보는)
이성계	(으름장 놓듯) 니 손으로 직접 갖고 오란 말이다!!
정몽주	...이성계 대감, 똑똑히 들으시오.
이성계	!
정몽주	나를 죽여 내 손목을 자르고 그 손목에 옥새를 쥐게 하지 않는 한... 그런 일은 없을 것이오...
이성계	내... 기케 못할 것 같네?
정몽주	내가 가져올 수 있는 건 전하의 불윤비답뿐... 다시 오겠소이다. (획 뿌리치고 나가는)
이성계	!

34 _____ 동 사랑채 앞 (밤)

정몽주, 문을 쾅 열어젖히고 나와 굳은 표정으로 걸어간다. 일각에서 나타난 강 씨와 이지란, 걱정스러운 기색이 역력하다. 이성계의

'(E) 으아~!' 하는 외침. 강 씨, 이지란 !!

35 _____ 다시 사랑채 안 (밤)

한쪽 무릎을 꿇어앉은 이성계. 분노와 상실감에 떤다. 참담한...

36 _____ 화령 – 야산 무덤 일각 (낮)

이방우와 이방과가 막 매장한 듯 풀이 나지 않은 봉분 옆에 움막을 짓고 있다. 저 멀리 말발굽 소리에 돌아보면 조영규, 말을 타고 달려간다. 이방우와 이방과, 의아한...

이방원   (E) 아버님이 사직을 하셨다구?

37 _____ 동 일실 안 (낮)

상복 차림의 이방원, 조영규와 앉아 있다. 곁에서 다과상을 차리던 민 씨의 손이 멈칫한다.

이방원   해서 어찌 되었느냐?
조영규   전하께서 불윤비답을 내리시면 대감마님이 거부하길 몇 번을 했답니다. 대감마님과 정몽주가 곧 충돌할 것이란 소문이 파다했습니다.
이방원   역시 정몽주 그자가 화근인 것이다... (답답한 듯) 내 지금 이곳에 이리 있어서는 아니 되는 것인데...

민 씨	영감. 소첩이 한 말씀 올려도 되겠습니까?
이방원	(보는)
민 씨	아들만 여섯을 두고 가신 어머님입니다. 어머님께서 영감에게 바라는 것이 즐비한 형제들 틈에 끼어 곡을 하는 것이겠습니까? 아니면 일전을 앞둔 아버님 곁에서 칼을 쥐고 계신 것이겠습니까?
이방원	!
민 씨	몸이야 어디 있은들 대수겠습니까? ...효도는 마음입니다.
이방원	(생각하다가) ...조 서방... 도성으로 가자.
조영규	예.

이방원, 조영규와 나간다. 민 씨, ...

38 _____ 빈청 정몽주의 집무실 안 (낮)

정몽주, 이첨이 앉아 있다. 배극렴과 조준, 따지고 있다.

배극렴	대체 궁궐의 숙위병을 자꾸 늘리는 저의가 뭡니까!
정몽주	시중께서 사직을 청하고 계신 상황이니 도성의 백성들이 불안에 떨고 있지 않습니까?
배극렴	뭐요?
정몽주	일전에 이 시중이 부인상을 당했다는 이유로 도성에 경계령을 내렸던 분이 어찌 이런 우문을 하신단 말입니까?
배극렴	(허! 하는)
조준	좋습니다. 허면 우리 역시 병력을 선발하여 도성 곳곳의 경계를 강화하겠소이다. 가시지요. (배극렴과 나가는)
정몽주	...

이첨	사태가 갈수록 심상치 않습니다. 자칫하다간 전투가 벌어질 판이 아닙니까?
정몽주	...이성계는 사냥을 나갔다구?
이첨	그렇습니다. 해주 근방으로 갔습니다.
정몽주	사람을 붙여 일거수일투족을 감시하게.
이첨	예, 대감.
정몽주	...

39 ____ 공터 (낮)

말 세워져 있고 무사들이 노루 정도 장작불에 구워 먹고 있다. 일각에 말 두 필 세워져 있고 그 옆에 이성계와 이지란, 고깃덩이 앞에 놓고 앉았다. 얼큰히 취한 이성계, 술을 병째로 마시는...

이지란	성니메... 사냥 나와서리 어캐 이리 술만 마셔댄단 말이오? 성니메 이제 그만 좀 드시우다.
이성계	간나새끼... 잔소리하지 말라우. (고기 쫙 뜯어 질겅질겅 씹더니 술 벌컥 마시는)
이지란	(확 뺏으며) 아 거 작작 좀 드시란 말이우다!
이성계	(노려보다가 참고) 거 이리 내라...
이지란	성니메!
이성계	(확 뺏는) 이리 내노라지 않니!! (벌컥 마시는) 아~ 좋다... 우리 삼봉 선생은 귀양 가서 끼니는 잘 챙겨 묵고 있는 거인가 모르갔다...
이지란	청승 좀 그만 떠시우다. 어케 이캅메까?
이성계	(술병 흔들더니) 야, 가서 한 병 더 가져와라.
이지란	(화난 듯 보다가 에잇! 일어나는) 내는 도성으로 가갔소. 성님은 알

아서 오시우다. (하는데)

이성계 지란아...

이지란 (보는)

이성계 도성 말이다... 확 뒤집어엎어 버리까?

이지란 (주변 둘러보고 큼) 못 할 게 뭐요. 내 혼자서도 그깟 도성 열 번은 뒤집을 수 있수다.

이성계 내 뒤집으믄... 포은 선생은 어캐 되갔니?

이지란 아, 제발 그 포은 타령 좀 그만하시우다! 기케 당해 놓구서리 아직도 정몽주 걱정을 하는 거우까.

이성계 (생각하는)

F.B》33씬의

정몽주 나를 죽여 내 손목을 자르고 그 손목에 옥새를 쥐게 하지 않는 한... 그런 일은 없을 것이오...

현재》

이성계 (노기가 치미는... 중얼대는) 그래... 그렇단 말이지...

이지란 ?

이성계 기라문 내 손모가질 잘라주가서... (끙! 일어나는) 도성 뒤집어엎으러 가자우. (말을 향해 가는)

이지란 (짜증 섞인 표정으로 따라가 잡으며) 뒤집건 부수건 간에 일단은 술부터 깨고 갑세. (하는데)

이성계, 이지란을 확 밀친다. 이지란, 비틀대면 말에 올라타는 이성계.

이지란 아, 성니메! 장난 그만하고 내려오시우다.

이성계 ...이랴!

이성계를 태운 말이 달려간다. 이지란과 무사들이 깜짝 놀라고, 이지란, '성니메!' 하며 말에 올라타 쫓는...

40 _____ 다시 빈청 정몽주의 집무실 안 (낮)

정몽주, 심각한 표정으로 앉아 있다.

F.B》33씬의

이성계　내는 무슨 수를 써서든... 왕 할거우다.

41 _____ 평원 (낮)

이성계, 맹렬하게 말을 달린다. '성니메!' 외치며 뒤쫓아오는 이지란과 무사들. 이성계, 연신 채찍질을 해댄다.

이성계　기다리라우! 내 이 빌어묵을 나라 확 뒤집어엎어 버릴 거이야!!

이성계, 채찍을 내려치는 순간, 말이 견디지 못하고 몸을 뒤틀며 방향을 튼다. 허공으로 붕 솟구치는 이성계의 몸. 이지란, !!
땅바닥으로 곤두박질치는 이성계. 멍한 눈으로 하늘을 응시하는 듯하는 데 울컥 피를 토한다. 헉...!

이지란　성니메~!!

이성계와 정몽주의 얼굴에서 엔딩.

38회

1 _____ 이성계의 집 앞 (낮)

배극렴, 걸어와 들어간다.

2 _____ 동 마당 안 (낮)

조준, 뒷짐을 진 채 서 있다. 삐걱 문 열리는 소리에 돌아보면 사월이 열어주는 문으로 배극렴이 들어선다.

조준   판삼사사 대감...

배극렴   (보고 다가서는) 조 대감도 와 계셨구려. 헌데 택주께서 어찌 우리를 찾으시는 겝니까?

조준   글쎄요. 소생도 만사 제쳐놓고 오라는 기별만 받았습니다. (하는데)

강 씨   (E) 오셨습니까?

조준과 배극렴이 보면, 굳은 표정의 강 씨, 다가선다. 조준, 배극렴, 인사한다.

배극렴   택주님... 가내에 무슨 일이 있는 것입니까?

강 씨   ...사랑채로 드시지요. (가는)

조준·배극렴   ?

3 _____ 동 사랑채 안 (낮)

굳은 표정의 강 씨, 조준, 배극렴과 앉아 있다.

강 씨	...군사들을 언제든 동원할 수 있게 만반의 태세를 갖춰주세요.
배극렴	...! 갑자기 그 어인 하명이시온지...
강 씨	시중 대감과 함께 사냥을 나갔던 지란 서방님에게서 기별이 왔습니다.
일동	(보는)
강 씨	(애써 침착하게) 시중 대감께서... 말에서 떨어져 몸을 다치셨다 합니다.
배극렴	예에?!
조준	허면 지금... 대감의 용태가 어떤 것입니까?
강 씨	...그것까진 이 사람도 모릅니다. 도성으로 오고 계시다 하니 대비를 하고 기다릴 뿐입니다.
조준·배극렴	(심각한)

4 _____ 산길 + 가마 안 (낮)

말을 탄 이지란, 무사들과 함께 가마를 인솔하고 있다. 긴장감과 비통함이 가득한 행렬, 급히 나아간다. 순간, '으아~!!' 고통에 겨운 신음이 터져 나온다.

| 이지란 | 멈추라우! |

행렬, 멈추고 이지란, 급히 말에서 내려 가마로 다가가 '성니메!' 하며 창을 연다. 가마 안에서는 피 묻은 옷을 입은 채 벽에 기대앉은 이성계, 초점 없는 눈으로 '으...' 신음을 뱉는다.

| 이지란 | (안타까운) 성니메... |

이성계   (으윽! 고통을 참느라 이를 악무는)

이지란   (급히 가마창 닫고 말을 타고 있는 무사1에게) 아이 되갔다. 벽란
           도에 들려서리 치료부터 하고 가자우. 거처를 찾아놓으라우.

무사1   예! (하! 박차를 가하고 달려가는)

이지란   (말에 오르며) 날래 가자우!

행렬, 속도를 높여 나아간다. 일각의 나무 뒤에 숨어서 지켜보는 심
마니 차림의 두 사내, 서로 긴한 눈짓을 주고받더니 사라진다.

5 _____ 대궐 침전 앞 복도 (밤)

정몽주, 굳은 표정으로 걸어온다.

정몽주   (F.) 하늘이 고려를 돕고 있사옵니다.

6 _____ 동 침전 안 (밤)

공양왕, 정몽주를 본다.

정몽주   이성계가 낙상을 당했사옵니다.

공양왕   ...낙상?

정몽주   귀경을 하다가 벽란도로 향한 것으로 보아 필경 이성계의 용태가
           위중한 것이옵니다.

공양왕   ...이제 우리가 대처를 어찌해야 하겠소이까?

정몽주   독수리가 땅에 떨어졌으니 다시는 날지 못하게 해야 하옵니다.

공양왕	어떻게 말이오?
정몽주	날개를 꺾어버려야 하옵니다.
공양왕	(보는)

7 _____ 조준의 집 사랑채 안 (밤)

조준, 윤소종, 남은, 앉아 있다.

윤소종	(조준에게) 낙상을 하였으면 운신이 쉽지 않을 터... 수일 내로 도성에 돌아오긴 무리일 것이네.
조준	그 안에 정몽주가 알게 되면 가만있지만은 않을 터인데...
남은	우리가 아무리 쉬쉬한다 해두 정몽주가 아는 것은 시간문젭니다.
윤소종	우리가 먼저 정몽주를 치세.
조준	(보는)
남은	이 사람의 생각도 같소. 이색, 우현보의 패당으로 몰아 탄핵하십시다.
윤소종	우재... 결행하세.
조준	(생각하는)
남은	조 대감!
조준	(결심한 듯) 동정은 우리 측 대간으로 하여금 상소를 올리라 명하게.
윤소종	(비장한) 알겠네.
조준	남 대감은 택주님과 배극렴 대감에게 이를 알리고 사가 주변을 철통같이 방비하라 일러주세요.
남은	알겠습니다. (윤소종에게) 갑시다. (하는데)

와지끈 문 부서지는 소리! 일동, 보면...

이첨	(E) 대역죄인 조준은 오라를 받으시오!!
일동	!
조준	(남은과 윤소종에게) 다들 어서 피하시게!

8 _____ 동 마당 안 (밤)

윤소종과 남은, 방문을 열고 뛰쳐나오다 흠칫한다.
이첨과 관졸들이 에워싸고 있다.

이첨	덕분에 수고를 덜게 되었구나! 이자들을 포박하라!

관졸들, '예!' 달려들어 남은과 윤소종을 제압한다. 남은, 윤소종,
각각 '네 이놈들!', '이것 놓지 못하겠느냐!' 외치다가 관졸에게 가
격당해 쓰러진다. 관졸들, 우악스럽게 짓이기듯 올라타 포박한다.
보다 못한 조준, 방을 박차고 나온다.

조준	지신사! 이 무슨 짓이오이까!
이첨	간관 김진양, 이확 등이 그대들을 탄핵하였소이다! 정도전과 더불어 나라의 변란을 꾀하였다고 말이외다!
조준	!
이첨	뭣들 하느냐! 역적을 당장 압송하지 않구!

관졸들 다가가 조준을 바닥에 패대기친다. 윽! 쓰러지는 조준의 등
을 밟고 포박하는 관졸들. 바라보는 이첨. 이를 악무는 남은과 윤
소종.

9 ____ 빈청 앞 (밤)

갑옷을 입은 채 격노한 표정의 배극렴, 병사들과 부장들을 대동하고 걸어와 멈춘다.

배극렴 정몽주, 이 쥐새끼 같은 놈... 도당을 포위해라!

병사들 예! (도당을 에워싸는)

배극렴 부장들은 나를 따르라.

배극렴, 부장들과 들어간다.

10 _____ 도당 안 (밤)

정몽주, 상석에 앉아 있다. 재상들, 긴장한 표정으로 앉아 있고 드문드문 빈 자리가 보인다.

정몽주 삼사좌사 조준을 비롯하여 남은, 윤소종 등이 나라의 혼란을 조장할 목적으로 정도전과 더불어 무고한 대신들을 중상모략하고 옥사를 일으키는 등 전횡을 일삼았기에 대간의 탄핵을 받았습니다.

재상들 (심각한)

정몽주 죄인들이 순군옥에 당도하는 즉시 국문이 열릴 것입니다. (하는데)

문 벌컥 열리고 배극렴, 부장들을 대동하고 들어온다. 정몽주, 보면.

배극렴 삼봉 대감의 당여들에 대한 탄핵을 즉각 중단하시오.

정몽주 전하의 재가를 받은 사안입니다. 할 말이 있으면 군사를 물리고 관복으로 갈아입은 연후에 다시 오십시오.

배극렴 다시 한번 말하겠소이다. 중단하시오!

정몽주 내 분명 군사를 물리라 하였소이다!

배극렴 (이를 악물더니 칼을 뽑아 도당의 탁자 위에 쾅! 꽂는)

재상들 (헉! 하는)

배극렴 수시중 주제에 감히... 문하시중인 이성계 대감에게 도전을 하는 것인가?

정몽주 (노려보는)

배극렴 즉각 중단하지 아니하면 이후 어떤 사태가 벌어질지 모르오.

정몽주 이건 이 시중의 뜻입니까, 아니면 그대가 독단으로 벌이는 짓입니까?

배극렴 이 시중과 이 사람의 뜻이 다르지 않소이다!

정몽주 ...좋습니다. 내 이 시중의 뜻을 직접 확인한 연후에 탄핵의 중단 여부를 결정하겠습니다. 잠시 정회하고 기다릴 것이니 속히 뫼시고 오시오.

배극렴 !

정몽주 뭐 하고 계십니까! 시중 대감을 뫼셔 오지 않구!

배극렴 (조금 당황한, 애써 버티듯) 시중 대감은 지금 사직을 청하며 칩거하고 계신 분이외다! 어찌 도당에 나오라 하는 것이오!

정몽주 (피식) 이제야 알겠구만... 지금 그대는 이 시중의 환심을 사기 위해 과잉 충성을 하고 계신 것이구려?

배극렴 뭐라!! (칼을 뽑아 정몽주의 목에 갖다 대는)

재상들 !

정몽주 (태연한) 그대가 이 사람을 벨 수 있겠소이까? 이 사람은 전하의 명에 따라 정당한 탄핵을 집행 중인 수문하시중입니다!

배극렴 (이익! 칼 바투 갖다 대는)

정몽주 시중 대감을 뫼시고 오든가, 아니면 이 칼 내려놓고 조용히 물러가시오.

배극렴   (갈등하는)

정몽주   이 칼 내려놓으라지 않습니까!!

망설이던 배극렴, 칼을 떨군다. 재상들, 안도하고 정몽주, 노려보는…

배극렴   (훅! 숨 내쉬고 부장들에게 침통하게) 가자. (나가는)

재상들   (안도)

정몽주   (재상들에게) 더 이상 탄핵에 대해 왈가왈부하지 마십시오. 이 사람의 경고를 어기는 날엔 정도전의 족당으로 간주, 국문을 받게 될 것입니다.

재상들   …

정몽주   (결연한)

11 _____ 순군옥 앞 거리 (밤)

횃불을 든 병사들이 곳곳에 삼엄하게 경계를 서고 있다.
이방원과 조영규, 말을 타고 나타난다.

조영규   어째 으스스합니다. 조만간 한바탕 휘몰아칠 분위깁니다요.

이방원   …조준 대감댁으로 가자.

조영규   대감마님부터 봬야 하지 않겠습니까?

이방원   인사도 올리기 전에 불호령이 떨어질 것이다. 그 전에 사정부터 파악해야, (하다가 앞을 보고 말을 멈추는) 잠깐…

조영규   ? (앞을 보면)

저만치 조준, 윤소종, 남은이 관졸들에게 끌려가는 모습이 보인다.

조영규	영감!
이방원	...아버님께 가자. (말머리를 돌려 하! 달려가는)
조영규	! (따르는)

12 _____ 이성계의 집 안방 안 (밤)

강 씨, 이방원과 앉아 있다. 이방원, 이미 얘기를 다 들은 듯 심각한...

이방원	...아버님께서 낙상을 당하시다니... (바닥을 탁 치며) 어찌 이런 일이... (이를 악무는데)
강 씨	내 정쟁이 터질까 염려하여 외부에 알리지 않았으나, 당여들이 일거에 끌려간 것을 보면 정몽주가 이를 알고 있는 것이 아니겠느냐?
이방원	소자의 생각도 그렇습니다. 벽란도에서 맥을 놓고 계신 틈을 노려 아버님의 수족을 잘라낸 것입니다.
강 씨	허면 저들이 이제 어찌 나오겠느냐?
이방원	팔다리를 잘랐으니 이젠 목을 베려 할 터... 아버님이 위험합니다.
강 씨	!
이방원	(뛰쳐나가는)
강 씨	방원아...! (허! 심각해지는)

13 _____ 대궐 침전 안 (밤)

공양왕, 정몽주, 앉아 있다.

공양왕	숙위병을 차출하여 벽란도로 보냅시다.

정몽주	이성계를 치잔 말씀이옵니까?
공양왕	날개만 꺾어놔선 도통 마음이 놓이지 않소이다. 이번 기회에 아예 이성계의 숨통을 끊어버렸으면 싶소이다.
정몽주	...
공양왕	망설일 일이 아닙니다. 지금 상황은 수시중의 말대로 하늘이 고려를 돕고 있는 것이란 말입니다.
정몽주	...

14 _____ 빈청 정몽주의 집무실 안 (밤)

정몽주, 들어와 앉는다. 생각에 잠기는...

이성계	(E) 왕후장상의 씨가 따로 있다든?

F.B 》 37회 33씬의

이성계	왕씨는 오백 년을 해 처먹은 임금질을... 내는 하문 아이 되는 거이니?

현재 》
정몽주, 뭔가 결심하는...

15 _____ 대궐 궁문 앞 (밤)

숙위 낭장과 병사들, 대궐을 빠져나와 어디론가 급히 달려간다.

16 _____ 벽란도 – 폐가 앞 (밤)

호위무사들이 경계를 서고 있다. 이지란, 나와 있다.

이지란 (무사들에게) 자불지 말구 수상쩍은 놈들 기웃거리나 정신 똑바로 채리고 지켜보라우. (하는데)

말발굽 소리에 이지란 등 긴장해서 칼자루를 잡고 돌아보면 이방원과 조영규가 달려와 멈춘다.

이지란 방워이 아이니?
이방원 (급히 내리는)
이지란 아이, 니가 이긴 어캐... (하는데)
이방원 (대꾸 없이 안으로 들어가는)
이지란 !

17 _____ 동 폐가 일실 안 (밤)

창백한 안색으로 드러누워 신음을 토해내는 이성계. 머리맡에 빈 탕약 그릇과 약재 쟁반 따위 놓여 있다. 이지란과 나란히 앉은 이방원, 탄식한다.

이방원 아버님...
이성계 어마이 삼년상을 치르라 했더이... 이놈이 혼쌀이 나야 되갔구만...
이방원 소자, 아버님께서 기력만 회복하신다면 어떤 벌이든 달게 받을 것입니다.

이성계	(내심 기특한 듯 옅은 미소) 걱정 말라우... 니 아바지... 이 정도로 *끄덕*도 아이 한다.
이방원	조준 대감을 비롯하여 삼봉 숙부의 당여들이 모조리 끌려갔습니다.
이성계	(안색이 변하는)
이지란	무시기라?
이방원	정몽주가 아버님의 사고를 눈치챈 것이 틀림없습니다. 속히 도성으로 들어가셔야 합니다.
이성계	...
이지란	아이 이 몸을 해서리 거까지 어캐 간단 말이니? 질박상°에다가 빼가 한두 군데 부러진 기 아이란 말이다.
이방원	정몽주의 다음 표적은 아버님입니다. 여기 계시다간 필경 낭패를 당하실 것입니다.
이지란	(당혹스러운 듯 허! 하는)
이성계	지라이... (끙... 몸을 일으키는)
이지란	(얼른 부축하고)
이성계	도성 꼬라지가 기케 됐단 말이지... (노기 치미는 듯 바닥을 쾅! 치는데 욱! 구토가 밀려오는)
이지란	성니메!
이성계	우욱~!! (후~ 참는, 숨을 몰아쉬는)
이방원	(안타까운) 아버님...

18 _____ 다시 폐가 앞 (밤)

주위를 경계하던 조영규, 문득 어딘가를 주시한다. 저만치 앞의 수

° 넘어지거나 부딪쳐서 생긴 타박상.

풀에서 무언가가 달빛을 받아 번득인다. 조영규, !

19 _____ INS - 숲속 (밤)

한 병사의 창이 달빛에 번쩍인다. 숙위낭장과 병사들, 폐가를 주시하며 수풀 뒤에 은신해 있다.

조영규   (E) 대감마님.

20 _____ 다시 폐가 일실 안 (밤)

이성계, 이지란, 이방원 앞에 조영규가 급히 들어와 앉는다.

이방원   무슨 일이냐?

조영규   숲속에서 검광이 번득이는 것을 봤습니다. 군사들입니다.

이지란   무시기라!

이방원   정몽주가 보낸 자들입니다.

이성계   (노기가 치미는)

이지란   이런 쌍 종간나새끼...

이방원   여긴 제가 맡을 터이니 숙부님은 아버님을 모시고 뒷문으로 빠져나가십시오. 조 서방, 가마를 대령해.

조영규   예. (하는데)

이성계   잠깐...

일동   (보는)

이성계   당장... 가마를 부수라우.

이방원	예?
이성계	...

21 ＿＿＿ 다시 숲속 (밤)

폐가 안채에서 새어 나오는 불빛을 주시하는 낭장과 병사들...

낭장	(병사들을 돌아보며) 안채에 불이 꺼지면 급습할 것이다.
병사들	(두려운 듯 주저하는 기색이 역력한)
낭장	겁먹을 것 없다. 이성계는 송장이나 다름없다 하지 않더냐?
병사1	(폐가 쪽 가리키며 나직이) 저기!

낭장, 얼른 보면 안채에 불이 꺼진다. 낭장, 작심한 듯 칼을 뽑는다. 병사들, 하나둘 칼을 뽑는다. 낭장, 일어서다 흠칫!

낭장	아니 저건!

폐가를 나서는 이성계의 교자 행렬. 이성계, 사방이 트인 교자에 칼을 세워 잡고 꼿꼿이 앉아 있다. 이지란, 이방원, 긴장한 눈초리로 따르는...

병사1	이 시중이 멀쩡하지 않습니까?
낭장	(당혹) 대체 이게 어찌 된 노릇이란 말인가...

이성계, 전방을 응시하고 있다. 칼을 잡은 손이 바들바들 떨린다. 이를 악물고 고통을 참는...

이방원	(행렬을 향해) 침착해라... 겁먹은 기색을 보이는 놈은 벨 것이다.

행렬, 비장하게 나아간다. 당혹스러운 표정의 낭장, 병사들을 돌아보면 병사들, 이미 칼을 내려놓고 전의를 상실한 모습이다. 낭장, 기막힌 듯 행렬을 보면... 유유히 빠져나가는 이성계의 행렬.

22 _____ 빈청 정몽주의 집무실 안 (밤)

격노한 정몽주, 탁자를 쾅! 내려친다. 낭장, 한쪽 무릎을 꿇은 채 떨고 있다.

정몽주	이성계의 수급을 베어오라 하였거늘! 니놈이 이러고도 살기를 바라는 것이냐!
낭장	이성계의 건재한 모습에 병사들이 모두 전의를 상실하는 바람에... 죽여주시옵소서!
정몽주	(훅! 숨 내쉬는) 정녕... 이성계가 건재하더란 말이냐?
낭장	그렇습니다! 이 두 눈으로 똑똑히 봤습니다.
정몽주	(심각해지는데)
이첨	(E) 수시중 대감!

정몽주, 보면 이첨, 들어온다.

이첨	이성계가 도성으로 들어왔다 합니다.
정몽주	!

23 ____ 도성 성문 안 (밤)

백성들 몇, 서 있다. 배극렴, 군사를 이끌고 달려온다. 멈춰 보면 저 만치 교자를 탄 이성계 일행이 다가온다. 여전히 꼿꼿이 앉아 있는 이성계...

배극렴   (다가가 인사하며) 시중 대감! 낙상을 당했다 들었사온데 몸은 좀 어떠십니까!

이성계   ...

이방원   아버님, 이제 그만 누우십시오.

이성계   (간신히) 백성들이 보고 있지 않니... 어서 가자우... (하는데)

강 씨, 사월과 함께 병사들을 헤치고 '대감!' 외치며 뛰어나온다. 이 성계, 보면...

강 씨   대감...

이성계   (애써 옅은 미소)

강 씨   (울컥) 정녕... 괜찮으신 것입니까? 안색이 백지장 같나이다.

이성계   일 없슴메... 일... 없수다...

삐끗 쓰러지는 칼... 이성계, 의식을 잃고 땅바닥으로 떨어진다. 강 씨, 헉!

이방원   아버님!

강 씨   (다가가 안으며) 대감!! 대감!!

이성계   (의식 없는)

이지란   이런 쌍! 날래 들것 개져오라우!!

강 씨   정신을 차리시어요! 대감! ...대감~!!

죽은 듯 미동 없는 이성계. 일각에서 이첨과 지켜보는 정몽주에서 F.O

24 _____ 소재동 당산나무 앞 (낮)

〈자막〉 전라도 나주 거평부곡 소재동

아이들 몇몇 뛰어놀고 있고 남루한 행색의 정도전이 호송관 및 관졸과 더불어 터벅터벅 걸어온다. 감회가 어린 표정으로 걸어오던 정도전, 당산나무 앞에 멈춘다. 신줏돌을 바라보는...

호송관   (관졸에게) 가서 보수주인°에게 봉화에서 이배된 죄인이 왔다 전하거라.

관졸   예! (가는)

정도전   (신줏돌에 앉아 생각에 잠기는데)

업둥   (E) 일어나씨요.

정도전   (조금 올려다보면)

F.B》5회 50씬의

업둥   나리께서 시방 신령님 상투를 깔고 앉었응께 싸게 일어나시란 말이요!

°   유배인의 거처를 제공하고 죄인을 감시하는 직무를 맡은 주민.

현재》

정도전, 일어나서 저도 모르게 옅은 미소를 머금는데...
저만치서 관졸과 함께 영춘이 다리를 절며 뛰어와 반긴다.

영춘	삼봉 나리!!
정도전	(보는... 낯이 익은)
영춘	쇤네를 알아보시겄능게라!
정도전	...자넨... 영춘이!
영춘	알아보시겄어라!
정도전	살아 있었구만!
호송관	?
영춘	(울컥 주저앉는) 아이고 나리... 도성서 높은 재상님 됐단 소식 듣고 허벌나게 기뻐했었는디 뭣 헌다고 다시 오셨어요~! 아이고~ 우리 나리 불쌍혀서 워쩐디야~
정도전	(옅은 미소)

25 _____ 초가 마당 안 (낮)

평상에 걸터앉은 정도전, 일각에서 손을 잡은 채 서 있는 땟국물 절절 흐르는 남녀 아이들을 바라본다. 영춘이 행랑에서 손을 탁탁 털며 나온다.

영춘	나리 오신다고 손을 잠 봐놓긴 혔는디 워째 맘에 드실랑가 모르겄네요.
정도전	(아이들 보는) 영춘이 자네 자식들인가?
영춘	(머쓱하게) 야... 워쩌다 보니 늘그막에 애새끼들만 퍼질러놔서는...

나리 자제분들은 다 장성했겠지라?

정도전   (쓸쓸해지는데)

최 씨   (E) 대감!

정도전, 보면 최 씨와 여종, 득보, 서 있다. 영춘, ?!

득보   (울먹) 대감마님~...

정도전   (일어나는) 부인...

최 씨   (탄식) 대감...

26 ＿＿＿ 동 행랑방 안 (낮)

정도전과 최 씨, 밥상을 마주하고 앉아 있다.

정도전   이 시중께서 사경을 헤매신다 들었소. 차도가 있는 것입니까?

최 씨   숨은 붙어 계신데 머리에 고인 어혈 탓에 비몽사몽이라 하십니다.

정도전   ...당여들은 어찌 되었습니까?

최 씨   (냉랭한) 정말 너무하십니다. 아버지가 돼서 어찌 자식들 안부는 묻지도 않는 것입니까?

정도전   어찌 되었냐니까요?

최 씨   (옅은 한숨) 조준, 윤소종, 남은 대감 모두 국문을 받은 연후에 귀양을 갔습니다. 그런데도 포은 대감을 따르는 간관들이 매일같이 극형에 처하라 상소를 올리고 있답니다... (어두워지는) 대감도 함께요.

정도전   ...

최 씨   대감... 이 시중은 이제 얼마 살지 못할 것입니다.

정도전	어허!
최 씨	지금이라도 포은 대감께 잘못을 빌고 살려만 주면 초야에 묻혀 살 겠다고 서찰을 쓰시어요... 소첩이 가지구 가서 포은 대감의 바짓가 랭이라도 붙잡고 살려달라 빌겠습니다.
정도전	(언짢은) 부질없는 소리 그만하세요.
최 씨	부질없는 소리요? 그게 어째서 부질없는 소럽니까!
정도전	(불쾌한 듯 보는)
최 씨	이리 손 놓고 계시다간 역적에다 천출이란 누명까지 쓰고 돌아가 신단 말입니다! 가문은 풍비박산이 나구 소첩은 노비로 끌려갈 거 라구요!
정도전	(꾹 참고) 그만하시오.
최 씨	소첩이 어찌 되는 건 두렵지 않습니다. 다만 우리 아들들... (울컥) 삭탈관직에다 폐서인까지 당해서 고향으로 쫓겨간 우리 금쪽같은 아들들이... 죽을지도 모르지 않습니까?
정도전	(버럭) 글쎄 그만하라지 않소이까!!
최 씨	(O.L) 소첩은 그만 못 하겠습니다!!
정도전	(부르르 떨며 노려보는)
최 씨	(울며) 대업이니... 백성이니... 소첩은 그런 거 모릅니다... 소첩이 아는 건... 이대로 가다간 대감과 우리 가족 모두... 끝장이 난다는 것뿐입니다.
정도전	...부인.
최 씨	(보는)
정도전	사대부에게 아비는 군왕이고, 가족은 백성입니다... 나는... 이 시중 을 임금으로 만들겠다 결심한 그날부터... 나의 사사로운 가족을 잊 었습니다.
최 씨	(믿기지 않는) 대감...
정도전	미안하오. 그만 도성으로 올라가시오. (휙 나가는)

최 씨	대감! 대감...! (억장이 무너지는, 통곡하는)

27 _____ 황연의 집 마당 안 (낮)

폐가가 되어버린 모습. 만감이 교차하는 표정의 정도전, 들어와 안 채 앞에 선다. 감회 어린 눈으로 둘러보는데...

황연	(E) 지발 그만 잠 하시오!
정도전	(돌아보면)

F.B》9회 45씬의

황연	워디서 뭣을 허건... 지끔보단 낫것재라...
정도전	황연!
횡연	소재동서 여태 보셨잖어라... 이게 사람 사는 것입니까? 개, 돼지도 이렇게는 안 사는 고만요... 나리, 우리가 사람이긴 헌 것입니까?

현재》

정도전, 먹먹해지는...

F.B》13회 6씬의

천복	고것이 워째서 내 죄여... 나 끌고 댕긴 왜놈들 죄고, 빌빌거림서 막 도 못 헌 고려놈들 죄지, 고것이 워째 내 죄난 말여... 나 죄 없어... (악쓰듯) 나는 아무 죄도 없단 말이여!!!

현재》

정도전, 눈물 고이는...

F.B》14회 28씬의

참형을 당하며 나리... 부르는 양지의 모습...

현재》

정도전, 털썩 무릎을 꿇는다. 주체할 수 없는 눈물이 흐르는...

정도전 미안하오... (흑! 울음이 터지고) 내가 못 나서 일을 그르쳤소이다...
미안하오... (울음은 오열로 바뀌고 가슴을 쥐어뜯으며 '미안하오'
를 되뇌며 서럽게 우는)

28 _____ 대궐 외경 (낮)

배극렴 (E) 정도전과 그의 당여들을 죽이면 아니 되옵니다!

29 _____ 동 침전 안 (낮)

짜증 섞인 표정의 공양왕이 배극렴, 이지란, 이방원과 앉아 있다.

배극렴 지금이라도 극형을 주장한 상소들을 반려하시옵구 간관들을 잡아
들여 엄히 다스리시옵소서!

공양왕 그 문제라면 과인이 도당에다 일임을 하지 않았습니까? 여기 와서
이러지 마시고 도당에 나아가 회의를 하세요.

이지란 수시중이 자기 입맛대로 처결을 할라 그라이 전하께 와서 이카는
것 아입메까!!

공양왕 아, 그래도 어쩌겠소이까? 몸져누운 이 시중이 돌아오면 모를까 지

금 도당의 수장은 수시중인 것을요.

이지란   (버럭) 전하!!

공양왕   아이구, 깜짝이야... 아무튼 과인은 끼어들고 싶지 않아요. 경들이 수시중과 잘 타협을 해보세요.

이지란·배극렴   (답답한)

이방원   송구하오나 조정 일각에 떠도는 우스갯소리 하나를 말씀드려도 되겠사옵니까?

공양왕   그게 무엇이오?

이방원   전하께옵서 수시중의 당여라는 것이옵니다.

공양왕   (빈정 상한) 뭐요? 수시중의 당여?

배극렴   (말리듯) 우부대언...

이방원   전하께옵서 수시중의 독단을 방치하시니 이런 참담한 언사들이 나도는 것이 아니겠사옵니까? 정도전, 조준, 윤소종, 남은 등은 전하를 옹립하고 전하를 위해 충심을 다한 신하들이옵니다. 그들의 목숨은 마땅히 전하께옵서 지켜주셔야 할 것이옵니다. 통촉하여 주시옵소서.

이지란·배극렴   통촉하여 주시옵소서!

공양왕   (보다가... 흥! 피식 웃는)

이방원   (그런 공양왕의 표정을 놓치지 않고 보는)

30 _____ 빈청 정몽주의 집무실 안 (낮)

정몽주, 이숭인, 하륜, 권근, 앉아 있다.

정몽주   도은은 동지춘추관사, 호정은 전라도 관찰사에 제수키로 하였으니 등청 준비를 서둘러 주시게.

이숭인	알겠습니다.
하륜	미력이나마 최선을 다하겠습니다, 사형.
정몽주	양촌은 적당한 자리를 물색 중이니 곧 전리사에서 기별이 갈 것일세. (하는데)

이첨, '대감!' 하며 들어온다. 일동, 보면…

이첨	배극렴, 이지란, 이방원이 전하를 알현하여 간관들의 상소를 물리치라 압박을 하였다 합니다.
이숭인	사형, 속히 삼봉의 족당들을 처단해야 합니다.
권근	그렇습니다. 이러다 이성계가 깨어나기라도 하면 상황이 또 어찌 바뀔지 모릅니다.
정몽주	…
하륜	(보면)
정몽주	(일어나 나가는)
일동	?

31 _____ 동 정도전의 집무실 안 (낮)

텅 빈 실내. 정몽주, 들어와 감회어린 듯 둘러본다. 하륜, 들어온다.

하륜	이 방의 전 주인을 죽이려 드니… 사십 년 우정이 눈에 밟히시는 것입니까?
정몽주	…
하륜	정 그러시면 한 번쯤은 쉬어가는 것도 나쁘지 않을 것입니다.
정몽주	(보는) 쉬어가다니?

하륜	일단은 저들의 청을 받아들여 안심을 시킨 연후에 이 시중의 병세를 지켜보면서 대응하는 것은 어떻겠습니까? 강하고 빠른 것만이 능사는 아닙니다.
정몽주	(쓸쓸한 듯 피식)
하륜	실은 소생, 걱정이 되어 이러는 것입니다.
정몽주	무슨 말씀이신가?
하륜	귀양살이를 하면서 소일삼아 관상을 배웠습니다. 송구한 말씀입니다만 지금 사형의 얼굴에... 살이 끼어 있습니다.
정몽주	(피식 웃는) 다 괜한 소리... 죽고 사는 것은 하늘에 달린 것일세...
하륜	사형... 조심하셔야 합니다.
정몽주	...

32 _____ 소재동 - 초가 일실 안 (낮)

정도전, 서찰을 읽고 있다.

이방원	(E) 도성의 사정이 여의치 않습니다. 혹 관원들이 보이거나 주변에 이상한 낌새가 포착되면 즉시 동북면으로 피하십시오. 아버님께서 깨어나실 때까지만 버티면 살 수 있습니다.
정도전	...

33 _____ 동 마당 안 (낮)

평상에 앉은 정도전, 모닥불에 이방원의 서찰을 집어넣는다. 빈 지게를 멘 영춘, '삼봉 나리!' 하며 다급히 뛰어 들어온다.

정도전	무슨 일인가?
영춘	(숨 몰아쉬며) 관졸들이 오고 있고만이라.
정도전	!
영춘	거시기 뭐시냐, 사약 겉은 거 갖고 온 늠들인지도 모르니께 뒷산에 잠깐만 숨어기씨요.
정도전	그랬다가 자네가 무슨 경을 치려구... 됐네.
영춘	아, 쉰네야 모른다고 잡아떼불믄 볼기밖에 더 맞겄어라! 아, 일단 피하고 보장께요.
정도전	내가 죽는다면 그것은... 하늘이 아직 대업보다는, 대업을 위한 피를 원한다는 뜻이겠지... 구차하게 도망치느니 부딪혀볼 것이야. 진정... 하늘이 원하는 것이 무엇인지...
영춘	아, 나리!

정도전, 묵묵히 앉아 있다. 결연하다. 잠시 후 발소리와 더불어 관졸들이 뛰어 들어와 도열한다. 영춘, '오매! 워찌스까이!' 울먹이면...

관원	죄인 정도전은 어명을 받으라.
정도전	(비장해지는)

34 _____ 이성계의 집 앞 (밤)

이방원과 조영규, 다급히 걸어와 들어간다.

35 _____ 동 안방 안 (밤)

이성계, 인중과 열 손가락 끝에 침을 꽂은 채 죽은 듯이 누워 있다. 이방우, 이방과, 민 씨, 안타깝게 바라보고 앉아 있다. 강 씨와 이지 린, 착잡한 표정으로 곁에 앉은...

이방원   (E) (긴하게) 어머님, 소자 방원입니다.

일동, 보면 이방원, 급히 들어온다.

강 씨   궐에 무슨 일이 있는 것이냐?

이방원   긴히 드릴 말씀이 있으니 다들 사랑채로 드시지요. (민 씨에게) 부 인께선 아버님을 살펴주시오.

민 씨   ...예, 영감.

일동   (의아한)

36 _____ 동 사랑채 안 (밤)

강 씨, 이지린, 이방우, 이방과, 이방원, 앉아 있다.

이방원   삼봉 숙부가 압송되어 순군옥에 갇히셨습니다.

일동   !

강 씨   유배 보낸 사람을 어찌 도성에 들였다는 것이냐?

이방원   필경 삼봉 숙부에게 위해를 가하려는 것입니다.

이방우   (냉랭한) 그따위 역적놈이 무슨 일을 당하건 그게 무슨 상관이라고 이리 호들갑을 떠는 것이냐?

이방원	(답답한) 삼봉 숙부가 당하고 나면 그다음은 아버님임을 모르시겠습니까?
이지란	기거는 방위이 말이 맞다. 정몽주 그 사램이 거 보통 독한 거이 아이다.
이방과	허면 어찌 대처를 하자는 말이냐?
이방원	방도는 단 하나... 정몽주를 죽이는 것입니다.
일동	!
강 씨	방원아...
이방원	지금으로선 그것만이, (하는데)
이방우	(박차고 일어서는) 네 이놈~!!
이방원	(보는)
이방우	역적놈들과 어울려 다니더니 이제 대놓고 살인을 입에 담는 것이냐!! 니놈이 이러고도 유자라 할 수 있는 것이더냐!
이지란	방우야, 어캐 서서 이라니, 앉으라우. (하는데)
이방원	유자이기 이전에... 아버님의 아들입니다.
이방우	닥치지 못하겠느냐! 정몽주는 만고의 충신이니라! 니가 감히 아버님과 조상님의 얼굴에 먹칠을 하려드는 것이냐!
이방원	먹칠이 아니라 아버님과 조상님들의 머리에 면류관을 씌워드리려는 것입니다.
이방우	뭐라?
이방원	제발 현실을 직시하십시오. 형님께선 아버님의 장자! 아버님께서 대업을 이루시면 후일 세자가 되실 몸입니다! 헌데 어찌 이 썩어빠진 나라에 연연하시는 것입니까, (하는데)
이방우	(다가가 뺨을 갈기며) 닥쳐라, 이놈!
이방원	!
강 씨	방우야!
이지란	이거이 어마이 앞에서 뭘 지랄들이네!

이방과　(일어나 방우를 말리며) 형님, 고정을 좀 하십시오.

이방우　(부들부들 떨며) 세자? ...내 분명히 말해두마... 어차피 초야에 묻혀 살기로 작정한 몸이다만 아버님께서 보위에 오르시는 날엔 나 이방우, 성을 갈구 이름을 파버릴 것이다. 그깟 세자 따위 지나가는 개를 주든, 니가 해 처먹든 내 알 바 아니다. (휙 나가는)

이지란　야, 방우야~! 에이... 답답한 놈 같으니...

일동, 착잡하다. 이방원, 노기를 억누르는...

37 ＿＿＿＿ 순군옥 옥방 안 (밤)

정도전, 기대앉아 있다. 문이 철컹 열리는 소리. 걸어오는 발소리. 이내 발소리 멈추고 정도전을 향해 사람의 그림자가 드리워진다. 정도전, 천천히 돌아보면 형리를 대동한 정몽주, 무심한 표정으로 서 있다.

정도전　...포은.

정몽주　죄인을 끌어내게.

정도전　!

38 ＿＿＿＿ 정자 일각 (밤)

일각에서 관졸들이 경계를 서고 있다. 정자 앞에 조촐한 주안상이 차려져 있다. 정몽주, 걸어와 상 앞에 앉는다. 정도전, 조금 병한 표정으로 정몽주를 보는...

정몽주	어서 앉으시게.
정도전	... (앉는)
정몽주	(술병을 들어 제 잔을 채운 뒤 정도전에게 권하듯) 한잔 받으시게.
정도전	(잠자코 술잔을 드는)
정몽주	(따르고) 자, 마시게.
정도전	(보는)
정몽주	아무렴 내가 술에 독이라도 탔을까 싶어 이러는가? ...드세. (마시는)
정도전	(보다가) 아마도 이것이 이승에서의 내 마지막 술이겠구만.
정몽주	(멈칫, 마시고) 방금 전 자네를 참형에 처하라는 어명을 받아냈네.
정도전	... (훌쩍 마시고) 당여들은 어찌 되는 것인가?
정몽주	각자의 유배지로 사약이 가게 될 것일세.
정도전	그들만은 선처해 주시게. 그래야 이 시중이 깨어났을 때 자네의 안전을 도모할 수 있을 것이야.
정몽주	안위 따월 염려하였다면 내 이런 지옥에 발을 들여놓진 않았겠지... 단, 자네 가족들의 목숨은 보장하겠네. 노비가 되는 일도 없을 것이야...
정도전	(엷은 미소) 고맙네... (마시는)
정몽주	(애써 냉랭하게) 어찌하여... 살려달란 말을 하지 않는 것인가?
정도전	(보는)
정몽주	자네는 나를 죽일 수 있었음에도 한사코 그리하지 않았었네. 사정을 봐주었으니 이제 나더러 온정을 베풀어달라 졸라볼 수도 있지 않은가?
정도전	나는 자네가 따라준 이 술 한잔이면 족하네... 고맙네, 포은.
정몽주	...
정도전	내 한잔 따라줌세. (술병 들어 정몽주의 잔에 따르는)
정몽주	(먹먹한 시선으로 보다가) 내가... 귀양 가는 자네에게 맹자를 권하

지 않았다면... 오늘 이런 비극이 일어나지 않았을까?

정도전 그렇다 해두 달라지진 않았을 것이네. 내 스승은... 맹자가 아니라 다른 사람들이니까...

정몽주 (보는)

정도전 나주로 이배를 가서 영춘이란 사람을 만났네. 그 옛날 처음 귀양을 갔을 때 징발을 당해 죽은 줄만 알았었는데 여전히 씩씩하게 살아 남아 있더군. 자식들까지 주렁주렁 달고 말일세. 소재동도 마찬가지... 왜구가 폐허로 만들었던 마을인데 다시 사람이 살고 굴뚝에는 연기가 나더군...

정몽주 그들이 자네의 스승이란 말인가?

정도전 그렇네. 참으로 나약해 보이지만 더없이 끈질기고 강인한 존재... 그게 백성들일세. (후~ 숨 내쉬고) 해서 나는 믿네... 이번엔 아니 되더라도 다음에... 다음에 아니 되더라도 또 그다음에... 언젠간... 진정한 백성의 나라가 이 삼한 땅에 세워질 것이라고 말일세.

정몽주 ...이보게, 삼봉.

정도전 (보는)

정몽주 편히 가시게.

정도전 건승하시게... 포은.

정몽주의 눈에서 눈물이 흐른다. 미소 띤 정도전의 눈가가 젖어온다. 정몽주, 소리죽여 오열한다. 정도전, 후~ 먹먹한 시선으로 하늘을 본다. 두 사람의 모습에서 엔딩.

39회

1 _____ 이방원의 집 외경 (밤)

2 _____ 동 사랑채 안 (밤)

노기 어린 표정의 이방원, 술잔을 비운다. 다시 술을 따르다 멈칫.

이방우　(E) 역적놈들과 어울려 다니더니 이제 대놓고 살인을 입에 담는 것
이냐!!

F.B 》 38회 36씬의

이방우　정몽주는 만고의 충신이니라! 니가 감히 아버님과 조상님의 얼굴
에 먹칠을 하려 드는 것이냐!

현재 》

이방원, 쓸쓸한 듯 피식 웃으며 술 따르는데 조영규, '영감' 하며 들
어온다.

이방원　방우 형님은 어쩌고 계시더냐?
조영규　좀 전에 동북면으로 떠나셨습니다.
이방원　...삼봉 숙부는?
조영규　그게...
이방원　(보는)
조영규　정몽주가 데리고 나가 술을 마시고 있다 합니다.
이방원　...

3 _____ 순군옥 앞 (밤)

정도전, 형리들에게 양팔을 제압당한 채 끌려 들어간다. 일각에서 관졸들과 지켜보는 정몽주, 침통하다.

정몽주   (관졸들에게) 가세... (걸음 떼다 앞을 보고 멈추면)

일각에 조영규와 나란히 서 있던 이방원, 다가선다.

이방원   참으로 눈물겨운 우정이로군요. 삼봉 숙부와 이별주를 하셨다구요?
정몽주   이젠 인사조차 하지 않는 것이냐?
이방원   소생은 삼봉 숙부처럼 맘이 넓지 못해서 말입니다. 아군에겐 인사,
         적에게는 칼... 그게 소생의 신좁니다.
정몽주   아버님께 감사하며 자숙하거라. 시중 대감의 아들이 아니었다면 너
         역시 사약을 기다리는 신세가 되었을 것이니라. (지나쳐가는데)
이방원   아버님께서 낙마하시던 날...
정몽주   (멈춰 보는)
이방원   벽란도에 살수들을 보냈던 것 압니다.
정몽주   ...헌데?
이방원   소생, 언제고... 이에 대한 답례를 하겠습니다.
정몽주   ...한심한 녀석 같으니.
이방원   (홱 노려보는)
정몽주   위험한 놀이는 이제 끝났느니라. 너도 대업 따위는 잊고 하루빨리
         유자 본연의 모습으로 돌아가거라. (가는)
이방원   (노려보는)

4 _____ 이성계의 집 사랑채 안 (밤)

강 씨, 이지란, 이방원이 앉아 있다.

이방원   심봉 숙부는 저자에서 참하고, 조준, 윤소종, 남은 등 당여들은 사
약을 보내 죽인 연후에 수급을 베어 도성에 효수할 것이라 합니다.

강 씨   (눈 감으며) 나무 관세음보살...

이지란   이런 쌍... 도당에선 지금 군권 내노라고 난린데 이거이 미치고 팔
짝 뛰갔구만기래.

이방원   군권을 내놓으라니요?

이지란   삼봉하고 조준 대감이 맡았던 좌군, 우군 총제사 자리에 정몽주 사
람을 앉힐라는 거 같다.

이방원   군권은 최후의 보룹니다. 결코 내주어선 아니 됩니다.

이지란   안 기래두 배극렴 대감하고 몰려가서 난리를 쳤댔는데 이거이 도
통 말로는 상대가 아이 되니... (속 터지는) 에이 쌍! 술이나 처먹으
러 가야갔다. (훌쩍 나가는)

강 씨   (한숨) 나라의 군권을 손에 쥐고도 이리 속절없이 당하고 있어야
하다니... (눈물 그렁해지는) 하늘이 너무 야속하구나...

이방원   (분한... 일어나 나가는)

강 씨   (눈물 흐르는) 대감... 이 일을 어찌하면 좋습니까, 대감...

5 _____ 동 후원 일각 (밤)

식식대며 걸어가는 이지란을 '숙부님!' 하며 잡아 세우는 이방원.

이지란   어캐 이카니?

이방원	더 늦기 전에 정몽주를 도모해야 합니다.
이지란	(손 떼어내며) 니는 방우한테 빰따구까지 맞고 또 그 소리네?
이방원	삼봉 숙부를 저리 죽게 놔둘 순 없지 않습니까!
이지란	(큼)
이방원	숙부님께서 좀 도와주십시오.
이지란	...? 도와달라이?
이방원	제가 앞장을 설 터이니 숙부님께선 사병들과 뒤만 받쳐주십시오.
이지란	(고심하는)
이방원	숙부님...
이지란	내는... 못한다.
이방원	!
이지란	내 명색이 무장인데 암살 겉은 비겁한 짓을 어캐 한단 말이니?
이방원	지금 그런 것을 따질 계제가 아니지 않습니까?
이지란	기래두 내는 못한다잖네!
이방원	숙부님!
이지란	성님이 정몽주를 을매나 아끼는지 모르네? 아끼는 정도가 아이라 존경이야, 존경! (단호히) 성니메 깨어나서리 모가지 부러지고 싶지 않으문 방위이 니도 생각 고쳐묵으라우. (가는)
이방원	(답답한)

6 _____ 대궐 침전 안 (밤)

공양왕과 정몽주, 앉아 있다.

정몽주	공석이 된 좌군과 우군 총제사엔 이숭인과 권근을 제수하여 주시옵소서.

공양왕	경의 뜻대로 하세요. 그나저나 이성계는 어찌하실 작정이시오? 저러다 갑자기 벌떡 일어나기라도 하면 공든 탑이 일거에 무너질 수도 있지 않소이까?
정몽주	...군권의 일부를 되찾은 연후에... 탄핵을 할 것이옵니다.
공양왕	...! 단핵?
정몽주	사람이 죽고 사는 것은 하늘에 달린 것이나 이성계는 역심을 품은 권신... 하늘의 처분을 기다리기 이전에 고려의 이름으로 처단해야 하옵니다.
공양왕	(보는)
정몽주	(결연한)

7 _____ 이성계의 집 안방 안 (밤)

이성게, 죽은 듯이 누워 있다. 강 씨, 더운물이 담긴 대야에 헝겊을 적셔서 짜고 있다. 문이 열리고 취기가 조금 엿보이는 이방원, 들어온다.

강 씨	방원아.
이방원	...소자가 하겠습니다. 어머님께선 좀 쉬십시오.
강 씨	술을 먹은 것이냐?
이방원	... (손 내밀며) 이리 주십시오.
강 씨	(속상한 마음이 전해지는) 알았다. (헝겊 건네주고 나가는)

이방원, 앉아서 헝겊을 물에 적셔 짠다. 이성계의 얼굴 위로 가져가다가 멈춘다. 무언가 속에서 분노 같은 것이 치밀어 오른다. 헝겊 옆에 놓고 탄식을 토하는 이방원. 눈에 눈물이 그렁하다...

이방원 어찌 이리 태평하십니까? ...아버님께서 평생 동안 쌓아올린 것들이 산산조각 나고 있단 말입니다... 대업의 불씨가 꺼져가고 있습니다... 어서 일어나십시오... 어서 일어나시어... 용상에 앉으셔야 하지 않습니까... (울컥) 아버님... 제발... 일어나십시오...

이성계 ...

8 _____ 순군옥 옥방 안 (밤)

정도전, 착잡한 표정으로 앉아 있다.

이성계 (E) 명나라에서 돌아오시문 동북면에 한번 놀러 오겠수까?

F.B 》 18회 32씬의

이성계 내도 개경에 오문 선생 집에 놀러 가갔수다.

정도전 장군...

이성계 (농담처럼 옅게 웃으며) 내 대업을 같이 하갔다고 한 거 아이오... 말벗이나 하문 재밌갔다 싶어서리 이러는 게요... 포은 선생은 다 좋은데 너무 점잖해서 말이우다.

현재 》

정도전, 희미한 미소를 머금는...

F.B 》 31회 7씬의

이성계 옛날에 내한테 모든 백성이 군자가 되는 나라를 맹글겠다 했었지 비? 내를 그 멋들어진 나라의 임금으로 맹글어 주시우다.

현재》

정도전, 먹먹해진다. 자리에서 일어난다. 옷매무새를 단정히 하고
바깥쪽을 향해 서는...

정도전   주군... 대업을 이루지 못하고 먼저 가는 소신의 불충을 용서하여
주시옵소서...

정도전, 숙배를 올린다. 엎드린 채 멈춘다 싶더니 그의 등이 가늘게
떨린다. 눈물이 흐르는...

9 _____ 다시 이성계의 집 안방 안 (밤)

이성계를 바라보고 앉은 이방원. 조금 감정이 진정된 듯한... 강 씨,
들어온다

강 씨   고생했다, 방원아... 이제 그만 집으로 가 쉬거라.

이방원   ...예. (일어나는데)

이성계   (가늘게) 으...

강 씨·이방원 ...! (돌아보면)

이성계   (조금 분명하게) 으~...

이방원   아버님!

강 씨   대감! (외치는데)

이성계   (신음이 비명으로 바뀌며 몸이 경련을 일으키는)

이방원   (부여잡으며) 아버님!!

강 씨   (헉!) 밖에 아무도 없느냐! 의원을 불러라, 어서!

이방원   정신 차리십시오! 아버님! 소자 방원입니다!

이성계의 처절한 비명. 이지란, 뛰쳐 들어온다.

이지란   성니메!
이성계   (끄아~~!! 처절한 비명을 지르다 어느 순간 눈을 부릅뜨는)
강 씨   (헉!) 대감...
이방원   아버님!!!

이성계의 핏발 선 두 눈과 일그러진 얼굴에서 F.O

10 _____ 정몽주의 집 외경 (낮)

11 _____ 동 대청 + 마당 안 (낮)

정몽주, 안방에서 천천히 나오고 하인, 댓돌 위 신발을 가지런히 한다.
대청 끝에 선 정몽주, 햇살에 눈이 부신 듯 마당을 일별한다. 내려서려는 찰나 일각에서 개가 달려와 정몽주의 신발 한 짝을 잽싸게 물고 간다. 하인, '어!' 하고, 정몽주 보면, 저만치 물러나 신발을 문 채 정몽주를 응시하는 개.

하인   (당황해서) 아니 저 망할 놈이... (하면서 다가가면)

후다닥 도망치는 개. 하인, '야, 이놈아!' 쫓아가고 정몽주, 물끄러미 본다.

12 _____ 빈청 정몽주의 집무실 안 (낮)

정몽주, 들어와 앉는다. 착잡해지는데 이첨, '대감' 하며 들어온다.

정몽주 마침 잘 왔네. 이첨... 내 간관들에게 지시할 것이 있으니, (하는데)
이첨   큰일났습니다.
정몽주 ...? 큰일이라니?
이첨   (당혹스러운)

13 _____ 순군옥 옥방 안 + 앞 (낮)

형리들에게 결박당한 정도전, 옥방 앞에 선 관원1 앞으로 끌려 나
온다. 정도전, 긴장한 기색이 역력하다.

관원1   처형장으로 가시지요.
정도전 (눈망울이 조금 떨리는, 이내 초연하게) ...가세.
관원1   끌고 가라.
형리들 (정도전을 끌고 가려 하는데)
관원2   (E) 멈춰라!

정도전, 보면 나이 지긋한 관원2, 급히 나타난다. 관원1과 형리들,
인사하는...

관원2   포박을 풀어라.
정도전 (보는)
관원1   예?

관원2	포박을 풀라 하지 않느냐? 처형이 연기되었다.
정도전	!
형리들	(포박을 푸는)
정도전	...이유가 뭔가?
관원2	(큼, 대꾸 없이 가면)
정도전	(서서히 감이 잡히는, 중얼대듯) 주군...

14 _____ 이성계의 집 안방 안 (낮)

이성계, 파리한 안색으로 비스듬히 서안을 짚고 앉아 있다. 흐뭇한 미소의 이방원. 기쁨으로 인해 눈자위가 벌건 강 씨가 지켜보고 있다.

15 _____ 동 마당 안 (낮)

갑옷을 입은 이지란, 배극렴 그리고 이방과 앞에 재상들이 도열해 있다. 백관들이 속속 들어와 뒤에 줄지어 선다.

이지란	간나새끼들... 코빼기도 아이 보이던 것들이 낯짝 들이밀라고 지랄 떠는 꼬락서니 좀 보시우다.
배극렴	그러게나 말입니다. 쥐새끼 같은 놈들... (하는데)
이방과	저기 나오십니다.

일동, 보면 안채에서 이방원의 부축을 받으며 나오는 이성계. 좌중, 긴장해서 본다. 이성계, 천천히 좌정하여 굽어보는...

재상1	(얼른 눈치 살피고 무릎 꿇으며) 시중 대감! 쾌유를 경하드리옵니다!

이성계의 측근을 제외한 백관들, 일제히 무릎 꿇으며 '경하드리옵니다!'를 외친다.

이성계	...바쁘실 터인데 이리들 와줘서 고맙소.
일동	(보는)
이성계	이 사람이 사고를 당하기 전에 문하시중을 사직하려 했으나 전하께옵서 황공하옵게도 수차 불윤비답을 내려주셨소이다. 더 이상 사직을 고집하는 것은 전하에 대한 불충.... 이 사람은 사직의 뜻을 철회할 것이오.
일동	!
이성계	이 사람이 완쾌될 때까지는 여기가 도당이고, 조정입니다. 지금 이후로 도당과 조정의 모든 일은 여기서 이 사람의 허락을 득해야 할 것이오...
일동	(긴장하는)
이성계	...내 분명히 얘기하였소이다.

16 _____ 빈청 정몽주의 집무실 안 (낮)

정몽주, 이숭인, 권근, 이첨이 앉아 있다.

이숭인	이성계는 지금 수시중 대감의 권한을 부정하는 월권을 자행하고 있습니다.
권근	아무리 몸이 불편하다 하나 자기 집을 가리켜 도당과 조정이라 하다니... 이자가 갈수록 역심을 노골적으로 드러내고 있습니다.

이첨	발등에 떨어진 불이 하나 더 있습니다.
정몽주	뭔가?
이첨	이성계가 전하께 정도전 일파의 사면을 주청했다 합니다.
정몽주	(심각해지는)
이첨	형부에서도 처형의 집행을 무기한 보류했습니다.
권근	괘씸한... 이자들이 감히 수문하시중 대감의 동의도 없이...
정몽주	(일어나는)
이숭인	사형... (하는데)

정몽주, 대꾸도 없이 나가고 권근, 이첨, 이숭인, 침통한 모습 위로.

정몽주	(E) 소신이 이성계의 사가로 가겠사옵니다.

17 _____ 대궐 침전 안 (낮)

공양왕, 놀라서 정몽주를 본다.

공양왕	거길 가서 무엇을 어쩌시려구요?
정몽주	소신이 이성계를 만나 담판을 짓겠사옵니다.
공양왕	허나 이 시중은 우리가 자기를 죽이려 했던 것을 알고 있소이다. 경의 안위를 장담할 수 없단 말입니다.
정몽주	그래도 가야 하옵니다. 지금 조정의 대소신료들과 백성들의 시선이 전하와 소신을 향하고 있사옵니다. 이럴 때에 소신이 몸을 사린다면 대세가 이성계에게 기우는 것을 막을 수 없을 것이옵니다.
공양왕	수시중...
정몽주	소신 정몽주, 반드시 기쁜 소식을 갖고 돌아오겠사옵니다.

| 공양왕 | (먹먹한) 꼭 무사히 돌아와야 하오. |
| 정몽주 | ... |

18 _____ 다시 빈청 정몽주의 집무실 안 (낮)

정몽주, 앉아 있다. 이첨, 곁에 서 있다.

이첨	이성계가 대감의 문병을 수락하겠다 전해왔습니다.
정몽주	...알았네. 그만 나가보시게.
이첨	(어두운 기색으로 인사하고 나가는)
정몽주	(일어나 책상으로 가 단검을 꺼내 드는, 결연해지는)

19 _____ 이성계의 집 앞 + 마당 안 (낮)

(슬로우) 담벼락에 병사들이 줄지어 서 있다. 삼엄한 경계망 사이로 정몽주, 의연하게 걸어와 대문 앞에 선다. 대문이 안에서 열리면 창검을 든 병사들이 노려보고 있다. 정몽주, 마당 안으로 들어서면 병사 두 명이 대문을 닫는다. 덩그러니 서 있던 정몽주, 안채 쪽을 보면 이방원, 강 씨, 배극렴, 이지란, 이방과가 적대감 가득한 시선으로 바라본다. 그들을 하나하나 지나치며 걸어 들어가는 정몽주...

20 _____ 동 안방 안 (낮)

이성계, 서안에 기대듯 앉아 고개를 숙이고 있다. 정몽주, 들어선다.

이성계, 미동도 않고... 정몽주, 앉는다.

정몽주   수시중 대감...

이성계   (천천히 고개를 드는... 핼쑥한 안색에 속내를 알 수 없는)

정몽주   (보는)

이성계   이거... 오랜만이우다...

정몽주   쾌유를 감축드립니다.

이성계   (중얼대듯) 쾌유를 감축한다... 쾌유를...

정몽주   아직은 조리가 더 필요해 보이십니다. 도당과 조정은 이 사람에게 맡기고 병부터 다스리십시오.

이성계   그 얘긴 나중에 하고 일단은 순군옥으로 가서 삼봉을 데리고 이리로 오시우다.

정몽주   처형의 교지가 이미 내려졌습니다. 풀어줄 순 없습니다.

이성계   가서... 삼봉 손 꼭 잡구... 데려오시우다.

정몽주   어명입니다. 번복은 불가합니다.

이성계   어명...? 내는 맴만 묵으문 지금이라도 금상 모가지를 따버리구 용상에 앉을 수도 있수다.

정몽주   힘이 있으시니 못할 거야 없겠지요. 허나 백성들은 용상에 앉아 있는 대감을 임금이 아니라 사람 때려잡는 거골장으로 여길 것입니다.

이성계   (미간이 꿈틀하는)

21 ＿＿＿ 동 사랑채 안 (낮)

이지란, 강 씨, 이방원, 앉아 있다.

강 씨   몸도 성찮으신 분이 저리 독대를 해도 되는 것이겠습니까?

이지란	기껏해야 말싸움밖에 더 하겠슴메? 걱정 마시우다.
이방원	(불안한) 소자가 가보겠습니다. (일어나는)
이지란	아, 일 없다는데두 이카니, (하는데)
이방원	(획 나가는)
이지란	(쩝)

22 _____ 동 안방 앞 마당 (낮)

칼을 든 이방원, 걸어와 대청 앞에 선다. 묵묵히 귀를 기울이는...

23 _____ 다시 안방 안 (낮)

정몽주	삼봉은 아니 됩니다. 다른 요구를 말씀해 주십시오.
이성계	내를 더는 화나게 하지 마시우다. 가서... 삼봉하고 같이 오시우다.
정몽주	(작심한 듯 품에서 단검을 꺼내는)
이성계	...! (보는)
정몽주	(단검을 뽑아 칼집을 던지는)
이성계	기딴 걸루 내를 어캐 할 수 있다 생각하시우까?
정몽주	(이를 악물고 노려보는)

24 _____ 동 안방 앞마당 + 대청 (낮)

서 있는 이방원의 모습 위로...

이성계 (E) 이 뭐 하는 짓이우까!!

이방원 ...! 아버님... (칼을 뽑으며 튀듯이 대청으로 올라가는데)

정몽주 (E) 선택하십시오!

이방원 (멈칫)

25 _____ 다시 안 (낮)

정몽주 앞에 놓인 예리한 단검. 이성계, 노기 어린.

이성계 선택?

정몽주 (비장한) 삼봉과 소생의 목숨 중에... 하나를 선택해 주십시오!

이성계 !

정몽주 이것이 소생의... 마지막 제안입니다.

이성계 (노려보다가 끙! 서안을 짚고 기듯이 정몽주 앞에 다가앉으며 칼을 쥐어 드는) 용감한 척 허세 떨지 말라우! 내 당신을 못 죽일 거 같아 이카니!

정몽주 결심이 섰으면 죽이십시오. 망설이지 말구.

이성계 (울컥, 정몽주의 목에 칼을 갖다 대는) 기래... 기케 뒈지는 거이 소원이문... 알았다, 내 죽여주가서.

정몽주 (눈을 지그시 감는)

이성계, 노려본다. 칼을 쥔 손이 부들부들 떨린다. 정몽주, 덤덤하다. 잠시 후, 툭 무언가 떨어지는 소리. 정몽주, 천천히 눈을 뜨면 내심 놀란다. 일각에 나동그라진 단검. 이성계가 서안에 기대 비스듬히 앉아 있다. 처연한 눈빛이다.

이성계	선생... 이카는 거 아이오.
정몽주	(보는)
이성계	내 임금 돼서 어깨 힘 주구 부귀영화 누릴라고 이카는 줄 아시오? 내는 임금이 돼두 나랏일은 삼봉하고 포은한테 다 맽길 거우다... 두 사람 하갔다는 거 무조건 밀어주구, 방해하는 놈들은 모조리 잡아 넣구, 외적들이 쳐들어오문 깡그리 박살내구... 내는 그것만 할라는 거란 말이우다... 기라문 분명히 지금보다 나은 세상을 맹글 수 있다고 내는 믿수다. 그런데 그게 그렇게두 천벌을 받을 짓이우까?
정몽주	...

26 _____ 다시 안방 앞 대청 (낮)

이방원, 심각하게 듣고 있는...

27 _____ 다시 안방 안 (낮)

정몽주	어서... 선택을 해주십시오, 대감.
이성계	(원망스러운 시선으로 보다가 천천히 두 팔을 짚고 부복하듯 엎드리는)
정몽주	...! 대감.
이성계	(간절히) 내 이렇게 간청하우다... 제발... 함께해 주시우다.
정몽주	...
이성계	내... 그리고 삼봉... 기케 다 함께... 좋은 세상을 맹글어 보시우다...
정몽주	...죄송합니다.
이성계	(보는)

정몽주	무슨 말씀을 하셔도 소생의 입장은 바뀌지 않습니다.
이성계	(원망과 분노가 뒤섞인)
정몽주	대감께서 정 선택을 못 하시겠다면 소생이 도와드리겠습니다. 돌아가 삼봉에 대한 처형을 지시하겠습니다.
이성계	그만... 나가시우다.
정몽주	대감...
이성계	(버럭) 날래 나가라 하지 않습꾸마!!
정몽주	... (일어나는)
이성계	나 이성계... 지금 이 시간부로... 당신과... 절연한 것이우다.
정몽주	... (나가는)
이성계	...

28 _____ 동 안방 앞 대청 + 안방 안 (낮)

정몽주, 안방 문을 열어젖히고 나온다. 착잡한 듯 옅은 한숨... 이내 마당으로 내려가 사라진다. 구석에서 모습을 드러내는 이방원, 사라지는 정몽주를 일별하더니 열린 문으로 방안을 바라본다. 이성계, 엎드린 채로 꼼짝도 않는다. 이방원, 생각이 많아지는...

29 _____ 순군옥 옥방 안 + 앞 (낮)

정도전, 조금은 벙한 표정으로 앉아 있다.

이방원	(E) 북망산 앞에서 되돌아오신 기분이 어떠십니까?

정도전, 보면 이방원, 보퉁이를 든 채 옅은 미소로 서 있다.

정도전   (일어나 다가서는) 방원아. 아버님께서 정신을 차리신 것이더냐?

이방원   아직 거동은 많이 불편하십니다. 사가에서나마 도당과 조정을 장
악하기 위해 애를 쓰고 계십니다.

정도전   포은은... 포은은 어찌하고 있느냐?

이방원   아버님을 대면하여 숙부님과 자기 중에 양자택일을 요구하였습니다.

정도전   !

이방원   아버님께서 많이 흔들리고 계십니다... 숙부님께서 아버님의 선택
을 도와주십시오.

정도전   그게 무슨 소리냐?

이방원   지필묵을 가져왔습니다. 정몽주를 포기하라 설득하는 서찰을 써
주십시오.

정도전   (심각해지는)

이방원   지금 아버님의 결난을 도울 분은 숙부님뿐입니다.

정도전   ...

이방원   어찌... 망설이는 것입니까?

정도전   ...물러가거라.

이방원   (싸늘해지는) 숙부님.

정도전   아버님께 맡겨둘 것이다... 이건 아버님의 싸움이야.

이방원   애초에 숙부님이 시작했던 싸움입니다! 아버님께 떠넘기지 마시고
끝까지 대업을 책임지는 모습을 보여주십시오!

정도전   (이방원의 멱살을 확 낚아채는)

이방원   !

정도전   포은을 제거하면 민심도, 대업의 정당성도 한꺼번에 사라지는 것
이다. 가서 아버님께 전하거라. 포은은 대업의 적이 아니라, 대업의
요체이니 어떻게든 살릴 방도를 찾아야 한다구... 결코 포은을 제거

하면 아니 된다구.

이방원 허면 숙부님께선 이대로 죽어도 좋다는 말씀이십니까?

정도전 ... (멱살 풀고) 이미 한번 죽었던 목숨이다. 대업을 위한 순교자가 될지언정 포은의 피 위에서 찬탈의 동조자로 살진 않을 것이다.

이방원 (기막힌 듯 허! 하는)

정도전 ...

30 _____ **이방원의 집 사랑채 안 (낮)**

바닥에 내던져지는 보퉁이. 붓과 종이 따위가 보퉁이 밖으로 모습을 드러낸다. 서안 앞에 앉은 이방원, 고심하는데 민 씨, 다과상을 들고 들어온다.

이방원 생각 없으니 가져가세요. 혼자 있고 싶소.

민 씨 (다과상을 내려놓고 앉는)

이방원 (보는)

민 씨 일이 여의치가 않은 것입니까?

이방원 ...해답이 뻔히 나와 있는데 모두들 그것이 답이 아니라 부정하고 있습니다.

민 씨 영감께서 생각하시는 그 답이란 것은... 정몽주를 죽이는 것입니까?

이방원 (조금 놀란 듯 보다가) ...그렇소. 허나 아버님은 망설이시구 삼봉 숙부는 차라리 순교를 하겠다고 저러시니... (쓸쓸한 듯 피식)

민 씨 그분들은 다른 답이 있다고 믿는 것이겠지요.

이방원 부질없는 미련일 뿐입니다. 다른 해답은 없습니다.

민 씨 미욱한 소첩의 생각으로는... 영감 역시 아직은 미련이 남아 있는 듯합니다.

이방원	(보는)
민 씨	확신이 서면 그것이 무엇이든 결행하는 영감이십니다. 그런 영감께서 이토록 주저하고 망설이시는 것은... 아직 그 해답이란 것에 확신이 서지 않아서일 것입니다.

이방원, 생각한다. 그의 시선이 나동그라진 지필묵에 가 닿는...

31 _____ 이색의 집 안방 안 (낮)

이색, 우현보, 정몽주, 앉아 있다.

정몽주	형부에 다시금 삼봉과 당여들에 대한 처형을 지시할 것입니다.
우현보	그러다 이성계에게 반란의 빌미만 주게 되는 게 아니겠소?
정몽주	어차피 지금도 마음만 먹으면 고려를 무너뜨릴 수 있는 사람입니다. 명분 없는 살생을 두려워하는 사람이니 우리가 결연한 의지를 보여주는 것이 중요합니다. 삼봉과 그의 당여들만 사라지면 이성계는 역성을 포기하게 될 것입니다.
우현보	허면... 이 사람은 왕실의 종친과 인척들을 규합하여 힘을 실어드리겠소이다.
정몽주	감사합니다. (이색에게) 스승님께선 유림의 어른들을 만나주십시오.
이색	유림은 걱정하지 말거라... 내가 걱정스러운 것은... 몽주, 너의 안위이다.
정몽주	...
이색	이성계를 따르는 무리들 중 누가, 언제 무슨 짓을 할지 모른다. 조심해야 하느니라.
정몽주	아무리 조심을 한들 저들이 무력으로 나온다면 소생이 어찌 감당

하겠습니까? 역심을 품긴 하였으나 그리 무도한 자들은 아니니 너무 심려 마십시오, 스승님.

이색　(걱정스러운) 몽주야...

정몽주　(옅은 미소)

32 ＿＿＿ 대궐 앞 (낮)

정몽주, 걸어온다.

조영규　(E) 수시중 대감.

정몽주, 보면 서찰을 든 조영규, 다가와 인사한다.

조영규　이방원 영감이 이걸 전해드리라 하였습니다.

정몽주　(받으며) 이게 뭔가?

조영규　대감을 초대하는 서신입니다.

정몽주, 보면 조영규, 인사하고 물러간다. 정몽주, 서찰을 꺼내 보면 한자로 '하여가何如歌'가 적혀 있다. 정몽주, 생각하는...

33 ＿＿＿ 이방원의 집 마당 안 (밤)

정몽주, 들어온다. 기다리고 있던 이방원과 민 씨, 인사한다.

민 씨　어서 오십시오, 수시중 대감...

정몽주	(보는)
이방원	(공손한) 어서 안으로 드시지요.
정몽주	...

34 _____ 동 사랑채 안 (밤)

상석의 정몽주, 이방원과 주안상을 마주하고 앉아 있다.

이방원	무례할 수도 있는 초대였는데 흔쾌히 응해주셔서 감사합니다... 숙부님.
정몽주	(숙부 소리에 보는)
이방원	(진지한)
정몽주	아버님께서 너를 통해 전할 말씀이 있는 듯싶어 온 것이다.
이방원	오늘은 소생이 숙부님께 드릴 말씀이 있어 뫼신 것입니다. (술병 들어 정몽주의 잔에 공손히 따르는) 우선 술부터 한잔하시지요. 소생이 만수산에서 캐온 칡으로 담근 것입니다.
정몽주	(보다가 서찰을 꺼내 툭 던지는) 허면 무슨 의도로 이따위 한시를 적어 보낸 것이냐?
이방원	거기 적어놓은 그대롭니다. 다른 의도는 없습니다.
정몽주	(읊조리는) ...이런들 어떠하리... 저런들 어떠하리... 만수산 드렁칡이 얽혀진들 어떠하리... 우리도 이같이 얽혀... 백 년까지 누리리라...

〈자막〉何如歌(하여가): 此亦何如彼亦何如 城隍堂後垣頹落亦何如 我輩若此爲不死亦何如

| 정몽주 | (쓸쓸한 듯 피식) 지조를 꺾구 시류에 편승하여 부귀영화나 누리며 |

살자는 얘기이니... 내가 이런 어설픈 회유에 넘어가리라 믿었더냐?

이방원   회유이기 이전에... 숙부님에 대한 소생의 진심이구, 설득이구, 부탁입니다.

정몽주   너의 진심은 받아들이마. 허나 평생을 지켜온 신념과 절의를 꺾을 수는 없느니라.

이방원   숙부님의 대쪽 같은 지조와 절개는 분명 만인의 귀감일 것입니다. 허나 산에는 대나무만 있는 것이 아니라 비틀리고 꼬인 칡넝쿨도 있는 것입니다. 그 모든 것이 어우러져 비로소 산을 이루는 것일진대 어찌 대나무만을 고집하십니까? 한 번쯤은 역사의 도도한 흐름에 몸을 맡기실 수도 있지 않습니까?

정몽주   위에서 아래로... 자연의 순리대로 흐르는 물이었다면 내 진작에 그리하였겠지. 니가 말하는 역사의 흐름이란 결국 역류... 반역일 뿐이니라.

이방원   숙부님!

정몽주   (보는)

이방원   제발... 한 번만 꺾어주십시오.

정몽주   (보다가) ...받거라. (소매에서 서찰을 꺼내 놓는)

이방원   (보는)

정몽주   이건 너의 진심에 대한 나의 대답이다. 아버님께 전해드리거라. (일어나 나가는)

이방원, 서찰을 꺼내 펼친다. 단심가의 내용이 한자로 적혀 있다. 이방원, 표정이 굳어지는...

35 _____ 이방원의 집 앞 (밤)

말고삐를 잡은 시종의 안내를 받으며 정몽주, 말을 타고 떠난다. 지켜보던 민 씨, 들어간다.

36 _____ 다시 사랑채 안 (밤)

이방원, 서찰을 앞에 두고 생각에 잠겨 있다. 민 씨, 들어와 앉는다.

민 씨   얘기는 어찌 되었습니까?
이방원   (서찰을 일별하며, 옅은 한숨)
민 씨   (서찰 보고) 이게 무엇입니까?
이방원   부인이 내게 얘기했던 것입니다... 확신 말입니다...
민 씨   (보는)
이방원   (결심하는)

37 _____ 거리 (밤)

백성들이 오간다. 눈을 감은 채 시종이 끄는 말을 타고 오는 정몽주...

정몽주   (눈을 뜨는, 뭔가 생각난 듯) 멈추거라. 선지교로 가자. 예까지 온 김에 전 판개성부사 유원 대감의 빈소에나 들어야겠다.
시종   밤이 깊었습니다. 속히 사가로 돌아가시는 게 좋지 않겠습니까?
정몽주   ...길을 잡거라.

시종, 말을 돌리는데 말이 멈춰 서서 움직이지 않는다. 시종, 당황해서 '이놈이!' 잡아끌어 보는데 꿈쩍도 하지 않는 말.

정몽주 됐다... 녀석도 좀 쉬고 싶은 것이지... (말에서 내리는) 내 산보 삼아 다녀올 터이니 이놈을 끌고 사가로 먼저 가거라.

시종 (걱정스러운) 대감마님...

정몽주, 걸어간다. 시종, 말을 끌고 사라진다. 일각에서 나타나는 사내들. 조영규, 조영무, 고여, 이부, 철퇴를 든 조평 등 5인이다. 긴장한...

38 _____ 이방원의 사랑채 안 (밤)

서안 앞. 정좌해 있는 굳은 표정의 이방원. 결연하고 비통한...

39 _____ 다리 (밤)

정몽주, 걸어와 멈춘다. 조금 지친 듯 난간에 기대선다. 문득 다리의 전경이 눈에 들어온다. 먹먹해지는...

정도전 (E) 협력할 수 있는 것은 최대한 협력하겠네. 당장 계민수전도 내려놓겠네.

F.B》36회 8씬의

정몽주 ...무슨 뜻인가?

정도전	자네를 적으로 대하고 싶지 않다는 뜻이네.

현재》

정몽주, ...

F.B》27씬의

이성계	(간절히) 내 이렇게 간청하우다... 제발... 함께해 주시우다.
정몽주	...
이성계	내... 그리고 삼봉... 기케 다 함께... 좋은 세상을 맹글어 보시우다...

현재》

정몽주, 마음을 다잡듯 숨 내쉬고 걸어가다가 멈칫한다.

앞에 고여, 이부, 조평이 살기 띤 눈으로 서 있다.

정몽주	웬 놈들이냐...
조영규	(E) 수시중 대감.

정몽주, 돌아보면 조영규, 조영무, 서 있다.

정몽주	방원이가 보낸 것이냐?
조영규	이방원 영감의 말씀 먼저 전하겠소이다.
정몽주	...
조영규	대업을 위해서는 어쩔 수 없는 일이니 용서해달라 하셨소이다.
정몽주	내 이런 순간이 오리라 예감은 하고 있었다만... 정녕 천하의 몹쓸 망종이 아니더냐?
조영무	닥치시오!
정몽주	(피식) 방원이에게 전하거라... 고려의 충신으로 죽게 해주어 고맙

다고... 이제 너희의 대업은 그 어떤 이유로도 용서받을 수 없는 찬
탈이 되어버렸다구...

조영규   (눈짓하면)

일당들   (칼을 뽑아 들고 서서히 다가서는)

정몽주   (노려보는) 네 이놈들~!!

40 _____ 이방원의 사랑채 안 (밤)

불안해하는 이방원의 모습...

41 _____ 이성계의 집 안방 안 (밤)

서안 앞에 이마를 괴고 고민하던 이성계, 문득 눈을 뜬다. 강 씨에
게...

이성계   가마를 대령하시우다... 내 순군옥에 가서리 삼봉 선생을 만나야겠
습꾸마.

강 씨   그리하시어요, (일어나는데)

이지란   (E) 성니메!

일동, 보면 서찰을 든 이지란, 뛰어 들어온다.

이지란   큰일났수다!

강 씨   큰일이라니요?

이지란   (차마 말 못 하면)

이성계   ...뭔 일이네?

이지란   ... (서찰 주는) 이것부터 먼저 보시우다.

이성계   (불길한 예감에 얼른 펴서 보는)

정몽주(Na) 소생 정몽주, 존경하는 장수이자 평생의 벗, 이성계 내삼에게 시 한 수 적어 보냅니다...

이성계, 미간이 꿈틀한다. 그 위로... (E) 바람을 가르는 검 소리!

42 _____ 다시 다리 (밤)

욱! 비명을 토하는 정몽주, 조영무의 칼에 가슴을 베인 채 휘청 뒤로 물러선다. 상처를 움켜쥔 손 위로 피가 쏟아지고... 뒤에서 고여가 칼을 휘두르면, 윽! 다시 앞으로 한두 걸음 나서기면... 그렇게 난자당하는 모습 위로...

정몽주(Na) 이 몸이 죽고 죽어... 일백 번 고쳐 죽어... 백골이 진토되어... 넋이라도 있고 없고... 임 향한 일편단심이야... 가실 줄이 있으랴...

〈자막〉丹心歌(단심가): 此身死了死了一百番更死了 白骨爲塵土魂魄有也無 向主一片丹心寧有改理也歟

마침내 털썩 무릎을 꿇는 정몽주. 조영규, 조평이 든 철퇴를 낚아챈다. 정몽주, 기가 빠져나가듯 신음을 토한다. 조영규, '으아!' 철퇴를 내려친다. 픽! 하는 둔음과 더불어 (슬로우) 맥없이 쓰러지는 정몽주. 피가 철철 흘러내리는... 꿈틀대던 손가락이 어느 순간, 멈춘다. 두려운 듯 지켜보는 조영규와 일당들. 벌겋게 충혈된 두 눈을 부릅뜬 정몽주의 시체.

43 _____ 다시 이성계의 안방 안 (밤)

이성계의 손에서 서찰이 떨어진다. 이성계, 괴상한 신음을 토한다.
몸이 떨리고 눈물이 그렁해진다. 마침내 통곡으로 변하는... 절규
같은 비명을 지르며 몸부림치듯 울부짖는 이성계...

이성계   (절규하듯) 포은 선생~~!!

44 _____ 저잣거리 (밤)

배극렴, 병사들과 정도전을 부축해서 걸어온다.

정도전   (불길한) 내가 어찌 풀려나는 것입니까?
배극렴   (착잡한) 가보시면 압니다.
정도전   설마... 포은의 신상에 무슨 문제가 있는 것입니까?
배극렴   (멈추는, 어딘가 가리키며) 저깁니다.

정도전, 보면 조영규의 무리들과 관졸들이 무언가를 에워싸고 있
다. 겁에 질린 백성들. 불길함이 엄습하는 정도전, 냅다 뛰어가 조
영규를 밀치고 안을 들여다보면, 정몽주의 처참한 시체.

정도전   (헉!) 포은... (주춤 다가가 주저앉는... 어쩔 줄을 몰라 하며) 포은...
이게 어찌 된 일인가 여기서 어찌 이러고 있는 것이야!! (울음 터

지며 정몽주를 끌어안는) 포은~!!!

해설(Na)　포은 정몽주... 경상도 영천에서 태어난 그는 어릴 적 몽란, 몽룡으로 불리다가 주나라의 명재상 주공의 이름을 따 몽주로 개명했다. 대과의 초장, 중장, 삼장에서 모두 장원을 차지할 정도로 명석했는데, 스승인 이색은 그를 가리켜 횡설수설을 하여도 이치에 닿지 않는 바가 없다며 고려 성리학의 조종이라고 극찬하였다. 당대 최고의 외교가로서 경색됐던 명나라와의 관계를 개선하는가 하면 왜구에게 잡혀갔던 수백 명의 고려 백성을 귀국시켰다. 유교식 상례를 정착시키고 신법을 만드는 등 많은 업적을 남겼다. 위화도 회군으로 권력을 장악한 이성계와 함께 고려의 개혁을 추진하였지만 역성혁명에 반대하며 갈라섰다. 망해가는 고려를 지키기 위해 이성계와 첨예하게 대립했던 그는 서기 1392년 4월 선죽교에서 이방원이 보낸 자객들에 의해 비참한 최후를 맞는다. 고려에 대한 일편단심으로 목숨까지 바쳤던 정몽주의 충절은 그가 남긴 단심가와 더불어 오늘을 사는 우리에게 잔잔한 감동과 교훈을 던져주고 있다. 본관은 영일, 시호는 문충이다.

일각에서 나타나는 누군가... 침통한 표정의 이방원이다.

정도전　(으흐흐 울다가) 포은... 포은!!!

절규하는 정도전, 죽은 정몽주, 침통한 이방원의 얼굴에서 엔딩.

40회

1 _____ (39회 엔딩에서 이어지는) 저잣거리 (밤)

정도전 (으흐흐 울다가) 포은... 포은!!!

오열하는 정도전을 착잡하게 바라보는 이방원...

2 _____ 이성계의 집 안방 안 (밤)

서안 위, 정몽주의 단심가가 적힌 서찰. 눈물이 그렁한 이성계, 떨리는 손으로 서찰을 쥐고 있다. 이지란과 강 씨, 침통한 표정으로 앉아 있다.

강 씨 (이지란에게) 정녕 방원이가 사주한 짓이 맞는 것입니까?
이지란 야... 그놈은 서 섭도 없이 어캐 이딴 짓을... 에이 쌍...
이성계 (생각하는)

F.B》37회 14씬의
이방원 삼봉 숙부와 정몽주, 모두를 가지려는 마음이신 거 압니다. 허나 그것은 욕심입니다.

현재》
이성계 ...지라이.
이지란 야?
이성계 방워이 지금 어디메 있다든?
이지란·강 씨 (보는)

3 _____ 거리 (밤)

이방원, 걸어오다 멈칫 선다. 넋이 나간 듯한 표정의 정도전... 담벼락에 기대듯 앉아 있다. 잠시 망설이는 기색의 이방원, 결심한 듯 다가선다.

이방원 숙부님...
정도전 (천천히 보는... 노기가 어리는)
이방원 소생을 원망하실 거라는 거 압니다... 허나... 불가피한 거사였다는 것도 알아주시리라 믿습니다.
정도전 (서서히 표정이 차가워지더니 천천히 일어나는)
이방원 (얼른 다가서며) 댁까지 모시겠습니다. (부축하려는데)

정도전, 이방원의 손을 잡는다. 이방원, 보면... 정도전, 천천히 그러나 단호히 떼어내는...

이방원 숙부님...
정도전 (싸늘한) 나를... 두 번 다시 숙부라 부르지 마라.
이방원 !

정도전, 굳은 표정의 이방원을 스쳐 지나간다. 이방원, 돌아보면 비척비척 걸어가는 정도전. 이방원, 서운한 표정으로 보는...

4 _____ 이방원의 사랑채 안 (밤)

이방원, 침통하게 술을 마시고 있다. 민 씨, 앉아 있다.

민 씨	(술을 잔에 따르며) 너무 상심 마시어요. 아버님과 당여들을 위해서는 어쩔 수 없는 일이었습니다.
이방원	(잔을 드는데)
조영규	(E) 영감. 조영규입니다.

민 씨 보면, 조영규가 들어와 앉는다.

민 씨	무슨 일입니까?
조영규	시중 대감께서 영감을 찾아계신다 합니다.
민 씨	!
이방원	(쓸쓸한 듯 피식) 드디어 올 것이 왔구만...
민 씨	지금은 아니 가시는 게 좋을 듯합니다. 적당히 둘러대신 연후에 아버님의 진노가 풀리길 기다리시어요.
이방원	어차피 맞을 매라면 먼저 맞는 게 낫습니다. 아무리 화가 나셨기루 설마 자식을 죽이기야 하겠습니까? (일어나는)
민 씨	(따라 일어서며) 영감...
이방원	가자... (조영규와 나가는)
민 씨	(불안한)

5 _____ 이성계의 집 안방 안 (밤)

이성계, 무릎을 꿇은 이방원을 노려본다. 강 씨와 이지란, 좌불안석이다. 이방원, 담담한...

이성계	니가... 포은을 죽이라 시켰다구?
이방원	그렇습니다.

이성계	...왜?
이방원	정몽주가 적은 시를 보셨지 않습니까? 대업에 동참할 의사두, 가능성두 없음을 확인했기 때문입니다. (하는데)

이성계, 목침을 던진다. 이방원의 얼굴 옆을 지나쳐 벽에 맞고 떨어진다. 이방원, 미동도 하지 않는다.

강 씨	대감!
이성계	(노기가 치미는 듯) 그 사램이 니 애비한테 어떤 사람인지 몰랐니?
이방원	압니다. 삼봉 숙부와 더불어 아버님께서 가장 아끼는 분입니다. 하오나 대업의 적이라는 것도... 압니다.
이성계	(떨리는)
이방원	용서해 주십시오. 소자의 마음 역시 편치 않습니다.
강 씨	대감... 방원이가 참담한 짓을 저지른 것은 사실이나 결국 대감을 위해 벌인 일이 아닙니까? 이리 화만 내실 일이 아닙니다.
이지란	행수 말이 맞슴메... 방위이 아이었음 삼봉부터 조주이까지 줄초상 났을지도 모르는 일이잖소.
이성계	...지라이.
이지란	야?
이성계	행수 모시고 나가라.
강 씨	대감...
이지란	저기, 성니메, (하는데)
이성계	...모시고 나가라 했다.
이지란	(난감한데)
이방원	저는 괜찮습니다. 나가셔도 됩니다.
이지란	(하는 수 없다는 듯 일어나며) 행수... (나가는)
강 씨	(마지못해 나가는)

이방원	어떤 벌이든 달게 받을 각오로 왔습니다. 벌을 받은 연후에 용서를 구하겠습니다.
이성계	(끙! 서안을 짚고 일어나 뒤편에서 보검을 꺼내는)
이방원	...! 지금... 뭐 하시는 것입니까?
이성계	용서는 저승 가서 포은 선생한테 받으라우. (칼을 뽑는)
이방원	아버님!!

이성계, 미련 없이 칼을 휘두른다. 살기를 느낀 이방원, 급히 몸을 젖혀 피한다. 칼날이 이방원의 목덜미 앞 갓끈을 자르며 스쳐 간다. 중심을 잃은 이성계, 비틀 주저앉으며 칼을 놓친다. 끙! 신음을 토하는...

이방원	(툭 떨어지는 갓끈을 보고... 울컥) ...아버님!!

이지란, 문을 벌컥 열고 들어와 흠칫, 뒤따라온 강 씨 역시 헉! 이를 악물고 가까스로 몸을 일으켜 칼을 집으려는 이성계.

이지란	(급히 칼 차버리고 이성계의 팔을 잡으며) 어캐 이캅메까! 지금 제 정신이오!!
이성계	날래 칼 가 와라... 내는 사램이 아이라 짐승을 키았다.
강 씨	방원아, 어서 피하거라!
이성계	지라이 이거 못 놓갔니!!
이지란	성니메...
이방원	(참담한) 지금... 소자를 죽이려 하신 것입니까?
이성계	(노려보는)
이방원	소자는 아버님을 보위에 올리고 싶었을 뿐입니다!! 헌데 이건 너무 심한 처사가 아닙니까!!

이성계	(이지란 꽉 밀치고 기듯이 다가와 이방원의 멱살을 꽉 잡는) 보위? 내 인자 보위에 앉으문 그거이 임금이갔니?
이방원	아닙니까?
이성계	아이지... 임금 되고 싶어서리 지 아들내미 시켜 충신을 때려잡은 거 골장에 개호로자식이 되는 것이지비... 니가 내를 기케 맹근 거이야...
이방원	소자가 아니라 아버님의 욕심이 그리 만든 것입니다.
이성계	!
이방원	대업과 정몽주를 모두 갖겠다는 것... 피 흘리지 않고 왕씨의 용상을 물려받겠다는 것 자체가 허무맹랑한 욕심이었단 말입니다...
이성계	(멱살 바짝 끌어당기며) 아가리 닥치지 못하간!!
이방원	하나만 여쭙지요.
이성계	(보는)
이방원	정녕 아버님의 마음속에는... 정몽주를 제거하고 싶은 마음이 티끌만큼도 없으셨습니까?
이성계	무시기라...
이방원	소자가 아니었어두 언젠가 아버님께선 정몽주를 죽이셨을 것입니다. 아버님께선 결코... 용상을 포기하실 분이 아니니까요.
이성계	간나새끼!! (때리는)
이방원	!
강 씨	(이방원을 잡아 일으키며) 방원아, 어서 가거라, 어서!
이방원	(피가 밴 입술을 슥 쓸어내는)
이성계	내가 처넣기 전에 니 발로 순군옥으로 가서 죗값을 치르라.
이방원	소자는 그리할 수 없습니다... 아버님을 임금으로 만들려면 해야 할 일이 하나둘이 아니니까요.
이성계	내는 인자... 기딴 거 아이 한다.
이방원	소자는 그리 만들 것입니다. (나가는)
이성계	저놈 가만둬선 아이 되갔다... 칼 어딨네... 칼 가 와라...

이지란	제발 그만 좀 하시우다...
이성계	칼 가 오란 말이다!!
강 씨	...대감, 이제 그만 고정을 좀 하시어요...

익장이 무너지는 이성계, 큭, 큭 절절한 울음이 터져 나온다. 이내 소리 내어 통곡하는...

6 _____ 동 안채 앞마당 (밤)

이방원, 굳은 표정으로 마당에 내려선다. 안채에선 이성계의 비명 같은 통곡이 흘러나온다. 이방원, 이를 악문다. 조영규, 다가선다.

조영규	(조심스레) 영감... 괜찮으십니까?
이방원	...기서 배극렴 대감과 방과 형님을 모셔 와.
조영규	...! 갑자기 그분들은 어찌...
이방원	정몽주는 시작일 뿐... 끝을 봐야지.
조영규	(보는)

7 _____ 이색의 집 외경 (밤)

이색	(E) (믿기지 않는 듯) 뭐라...

8 _____ 동 안방 안 (밤)

이색, 망연자실한 표정으로 권근을 본다.

이색 몽주가... 어찌 되었다구?

권근 (울며) 이방원의 사주를 받은 자객들에게 참살을 당하셨습니다!

이색 (가슴이 철렁 내려앉는 듯 허! 하고) ...이럴수가...

권근 스승님~!

이색 내 눈으로 직접 볼 것이다. (일어나는) 몽주는 어디 있느냐?

권근 (처절하게 우는) 스승님...

이색 (버럭) 몽주는 어디 있느냔 말이다!!

권근 저자에 버려져 있사온데 시신의 모습이 너무도 처참하여... (하는데)

이색 ...! (이를 악물고 걸어가다 휘청하더니 꺼지듯 주저앉는)

권근 스승님! (다가가 부축하면)

이색 (토하듯) 몽주야... (참았던 눈물이 터지는) 몽주야~!!

9 _____ 대궐 침전 안 (밤)

멍한 표정의 공양왕 앞에 이숭인, 부복해 있다.

이숭인 (오열하는) 전하... 동서고금에 이런 참담한 일이 또 있었겠나이까...

공양왕 ...

정몽주 (E) 이럴 때에 소신이 몸을 사린다면 대세가 이성계에게 기우는 것을 막을 수 없을 것이옵니다.

F.B》39회 17씬의

공양왕 수시중...

정몽주 소신 정몽주, 반드시 기쁜 소식을 갖고 돌아오겠사옵니다.

현재》

공양왕 (눈물이 맺히는, 혼잣말로) 야속한 사람 같으니... 과인을 두고 어찌 홀로 가실 수가 있습니까... 과인과 이 나라는 이제 어찌 하라구요...

이숭인 (분루를 삼키며) 전하! 천인공노할 만행을 저지른 이방원과 그의 수하들을 당장 잡아들여야 하옵니다!

공양왕 (탄식) ...수시중...

이숭인 이러고 계실 때가 아니옵니다! 수시중의 시신이 지금도 저자에서 능욕을 당하고 있단 말이옵니다!!

이 내관 (E) 전하~!!

일동, 보면 이 내관, 사색이 되어 뛰어 들어온다.

이 내관 전하, 저기 밖에... 병사들이, (하는데)

배극렴과 이방과, 장수와 병사들을 데리고 들어온다. 공양왕, 놀라 보면...

이숭인 이보시오, 판삼사사! 감히 여기가 어디라고 병사를 들이는 것이오!!

배극렴 (흠...) 이숭인 대감을 바깥으로 뫼셔라.

병사들, 이숭인에게 덤벼든다. 공양왕, 헉!

이숭인 (끌려 나가며) 놔라!! 전하!! 역적들에게 굴복하시면 아니 되옵니

	다!! ...수시중의 충심을 헛되이 하지 마시옵소서!! (소리 잦아들면)
공양왕	(노기를 참으며) ...어쩌들... 오신 게요?
배극렴	전하께 간적을 척살한 경위를 말씀드리옵구 재가를 받기 위함이옵니다.
공양왕	(기막힌) 간적이라면... 정몽주를 말하는 것이오?
배극렴	그렇사옵니다. 정몽주는 집정대신의 지위를 앞세워 독단과 전횡을 일삼았고 정도전, 조준 등 충신을 죽이려 하였기에 우부대언 이방원이 사직의 안정과 번영을 위하여 거사를 결행하였다 하옵니다.
공양왕	(어이없는 듯 피식) 사직의 안정과 번영을 위해서... 우부대언은 지금 어디 있소이까?
이방과	사가에서 자숙하며 전하의 처결을 기다리고 있사옵니다.
공양왕	처결?
이방과	전하! 간적을 척살한 이방원의 공을 치하하시고 조정에 남아 있는 정몽주의 잔당을 잡아들여 중벌에 처해주시옵소서!
배극렴	더불어 원지에 유배 중인 조준, 남은, 윤소종 등을 불러들이심이 옳을 줄로 아옵니다!
공양왕	(허! 하는)
배극렴	전하! 가납하여 주시옵소서!
이방과	가납하여 주시옵소서!
공양왕	(당혹감과 분노에 몸이 떨리는)

10 _____ 몽타주 (낮)

1) 대궐 뜰 안 - 군사들이 곳곳에 진을 치고 있는... 궁문이 열리고, 조준, 남은, 윤소종, 들어온다.
2) 동 편전(또는 정전) 안 - 침통한 표정의 공양왕, 이 내관이 있다.

배극렴, 이지란, 이방과, 조준, 남은, 이방원 등 사첩을 받고 있다. 밀직 자리에서 윤소종, 교지를 펼쳐 읽는다. '수문하시중에 배극렴... 판삼사사에 조준... 동지밀직사사에 남은... 지문하부사에 이지란...'

3) 이색의 집 마당 안 – 관졸들 앞에 끌려나온 이색, 강제로 무릎이 꿇린다. 분노에 떤다. 관원, '간적 정몽주의 족당인 죄인 이색을 한주로 귀양을 보내노니...'

4) 빈청 일각 – 이첨과 우현보 앞에 나타나는 낭장. 우현보, '웬 놈이냐' 말이 끝나기도 전에 다짜고짜 끌고 가는 병사들. '놔라!' 외치며 끌려가는 두 사람.

해설(Na) 정몽주가 죽은 뒤, 조준 등 급진파 사대부들과 배극렴 등 무장들이 권력을 장악했다. 이색은 다시 한주로 쫓겨났고, 우현보, 이숭인, 이첨, 김진양, 이종학 등이 대거 숙청됐다.

5) 순군옥 마당 안 – 이숭인, 고문을 당하고 있다. '으아~' 비명 끝에 '네 이 역적놈들~!! 천벌을 받을 것이다~!!' 절규하는...

6) 다시 편전 안 – 윤소종, '밀직제학 이방원' 외치고, 이방원, 사첩을 받는다. 공양왕, 노기 어린 눈으로 바라본다. 이방원, 공양왕을 빤히 쳐다본다. 공양왕, 두려운 듯 천천히 시선을 피하고, 그 모습을 바라보는 이방원에서...

해설(Na) 태조 왕건이 나라를 세운 지 475년... 고려의 멸망이 임박해 있었다.

11 _____ 대궐 외경 (낮)

12 _____ 동 자혜전 안 (낮)

공양왕, 정비와 다과상 정도 마주하고 앉아 있다.

공양왕   (허탈한 듯 허허 웃고) 이제 조정에서 왕씨를 지켜줄 신하라곤 눈을 씻고 찾아봐도 없더이다. 이 넓은 고려에 왕대비마마와 이 사람 뿐이에요.

정비   (한숨) ...이제 저들이 어찌 나오겠습니까?

공양왕   반역에 걸신이 들린 놈들이니 당연히 고려를 먹으려 들겠지요. 허나 이 사람은... 끝까지 버틸 것입니다. 왕대비마마께서도 모쪼록 성심을 강건히 하셔야 합니다.

정비   해가 지는데 밤이 오는 것을 어찌 막겠습니까? 다 부질없는 짓입니다.

공양왕   마마... (하는데)

이 내관   (E) 전하, 이 내관이옵니다.

공양왕   들라.

이 내관, 들어온다.

공양왕   무슨 일인가?

이 내관   이성계가 소를 올렸사온데 문하시중은 물론 삼군도총제사를 비롯한 모든 관직에서 물러나겠다 하옵니다.

공양왕   ...! 뭐라?

13 _____ 이성계의 집 안방 안 (낮)

이성계, 강 씨, 앉아 있다.

강 씨	대체 어쩌려구 이러시는 것입니까?
이성계	...
강 씨	문하시중은 그렇다 쳐도 군권까지 들어 바친다니... 정녕 진심이십니까?
이성계	내는 이런 더러운 꼴 보문서 권세 누리고 싶은 생각 없소. 부처님 말씀대로 모두 내려놓을 거우다.
강 씨	내려놓으시면 그다음은요?
이성계	말만 탈 정도가 되문 동북면으로 가겠소.
강 씨	아니 되십니다!
이성계	부인, (하는데)
강 씨	대감의 당여들이 지금 대감을 임금으로 만들고자 사력을 다하고 있습니다. 보위가 눈앞에 와 있단 말입니다. 하오니 사직은 아니 됩니다. 동북면도 아니 됩니다!
이성계	부인... 내는... 떠날 거우다.
강 씨	(답답한 듯 허! 하는)

14 _____ 정도전의 집 앞 (낮)

남은, 급히 걸어온다.

최 씨	(E) 대감께선 아직 아니 돌아오셨습니다.

15 _____ 동 마당 안 (낮)

남은, 최 씨와 마주 서 있다. 대문가에 득보, 서 있다.

남은	아직두요...? (난감해하다가) 형수님, 혹 연락이 닿게 되면 도성에 급한 일이 터졌으니 만사 제쳐놓고 올라오라 전해주십시오.
최 씨	...예.
남은	안녕히 계십쇼. (급히 나가는)
최 씨	(옅은 한숨 내쉬고 들어가려는데)
득보	(쪼르르 다가서며) 마님... 도성에 급한 일이란 게 뭐겠습니까?
최 씨	(마뜩잖은) 누구 또 죽일 사람이 생겼나보지요... 아니면 자기들이 죽게 생겼거나... (들어가는)
득보	(쩝)

16 _____ 폐가 일실 안 (낮)

남루한 행색의 정도전, 굳은 표정으로 앉아 있다.

정도전	(E) 소생 역시 피는 원하지 않습니다.

F.B》18회 32씬의

이성계	(보는)
정도전	힘을 앞세워 폭력 위에 세워진 나라는 곧 망합니다. 정통성이 없기 때문이지요.

F.B》39회 엔딩씬과 동회 1씬의

정몽주의 시체... 자신의 손에 묻은 피를 망연자실하게 바라보는 정도전.

현재》

정도전, 눈물이 마른 듯 오히려 덤덤한 표정으로 허공을 응시하는...

17 _____ 이방원의 집 사랑채 안 (낮)

이방원, 윤소종, 조준, 남은, 심각한 표정으로 앉아 있다.

남은	삼봉 대감은 언제 돌아올지 기약이 없답니다.
이방원	...
조준	이거 큰일이구만... 시중 대감의 마음을 돌릴 사람은 삼봉 대감밖에 없는데...
이방원	설득이 아니 된다면 강요를 하는 것도 방법일 것입니다.
조준	강요라니?
이방원	보위를 비워놓고 능을 떠밀면 되지 않겠습니까?
조준·남은	!
윤소종	금상을 폐위하잔 말이로군.
이방원	그렇습니다.
일동	(긴장하는)

18 _____ 빈청 외경 (밤)

배극렴	(E) 지금 폐위라 하셨소이까?

19 _____ 동 도당 안 (밤)

배극렴, 이지란, 이방과, 놀란 표정으로 앉아 있다. 윤소종, 조준, 남은 등 진지한 표정으로 바라보는...

윤소종   금상은 더 이상 나라를 이끌 힘도, 권위도 없습니다. 이러한 때에 시중 대감마저 조정을 떠나면 권력 공백으로 말미암아 엄청난 혼란이 벌어질 것입니다.

남은   그간 숨죽이고 있던 도성과 지방의 군벌들이 군사를 일으켜 시중 대감의 빈 자리를 차지하려 들 수도 있습니다.

조준   도당에서 중론을 모아 금상을 폐위하고 시중 대감을 옹립합시다.

배극렴   (고심하는)

이지란   내는... 찬성이우다.

이방과   이 사람도 찬성입니다.

배극렴   폐위... 폐위라...

윤소종   수시중 대감... 이제 이 지긋지긋한 피의 악순환에 종지부를 찍어야 합니다.

조준   대감께서 도당을 대표하여 앞장을 서주십시오.

배극렴   ...

20 _____ 대궐 침전 안 (밤)

이 내관, '전하~!' 외치며 사색이 되어 뛰어 들어온다.

공양왕   웬 소란이냐?

이 내관   전하... 도당에서 전하를 폐위키로 중론을 모았다 합니다!

공양왕	!! ...뭐라...
이 내관	지금 대신들이 왕대비전으로 몰려갔사옵니다!!
공양왕	!

21 _____ 동 자혜전 안 (밤)

정비 앞에 배극렴, 조준, 남은, 윤소종 등 재상들이 서 있다.

배극렴	왕대비마마! 금상이 혼암하여 임금의 도리를 잃고 인심도 이미 떠나갔사오니 더 이상 사직과 백성의 주재자가 될 수 없사옵니다! 이에 도당의 중신들은 금상을 폐하기로 중론을 모았사오니 바라옵건대 폐위의 교지를 내려주시옵소서!
정비	(기가 막히다는 표정으로) 참으로 대단들 하십니다... 대체 몇 명의 임금을 살아치워야 직성이 풀린답니까?
조준	마마! 소신들의 충정을 헤아리시어 폐위의 교지를 내려주시옵소서!!
윤소종	도당의 중론은 이 나라 대소신료와 백성들의 뜻이옵니다! 주저하여서는 아니 될 것이옵니다!!
남은	마마!! 가납하여 주시옵소서!!
일동	(일제히) 가납하여 주시옵소서!!
정비	(원통한)

22 _____ 다시 침전 안 (밤)

공양왕, 심각하다.

이 내관	(눈물을 머금고) 전하~ 이 일을 어찌하오리이까!
공양왕	(뭔가 결심한 듯) 이젠 그 수밖에 없느니라. 속히 어가를 대령하라.
이 내관	지금... 어가라 하셨사옵니까?
공양왕	어가를 대령하라는데 뭐 하고 있는 것이야!! 서둘러라, 어서!!

23 _____ 이성계의 집 안방 안 (밤)

이성계, 노기 어린 눈으로 이지란을 노려본다. 강 씨, 곁에 있는...

이성계	금상을... 폐위한다구?
이지란	도당서 일이 그리됐수다. 지금 배극렴 대감하고 중신들이 왕대비 전에 들어 있습메다. (하는데)
이성계	(서안 꽉 치며) 그거이 무시기 말 같잖은 소리란 말이니!
강 씨	어찌 이리 역정을 내십니까? 도당 중신들이 자발적으로 하는 일입니다!
이성계	부인! (하는데)
이방과	(E) 아버님! 소자 방곱니다!

이성계, 보면 이방과, 급히 들어온다.

이방과	전하께서 집 앞에 당도하셨습니다!
강 씨	! ...전하께서?
이방과	아버님과 동맹의 연을 맺으러 왔다 하십니다.
이지란	아이 임금 신하 간에 동맹이라이... 그거이 무시기 귀신 씨나락 까 묵는 소리라니?
이성계	...

24 _____ 동 집 앞 (밤)

이방원, 조영규와 다급히 달려와 일각에 놓인 어가 옆에 멈춘다. 저만치 대문 앞에서 이 내관 등 나인들이 울먹이며 도열한 가운데 공양왕, 직접 족자를 펼쳐 읽고 있다.

공양왕　(절절한) 문하시중 이성계는 들으라! 경이 없었다면 어찌 오늘의 과인이 있었겠는가? 경의 공로와 높은 덕을 과인이 어찌 하루라도 잊을 수가 있겠는가? 과인은 이제 군신의 허울을 벗어던지고 경과 동맹의 맹서를 하려 하노라. 과인과 경은 물론 자손 대대로 서로를 한 몸처럼 위할 뿐 결코 다투거나 해치지 않을 것이다! 자~ 경은 어서 나와 과인의 마음을 받아주기 바라노라!

조영규　(피식) 아주 살라고 발버둥을 치는구만요.

이방원　단지 목숨을 구걸하려는 것이 아니다. 아버님께서 동맹을 받아들이면 폐위의 명분도 사라지는 것... 왕씨의 사직을 넘겨주지 않으려는 것이다.

공양왕　(집안을 향해 간절히 외치는) 이 시중~!! 과인이 왔는데 어찌하여 얼굴을 보여주지 않는 것이오~!! 어서 나와 과인을 맞아주시오~!!

이방원　(초조한 듯 집안을 보면)

25 _____ 다시 안방 안 (밤)

이성계, 강 씨, 이지란, 이방과의 심각한 표정 위로...

공양왕　(E) (조금 먼 느낌으로) 이 시중~!! 어서 나와주시오~!! 이 시중~!!

이성계　(안 되겠다는 듯 끙... 서안 짚고 일어나려는데)

강 씨	(다급히 부여잡고) 나가시면 아니 됩니다!
이성계	놓소!
강 씨	소첩 그리는 못 하겠나이다!! 가시려거든 소첩을 죽이고 가시어 요!!
이성계	(기막힌) 부인...
강 씨	(눈물 그렁해서) 이건 천명입니다... 하늘의 뜻임을 정녕 모르시겠 나이까?
이성계	...
강 씨	지금 나가시면 세상은 더 큰 혼란에 빠질 것이구 더 많은 사람이 죽을 것입니다... 제발 한 번만... 소첩의 말을 들어주시어요... 대감...
이성계	(갈등하는)

26 ___ 다시 대문 앞 (밤)

공양왕, '이 시중~!!' 부르는데 문이 열린다. 일동, 보면 이방과다.

공양왕	판밀직사사! 어찌 됐소이까! 시중이 나온다시오?
이방과	아뢰옵기 송구하오나 이 시중의 몸이 불편하여 예를 갖춰 맞이할 수 없는 처지이오니 환궁을 하시오면 후일 알현을 하겠다 하였사 옵니다.
공양왕	(안색이 변하는)
이 내관	이보시오! 전하를 문전박대하다니 세상에 이런 경우도 있답니까!
이방원	(E) 군신 간에 동맹을 맺는 경우도 없지요.

일동, 보면 이방원, 조영규와 다가선다. 공양왕, 긴장하는...

이방원	더욱이 전하께선 폐위가 거론되는 처지가 아니시옵니까? 바라옵건대 환궁하시어 왕대비마마의 처결을 기다리시옵소서.
공양왕	과인은 이 시중을 만나기 전엔 이곳을 뜨지 않을 것이오. 판밀직사사는 다시 들어가 진하시오. (하는데)

사람들의 어수선한 발소리 들려온다.

이 내관	(어딘가 보고) 전하! 저기를 보시옵소서!

일동, 보면 교지를 든 남은이 병사들과 함께 다급히 뛰어와 멈춘다. 공양왕과 이방원, 남은을 보면.

남은	폐주 왕요는 왕대비마마의 전교를 받으시오!
일동	!
이 내관	(빌끈) 폐주라니 말씀을 삼가시오!!
남은	닥쳐라! (공양왕에게) 폐주는 어서 무릎을 꿇으시오!
공양왕	...마마께서... 일을 그르치는구나... 마마께서...

남은, 눈짓하면 병사들이 달려들어 공양왕을 강제로 무릎을 꿇린다. 이 내관, 헉! 남은, 교지를 펼치는데...

공양왕	...결론만 말하거라.
남은	(멈칫 보는)
공양왕	과인이 어찌하면 되는 것이냐? 목을 내놓으면 되느냐?
남은	그대는 이제 원주로 보내질 것이외다.
공양왕	...
이 내관	전~하~!! (무릎 꿇고 통곡하는)

나인들   (일제히 전하~ 하며 엎드려 우는)

공양왕   (피식) 결국 이리되고야 말았구나... 오백 년 왕씨의 사직이 이 왕요의 대에서 결딴이 나다니... (키들대는) 내 이래서 왕이 되려 하지 않았거늘... 내 이 죄를 어찌 씻을 것이며... 죽어서 열성조들의 용안은 또 어찌 뵙는단 말인고... 어허! 이놈의 팔자 한번 고약하지 않은가... (웃는)

남은   폐주를 끌고 가라...

병사들, 공양왕의 곤룡포를 거칠게 벗기고 포박한다. 공양왕, 체념한 듯 순순히 따르고 나인들, 오열한다... 공양왕, 끌려가고 나인들, 전하~ 울면서 뒤따른다. 이방원, 남은, 이방과, 묵묵히 바라보는 모습 위로...

해설(Na)   서기 1392년 7월 12일, 공양왕이 폐위됐다. 신종대왕의 7대손인 그는 정몽주와 더불어 꺼져가는 고려의 불씨를 되살리려 하였으나 역부족이었다. 원주로 쫓겨난 그는 조선 건국 이후 공양군으로 격하되어 간성으로 추방되었다가 2년 후인 1394년 삼척에서 사사되었다.

27 _____ 대궐 자혜전 안 (밤)

정비, 눈물을 흘리는... 배극렴 등 중신들, 지켜보는...

해설(Na)   정비 안 씨... 죽성군 안극인의 딸로 공민왕의 네 번째 왕비였던 그녀는 허울뿐인 왕실의 어른으로 우왕과 창왕에 이어 공양왕까지 폐위하는 비운을 겪는다. 조선 건국 이후 의화궁주로 강봉된 그녀는 여생을 술에 의지하여 보내다 세종 10년인 1428년 세상을 떠났다.

28 _____ 이성계의 집 안방 안 (밤)

굳은 표정의 이성계 앞에 남은, 앉아 있다. 강 씨, 이지란도 옆에 앉아 있다.

남은   왕대비마마께서 대감을 감록국사°에 임명하시고 대통을 승계하는 것을 윤허하였습니다.

강 씨   대감... 이제 다 끝났습니다.

이지란   (감격) 이제 이 나라의 임금이 되신 거나 다름없수다.

이성계   ...삼봉 선생은 아직도 소식이 없는 것이오?

남은   그렇습니다.

이성계   그만 나가보시우다.

남은   예, 대감... (나가는)

이성계   ...사람들은 내 사직을 한 거 보고 금상을 폐위할라고 꾸민 수작이라고 생각하겠지비?

강 씨   대감...

이성계   (피식) 벌써부터 사람들이 욕해대는 소리가 들리는구만그래... 개자식, 이성계... 호로자식, 이성계...

이지란   성니메...

이성계   개자식 이성계... 호로자식 이성계...

강 씨, 이지란, 불안한 듯 보고 탄식 같은 한숨을 내쉬는 이성계에

°   나라의 일을 총괄하는 직책으로 임금과 같은 위치에 있음을 의미함.

서 F.O

29 _____ 이성계의 집 앞 (낮)

백성들이 호기심 가득한 얼굴로 모여든다. 활짝 열린 대문으로 백성들이 장사진을 이루고 집안을 들여다본다.

30 _____ 동 마당 안 (낮)

어보를 든 배극렴을 필두로 조준, 남은, 윤소종, 이방과, 이지란을 비롯한 수십 명의 중신들이 도열해 있다.

배극렴   전하~!! 대고려국의 어보를 가져왔나이다! 어서 나오시어 어보를 받아주시옵소서~!!
중신들   (일제히) 어보를 받아주시옵소서!
배극렴   소신들에게 어서 용안을 보여주시옵소서~!!

일각에서 지켜보던 이방원, 아무런 기척이 없는 안채를 본다.

31 _____ 동 안방 안 (낮)

이성계, 노기 어린 표정으로 강 씨와 앉아 있다. 이지란, 들어와 앉는다.

이지란	아이, 날래 아이 나오구 뭐 하시우까?
강 씨	대감… 속히 나가 어보를 받으시어요.
이성계	지라인 배깥에 전하라우… 내는 곧 동북면으로 떠날 거이니 귀찮게 하지 말구 날래 물러가라구…
이지란	!
강 씨	대감…
이지란	(이내 웃으며) 아, 또 우리 성니메 체면 따지시누만기래… 사양은 하실 만큼 했수다. 못 이기는 척 슬그머니 나가서리 냴름 받으시우다. (하는데)
이성계	(서안 쾅! 치는) 이 간나새끼, 지금 무시기 개소릴 지껄이는 거니!!
이지란	!
이성계	뱅사들 풀어 모가질 날려버리기 전에 썩 물러가라 전해라!!
이지란·강 씨	(난감한)
이성계	…

32 _____ 이성계의 사랑채 안 (낮)

강 씨, 이마를 괴고 앉아 있다. 고민이 깊은데 이방원, 들어와 앉는다.

강 씨	중신들은 물러갔느냐?
이방원	내일 날이 밝는 대로 다시 오기로 하였습니다.
강 씨	아버님께서 쉽게 고집을 꺾지 않을 듯하구나. 무슨 방도가 없겠느냐?
이방원	아무래도 삼봉 숙부를 찾아봐야 할 듯싶습니다.
강 씨	…

33 _____ 밭 일각 (낮)

농부들, 둘러앉아 새참을 먹고 있다.

농부1 얘기 들었어? 이성계 장군이 곧 죽어도 옥새를 안 받겠다고 버틴다는구만.

농부2 아니 넝쿨째 굴러 들어온 호박을 어째 걷어찬대그래?

농부1 그 속을 낸들 어찌 알겠는가? (일각 쳐다보며) 저기, 우리 나리께선 좀 아실라나요?

농부들, 보면 곡괭이 옆에 놓고 누더기를 걸친 정도전이 참을 먹고 있다.

정도전 (먹는 것 멈추고 미소) 머리에 똥만 가득 찬 밥버러지가 무엇을 알겠는가? 자네들이 군자이니 자네들 하는 말이 맞을 것이네.

농부2 우리가 군자라구요? 에이 나리, 농담두 잘하십니다요.

정도전 (농부1에게) 헌데 자네 그 얘긴 어디서 들었는가?

농부1 관아에 갔다가 아전들 하는 얘길 들었습니다요... 도성이 지금 난리도 아니랍니다요...

정도전 (생각하는... 일어나 곡괭이를 농부1에게 건네며) 새참값은 얼추 치른 듯하니 나는 이만 가보겠네. (걸어가는)

농부1 보아하니 지체 높은 양반 같은데 어쩌다 떠돌이 신세가 됐을꼬?

농부2 왕씨 임금한테 충성하다 쫓겨난 보양이지... 요즘 고려에 그런 사람이 한둘이 아니라잖어.

농부들, 걸어가는 정도전을 본다. 정도전, 묵묵히 걸어가는...

34 _____ 하륜의 집 앞 (낮)

권근, 박차고 나온다. 하륜, '이보게, 양촌!' 뒤따라 나와 잡는다.

권근   이거 놓으십쇼!

하륜   어찌 이리 무모한 것이야? 자네가 상소를 올린다 해서 무엇이 바뀌
        겠는가!

권근   허면... 나라가 이가 놈에게 넘어가게 생긴 판국에 넋 놓고 지켜만
        보자는 것입니까?

하륜   후일을 도모하세. 지금은 대세를 뒤집을 방도가 없네!

권근   (분한 듯 탄식하는데)

정도전   (E) 그간 무탈하셨습니까?

일동, 보면 정도전, 다가선다.

하륜   사형...

정도전   호정 대감을 뵈러 왔는데 이리 양촌까지 만나는구려.

권근   유람을 떠났다기에 노상에서 불귀의 객이 되길 바랬거늘... 이거 심
        히 유감입니다.

정도전   죽은 거나 진배없이 살았습니다. 너무 서운해 마십시오.

권근   (흥! 획 가는)

정도전   (쓸쓸한)

하륜   ...사형께서 여긴 어쩐 일이십니까?

정도전   대감께 여쭤볼 것이 있어 왔습니다.

하륜   (보는)

정도전   혹... 포은이 있는 곳을 아십니까?

하륜   ...

35 _____ 무덤 앞 (낮)

정도전, 하륜, 무덤 앞에 나란히 서 있다. 정도전, 먹먹해지는...

정몽주   (E) 이런... 신의 없는 사람 같으니...

F.B》1회 57씬의

정몽주   평생을 벗하며 살자 해놓구서 그 먼 저승길을 혼자 가려 했단 말인가?

정도전   (쓸쓸한 듯 피식)

정몽주   (보다가 따뜻하게) 때를 기다리세. 아직은 때가 아닌 듯싶으이.
(중략)

정몽주   (정도전의 손을 힘주어 잡으며) 자네와 내가 힘을 합쳐 만들어가세. 고려를 바로 세울 그날이... 반드시 올 것이네.

현재》

정도전   (희미하게 눈물이 맺히는)

하륜   이성계의 소식은 들으셨습니까? 한사코 보위를 거절하고 있답니다.

정도전   들었습니다.

하륜   ...애초에 이성계를 왕재로 점찍었던 연유가 무엇입니까?

정도전   (보는)

하륜   모름지기 통치자는 냉정하고 집요해야 하는 것입니다. 광평군처럼 말입니다. 이성계가 덕망을 갖춘 영웅임에는 틀림없으나 한 나라의 임금이 되기에는 지나치게 순진하고, 권력에 대한 의지도 확고해 보이지 않습니다.

정도전   그래서 그분을 선택한 것입니다.

하륜   (보는)

정도전	다음 세상의 임금은... 덕망을 갖춘 순진한 영웅이면 충분합니다. 권력에 대한 의지는... 필요치 않습니다.
하륜	무슨... 뜻입니까?
정도전	...
하륜	(의아한 듯 보는데)
이방원	(E) 숙부님...

정도전, 보면 이방원, 다가선다. 하륜과 이방원, 서로를 일별한다.

이방원	(정도전에게 인사하며) 그간 기체 강령하셨습니까?
정도전	갑자기... 포은에게 용서를 빌고 싶어진 것이냐?
이방원	소생은 지나간 일에는 연연하지 않습니다.
하륜	(지그시 보는)
이방원	숙부님께서 여기는 반드시 들르겠다 싶어 아랫것들에게 묘를 지키라 명을 해놓았었습니다.
정도전	(보는)
하륜	(정도전에게) 소생은 이만 물러가겠습니다. (가는)
정도전	듣자 하니... 또다시 금상을 폐위하였다구?
이방원	...숙부님께서 아버님을 설득해 주십시오. 나라에 벌써 수일째 임금이 없습니다.
정도전	...어디 임금만 없다 하더냐? 주군을 따르던 민심도, 대업의 정당성도, 허깨비처럼 사라져 버렸느니라.
이방원	숙부님...
정도전	내 천추의 한이 있다면 너를 대업에 동참시켰던 것이다.
이방원	(보는)
정도전	다시 한번 말해두겠다... 나를 숙부라 부르지 마라. (가는)
이방원	(울컥해서 뒤에 대고 외치는) 피 흘리지 않는 대업은 몽상입니다!

숙부님께서 추구하는 선위는 요순시대에나 가능한 거란 말입니다! 대업은 새로운 권력으로 새로운 세상을 만드는 것입니다! 권력은 칼! ...정적의 선혈이 배인 칼에서 나오는 것이란 말입니다!!

정도전, 사라진다. 이방원, 탄식을 내뱉는다. 일각에서 그런 이방원을 주시하는 하륜...

36 _____ 이성계의 집 마당 안 (낮)

배극렴 등 중신들, 또다시 몰려와 있다. 일각에 이방원, 지켜보고 있다.

배극렴 전하~~!! 어보를 받아주시옵소서!!
중신들 (일제히) 어보를 받아주시옵소서!!
배극렴 (간절히) 전하~!!

37 _____ 동 안방 안 (낮)

이성계, 군은 표정으로 강 씨와 앉아 있다.

배극렴 (E) 대소신료와 억조창생이 전하의 즉위를 고대하고 있나이다~!!
중신들 (E) (일제히) 어보를 받아주시옵소서!!
이성계 ...
강 씨 대감... 이제 그만 저들의 청을 받아들이시어요. 대감께서 끝까지 버티시면 이 나라와 백성은 어찌하란 말씀입니까?

이성계	(작심한 듯 서안을 탁 치고 일어나는)
강 씨	(보는)

38 _____ 동 대청 + 마당 안 (낮)

이성계, 나와 마당을 내려선다. 일동, 긴장해서 본다.

배극렴	전하...
이성계	(다가가 배극렴이 든 어보함을 바라보는)
배극렴	(기대감 어린) 어서 받으시옵소서...
이성계	(집어 들어 보는)
배극렴	(감격) 전하... (하는데)
이성계	이거이 요물이우다.
배극렴	?
이성계	이거이... 사램 목숨 잡아묵는 요물이우다... 사램들 다 미치게 맹글구, 나 이성계를 개자식으로 맹그는 요물이란 말이우다... (버럭) 대체 이깟 게 뭐라고 다들 이 난장을 지긴단 말이우까!! 대체 이까짓 게 뭔데!!

이성계, 어보함을 있는 힘껏 내던진다. 상자가 부서지면서 옥새가 대문 앞으로 나뒹군다. 일동, 헉! 해서 보고... 이성계, 노기를 가누지 못하는데... 대문으로 들어오는 누군가, 발치에 놓인 옥새를 집어 든다. 이성계, 표정이 굳어져서 보면, 정도전이다. 일동, !!

남은	(울컥) 삼봉 대감!!
이성계	(보는)

정도전	(이성계에게) 병세가 나빠지면 어쩌나 걱정을 많이 하였습니다. 이토록 강건하신 주군의 모습을 뵈니... 소신, 기쁨을 가누지 못하겠나이다.
이성계	...삼봉...
정도전	소신 정도전... 주군께 독대를 청합니다.

이성계와 정도전, 이방원의 표정에서 엔딩.

KBS 대하드라마

정도전 4

초판 1쇄 발행 2024년 1월 1일

지은이 정현민
펴낸이 김선준

편집본부장 서선행
책임편집 이주영 편집1팀 임나리, 배윤주 디자인 엄재선, 김예은 본문 디자인 김혜림
본문 일러스트 최강렬
마케팅팀 권두리, 이진규, 신동빈
홍보팀 한보라, 이은정, 유채원, 권희, 유준상, 박지훈
경영지원 송현주, 권송이

펴낸곳 ㈜콘텐츠그룹 포레스트 출판등록 2021년 4월 16일 제2021-000079호
주소 서울시 영등포구 여의대로 108 파크원타워1 28층
전화 02) 332-5855 팩스 070) 4170-4865
홈페이지 www.forestbooks.co.kr
종이 ㈜월드페이퍼 출력·인쇄·후가공·제본 한영문화사

ⓒ 정현민, 2024
ISBN 979-11-93506-00-4 (04810)
       979-11-92625-94-2 (세트)

㈜콘텐츠그룹 포레스트는 독자 여러분의 책에 관한 아이디어와 원고 투고를 기다리고 있습니다. 책 출간을 원하시는 분은 이메일 writer@forestbooks.co.kr로 간단한 개요와 취지, 연락처 등을 보내주세요. '독자의 꿈이 이뤄지는 숲, 포레스트'에서 작가의 꿈을 이루세요.